トリニータス・ムンドゥス

聖騎士レイの物語

Trinitas
シリーズ

愛山雄町
Illustration 和狸ナオ

TOブックス

目次

イラスト：和狸ナオ
デザイン：木村デザイン・ラボ

プロローグ

トリア暦四〇三〇年、トリア大陸の西の端、ユースト・ルキドゥス聖王国の聖都ウィルトゥスの王宮——通称、白銀宮——の最奥部。

「くそっ！　アークライト！　退くぞ！」

白銀のプレートメイルを来た二人の騎士が、黄昏色に染まった白亜の宮殿の庭を駆けていく。その後ろには、数十体の魔物が迫っていた。その魔物たちは抽象画のように左右非対称で、目や口、手足などの人間の体のパーツが大きさや位置を無視して取り付けられ、誰もが生理的な嫌悪感を抱く醜い姿をしている。

魔物たちの目には何の感情も見られなかった。ただ、見た者に絶望感を与えるような虚ろな目をしていた。

多くの仲間を失いながら逃げてきた二人の騎士は、追いすがる魔物たちに剣と槍でダメージを与えながら、ある部屋に向かっていた。

「アークライト、最後の命令だ。私がここで奴らを足止めする。貴様は陛下、王族の方々をお守りしてくれ」

アークライトと呼ばれた若い騎士は「し、しかし……隊長が陛下をお守り……」と、彼がそこまで言ったところで、年嵩の騎士が「議論をしている暇はない！　第一、貴様に足止めはできん！」と遮《さえぎ》った。

更にその騎士は剣を振って「邪魔だ！　さっさと行け！」と怒鳴る。

レイ・アークライトはその言葉に反論しようとしたが、後ろから迫ってくる魔物たちの姿を認めると、騎士に一礼し、白亜の廊下を無言で駆け出した。

残された騎士はその姿を見送り、笑みを浮かべると、「ここは通さん！　貴様らを陛下に近づけさせはせん！」と叫び、剣を振りかざして、数十体もの魔物の群れに突っ込んでいく。

レイは後ろを振り返らなかった。振り返れば敬愛する先輩を一人死地に向かわせることを躊躇《ためら》い、彼の後を追っただろうから。

（隊長の最後の命令に背くわけにはいかない……私を逃がすために死んでいった仲間たちにも顔向けできない……陛下をお守りすることが隊長への恩返しになる……）

浮かぶ涙を必死に堪えながら、床に転送魔法の魔法陣が描かれた部屋に入っていった。

（陛下たちは既にジルソール――東の島にある王国――に到着されたはずだ。私の後には誰もいない……転送と同時に魔法陣を破壊しなければ……）

薄暗い部屋に置いてある緊急用の可燃物――追跡を避けるために置かれた油の入った樽――を乱暴にぶちまけ、着火の魔道具で火を点ける。火は一瞬にして広がり、彼が部屋の中央に描かれた魔法陣の中に入った時には、油が燃える匂いと煙が部屋を満たし始めていた。だが、それ以上に炎の勢いは強く、部屋の中は昼間のような明るさになっていた。

彼が呪文を唱えていくと、魔法陣は白く輝き出し、転送魔法が起動し始める。

その直後、彼の頭に重い衝撃が走った。

天井から人の大きさほどの物体が落ちてきたのだ。レイは転送魔法の準備に集中していたため、その物体――先ほど外にいた混沌の魔物の一種――が先回りしていることに気付けなかった。

「な、何だ？　くそっ！　こんなところにもいたのか……」

彼は必死にその魔物を引き剥がそうとするが、長さも太さも違う魔物の両の腕《かいな》の力は思った以上に強い。魔物は彼の頭に向かって触手状の物を次々と伸ばしていく。

兜から露出している額、耳、後頭部などに多数の触手が突き刺さり、彼は激痛に悲鳴を上げる。

「ああ！　や、やめろ！　俺の記憶を、魂を食うな！　やめろ！」

彼は剣を引き抜き、魔物に突き刺すが、魔物の触手は怪しい光を放ちながら、彼の頭に更に食い込んでいった。

(駄目だ……死ぬ前に魔法陣を破壊しなければ……このままでは陛下が……祖国の民たちが……)

彼は消えゆく意識の中で背中に背負った槍を引き抜き、魔法陣の一部を削っていった。特殊な文字で書かれた魔法陣の一部が消えると、白く輝いていた魔法陣が急に力を失っていく。

(これで転送魔法は発動しない……隊長、すみません。命令を守れませんでした……せめてこいつだけでも道連れに……)

彼は薄れゆく意識の中で最後の力を振り絞り、右手に持ち替えた槍に魔力を込める。槍の穂先は眩《まばゆ》い光を放ち、その光が魔物に向かって伸びていく。

魔物はその白光に貫かれ、ゴボッという音を立てて血を撒き散らすが、触手は伸びたまま怪しく輝き続け、最後の力を振り絞った彼はそのまま床に倒れていく。そして、その目は次第に力を失っていった。彼に取り付いていた魔物も彼が倒れた拍子に槍に貫かれ、絶命していた。

一人と一匹がその生を終えた部屋では、床に撒かれた油が更に燃え広がっていく。

その炎は彼と魔物を焼き尽くし、すべてを浄化しようとしていた。

その時、生者のいないその部屋で一旦は光が消えた魔法陣が再び輝き始めた。そして、レイ・アークライトの体を銀色の光が包み出し、すぐに光にすべてが包まれた。目が向けられないほどの光が唐突に収まると、再び赤い炎だけが部屋を照らしていた。だが、そこには魔物の死体だけが残され、レイ・アークライトと呼ばれた青年の遺体は消えていた。

そして、その事実は誰にも知られることがなかった。

一　転送

ここは関東地方にあるそれほど大きくない地方都市。

まだ肌寒い日が続く三月のある日。

小柄で一見すると中学生に間違えられそうだが、もうすぐ十九歳になる若者、聖礼《ひじりれい》は、目前に迫った大学生活の準備に忙しい日々を送っていた。

（思ったより準備に時間が掛かるんだな。もっと早くから準備をしておけばよかったよ……）

大学の近くで下宿先を決め、手続き関係などをこなし、後は下宿先に持っていくものを整理するだけになっていたのだが、荷物を選別する時にいちいち確認するため、思ったより時間が掛かっている。

（この本は持っていくとして、こっちはどんな内容だっけ？……）

彼の好きなライトノベル系の本や武器や魔法の資料集などを見つける度に読んでいくため、彼の周りにはそれらの本が山のように積まれていた。朝から始めたはずだが、日が傾き始め、薄暗くなってもそんなペースで続けていたため、夕食頃になってようやく本の整理が終えた。

（ふぅ～。ようやく本の整理が終わったか。後はパソコンの梱包だな。とりあえず、データのバックアップを取っておこうか）

彼はパソコンを起動し、データのバックアップを取っていく。

（あっ！　去年書いていた小説か……懐かしいな。どこまで書いたんだっけ？）

彼は受験のため執筆を休止していた処女作「トリニータス《天と地と人の神の》・ムンドゥス《世界》」というファイルを開く。

その作品はいわゆる異世界転生物で、女子高校生が剣と魔法の国に転生する物語だった。

内容は弓道部のエースである主人公が、大国の狭間にある小さな村の猟師の家に転生、弓道の腕と現代の知識を使って、村で生きていくというもので、物語は少女期の終盤に差し掛かったところだった。彼女の村が魔族に襲われ、彼女一人が生き残り、魔族を追っていた冒険者に救われる。

その冒険者は彼女を引き取り、一緒に住むことになった。彼女は魔族に復讐するため、冒険者になり、弓使いとして徐々に活躍し始めた。そこまで話が進んだところで中断していた。

（この後、街が魔族に襲われる設定だったんだっけ？　プロットは……あれ？　どこに紛れ込んだんだ？）

彼はプロットを探すが、フォルダ内にそれらしいファイル名がない。

（あれ？　間違って消したのか？　気になるから手当たり次第に開いていくか……）

彼は手当たり次第にファイルを開いていくが、プロットが見つからない。そして、〝転送設定〟という名のファイルを見つけ、「こんな名前だったかな？」と疑問に思いながら、そのファイルのアイコンをダブルクリックした。

その瞬間、突然パソコンの画面が真っ白に輝き、彼の部屋はその光に包まれた。

「うわっ！　何だ⁉」

彼はその光に驚きの声を上げるが、物理的な圧力があると思われるほどの光量に、座っていた椅《い》子《す》から転げ落ち、そのまま意識を失った。


礼は自分の部屋では嗅《か》ぐことのない、湿った草木の匂いで目を覚ました。

(何が起こったんだ？　パソコンが急に光って……思い出せない……)

彼はまだ意識が朦朧《もうろう》としているようでしきりに頭を振っている。

(頭が重い……何でヘルメットなんて被っているんだ？)

彼は頭を振った時に感じた違和感から、自分がヘルメットを被っていることに気付く。

そして、ヘルメットを外そうと手を顔の近くに上げると、手に金属製の防具を装着していることにも気付いた。慌てて自分の体を確認していく。

(何だ？　籠手《ガントレット》か？……プレートアーマーを着けているし、腰には剣が……誰がこんなコスプレ衣装を着せたんだ……)

この状況に混乱しながら立ち上がると、もう一度自分の姿を確認していった。最初はコスプレのような張りぼての鎧と思っていたが、軽く叩いてみると意外に厚みのある本格的な鎧であることが分かった。だが、知識にあるような重量感はなく、プラスチックか何かのように軽く感じ、本物のような気が全くしない。

(しかし、一体ここはどこなんだ？　コスプレっぽい衣装といい、悪ふざけにしては手が込み過ぎている……)

そして周りをゆっくりと見回す。

一メートルを超える直径の大木が何本もそびえ、空は枝に塞《ふさ》がれほとんど見えない。ただ光の線のように木漏れ日が差し込んでいるため暗くはないが、全体的にはうっそうとした印象が強い。地面には緑色の苔に覆われた岩や背の低い灌木《かんぼく》、羊歯《しだ》のような草が生えているが、人工物は一切見当たらなかった。

(ここはどこなんだ？　夢を見ている？　深呼吸をして、冷静になれ。何があったか思い出そう……)

彼は必死に状況を把握しようと記憶を辿るが、思い出せるのは自分の部屋でパソコンを見ていたということだけだった。

(僕の名前は……聖礼。年齢は十八歳、あと二ヶ月で十九歳……東京の大学に入るため、荷物の整理をしていた……パソコンのデータをバックアップするつもりで「トリニータス・ムンドゥス」のファイルを整理して……ここから先が思い出せない……)

彼はもう一度自分の周りを見回してみる。その時、何かいつもと違う感じがし、その違和感の原因に気付く。

(視線の位置が高い？　比較対象がないけど、何となく背が高い気がする……)

彼の身長は百六十センチメートルを少し超えたくらいで、背はかなり低い方だった。

比較対象がないため、どのくらい高くなったのか正確には分からないが、二十センチ以上高い気がしていた。そして、そのまま視線を下ろし、もう一度自分の姿を確認していく。

白銀のプレートアーマーに同じ色の大腿甲《キュイス》などのレッグアーマー、更に革のブーツに白いマントを着けている。

鎧の隙間から見える肌は、白人の肌のように白かった。そして、左の腰には一メートルくらいの直剣、いわゆるロングソードを佩《は》き、足元には二メートルくらいの長さの槍が落ちている。その槍は柄も含めすべて白銀色の金属製で、三十センチくらいの長さの十字型の穂先が付いていた。

(夢でなければ、異世界トリップか？　体は別人だから転生か？　まさか……はっはっはっ……)

夢にしては感覚が生々しく、夢ではあり得ないと思い始めていた。

彼は自分の持ち物を確認しようとポケットや袋などを探すが、周りに槍以外の荷物はなく、バックパックなどの袋類も持っていなかった。

(持ち物は武器と防具だけ……食料も水もない……夢ならそれでもいい。現実だとすると……とにかく、動こう。人を探して助けてもらうしか生きていけない……)

彼は意外に早く現実的な考え方に切り替えた。小説を書く時に自分ならどうすると、いつも考えていたことがその思考に繋がったのかもしれない。もちろんサバイバルの経験もなく、インドア系の彼が知る食料を得る手段は、本で得た知識しかない。

そんなあやふやな知識に頼ることはできないと、森の中を彷徨《さまよ》い始めた。

礼は右手に槍を持ち、深い森の中を彷徨っていた。

彼が目覚めてから既に一時間以上経ち、森の木を通して見る太陽は徐々に高度を上げていた。

（太陽の位置から時間は分からないけど、日が昇っていくからまだ午前中なんだろうな。こんな森の中で一夜を明かすなんてことはしたくない……何としても集落か人を見つけないと……）

彼はこの姿で旅人に会えば、警戒されるだろうし、そもそも話が通じるのかも不安に思っていた。だが、それ以上に、森の中にただ一人いるこの状況に焦りを感じていた。

彷徨いながら、今の状況を考えてみる。

木の根に足を取られ、転倒した際に強い痛みを感じた。これにより夢ではないと確信している。

（夢でないとするなら、ライトノベルのように異世界に迷い込んだか、タイムスリップしたかだろう。この装備がどの程度のものかは分からないけど、完全武装に近い恰好だよな……これで言葉が通じなければ絶対に信用されないし、最悪殺されるかもしれない……夢だとしても、転んだだけであれだけ痛かったから、殺される時はもっと痛いんだろうな……）

彼にはまだ現実感がなかった。もっと深刻に考えるべきことがあると思いながらも、まだ夢である可能性を捨て切れていなかった。それでも身の危険は感じているようで、何とかしなければと必死に考えるが、解決策は何も思いつかなかった。


森の中を更に彷徨っていく。

未だに集落はおろか、道すら見つからない。周りから聞こえてくる音は、風が木々を揺らす音と鳥の鳴き声、そして、時折聞こえる動物の咆哮《ほうこう》だけだった。

（さっき木の幹を見た時、鋭い爪の跡があったよな。最低でも羆《ひぐま》クラスの動物がいる……猛獣なんて子供の時に行った動物園でしか見たことないよ。どうすりゃいいんだろう……それにしても喉が渇いた。どこかに水はないんだろうか？）

小さな水たまりはあるものの、さすがにそんな水は飲めないと、きれいな泉か小川を探していた。だが、彼の歩く方向が悪いのか、一向に水の気配はない。

そして、更に歩き続け、へとへとになったところで休憩を取る。

彼は全く気付いていなかった。重装備でアップダウンの激しい森を三時間以上歩き続けているという異常さに。

元の世界の彼は幼少期より体が弱く、中学生になるまでかなりの頻度で学校を休んでいた。そのことを心配した両親は彼に無理はさせなかったため、外で遊ぶことや友達とスポーツをすることはほとんどなかった。当然体を動かすことは苦手で、長時間歩いたこともなかった。

その彼が自分の体の変化に気付けていないのは、この異常な状況のせいかもしれないが、現実から逃避したいという深層心理が働いていたのかもしれない。

しばらくすると、遠くから複数の人の悲鳴に似た叫び声が、風に乗って聞こえてきた。

（異世界トリップだと、盗賊かモンスターに襲われている旅人がテンプレなんだけど、どうしようかな？　下手に近づいて襲われても困るし……）

一旦近づくのを止めようかと思ったが、このまま一人で森を彷徨いたくないという気持ちも強かった。彼は無理やり理由を付けて、その声のする方に近づいていくことに決めた。

（ここで人の声を聞いておけば話が通じるかも分かるから、気付かれないように近づいてみようかな？　幸いこの鎧は金属製なのにほとんど音が出ないから、失敗しなければ気付かれることもないだろう……）

慎重に近づいていくと、複数の男の悲鳴が聞こえ、更には野卑《やひ》な男たちの笑い声がする。徐々にその声が鮮明になっていくと、言葉が聞き取れることが分かった。

「おい！　もういい加減、降伏しろよ。たっぷり可愛がってやるからよぉ」

げらげらと笑う男たちの声に、陰に隠れて姿は見えないが若い女の声が叫び返していた。

「うるさい！　どうせ犯した後に殺すつもりだろう！　嬲《なぶ》りものにされるくらいなら最後まで抵抗してやる！」

彼が木の陰から覗《のぞ》き込んで見てみると、そこには土を踏み固めてあるだけの道が通っており、一台の馬車が停められていた。

馬車の周りには、二十人近い革鎧を着けた男たちがおり、彼らの足元には金属鎧を装備した複数の男が血だまりの中に倒れていた。

（こんなところに来るんじゃなかった……絶対、盗賊、山賊の類いだよ。どうしよう……）

足は恐怖にガタガタと震え、今動くと何かの拍子に音を立ててしまいそうだと、その場から動くことができない。また、盗賊たちを見ていないといつ彼らが近寄ってくるのか分からないので、馬車から目を離すことができなかった。

盗賊たちの作る人垣の中から十代半ばの少女――ブルーのドレスを着た金髪の少女――が乱暴に引き摺《ず》り出された。男たちの野卑な声の中で若い女性の悲鳴が響き渡る。さっきの女性の声とは違

い、更に若い、幼い感じの声だった。

「いやぁぁあ！　離して！　お父様！　助けて！」

その声は必死に助けを求め、それに呼応するかのように父親らしき男性の声が聞こえてくる。

「娘を、オリアーナを放してくれ！　金ならいくらでもやる。頼む……」

盗賊の一人がその少女の顎を持ち上げながら、好色そうな笑みを浮かべ、

「うるせぇ！　このかわいいお嬢ちゃんには俺たちの相手をしてもらう。殺しやしねぇよ。たっぷり可愛がってから、どこかに売り飛ばしてやるから、安心しな」

彼女は馬車の方に向かって泣き叫び、馬車の方からは父親の助命を願う声が続いている。

礼は無力感に苛《さいな》まれ、じりじりとした思いでその光景を見ていた。

（ああ、どうしようもないのか……僕は……どこかで同じ想いをしたような気がする。嫌だ！　見捨てるのは嫌だ！……）

だが、その光景を見ているうちに、自分の記憶の中に別の記憶があることに気付く。次の瞬間、彼の眼から感情が抜けていき、その眼に映っていた盗賊の姿は醜い魔物の姿に変わっていた。そして、引き出された少女の姿も、かつて自分が愛した人へと変わっていく。

そこで、彼の意識は真っ白になり、記憶はここで途切れた。

礼は無意識のまま、槍を構え、盗賊たちに向かって猛然と突撃していた。

左手にはいつの間にか眩い光の槍――長さ一・五メートル、太さ三センチほどの白い光の棒――

ができ、彼がその手を振ると、光の槍は少女を引き摺り出した男の胸に突き刺さった。

彼の突然の攻撃に気付けなかったその男は〝グゲッ〟という蛙を踏み潰したような悲鳴を上げ、何が起こったのか知ることなく絶命した。

盗賊たちは突然の襲撃者に驚き、一瞬浮き足立つが、僅か一人しかいないため、すぐに冷静さを取り戻す。

首領らしき大柄の男は「何だ？　てめぇは！」と叫んだ後、手下たちに「構わねぇ、殺せ！」と命じた。手下たちは再び魔法の槍を作り出した白銀の騎士に警戒しながらも周りを囲むように移動していく。

その後ろから弓を持った盗賊二人が無防備に向かってくる彼に矢を放った。その必殺の矢は彼の胸にまっすぐ飛んでいくが、何事もないように右手の槍で二本とも叩き落すと、逆に左手で魔法の矢を生み出し、二人の弓使いに向かって放った。魔法の矢は正確に弓使いたちの喉に突き刺さり、その首を半ば断ち切りながら、後ろの大木に突き刺さった。

「奴に魔法を使わせるな！　囲んで切り刻め！」

盗賊の首領は手下たちに取り囲むように命じ、その命令を聞いた手下たちは彼に殺到する。

あっという間に彼の周りに盗賊たちの人垣ができあがった。

礼は右手の槍を両手に持ち替え、薙ぎ払うかのような動きで盗賊たちを攻撃していく。

槍の穂先が突然オレンジ色に輝き始めた。その光には強い力が秘められており、盗賊たちの着けている革鎧は全くの無力だった。槍の攻撃範囲に入っていた不運な盗賊たちは首や腕を切り裂かれるか、胸を突き抜かれるかして、あっけなく簡単に殺されていく。

「む、無理だ！　化けもんだ！　あぁぁあ！」

一人の若い盗賊が戦意を失い、逃げようとした。だが、稲妻のように盗賊たちの間を駆け抜ける白い悪魔は命乞いをする盗賊を何の感情も見せずに葬っていく。それだけでなく、彼の駆け抜けた場所には血煙が上がり、盗賊たちが次々と倒れていった。

その光景にまともにやり合ったのでは勝てないと悟った首領は、「こいつらを殺されてもいいのか！　武器を捨てろ！」と叫び、引き摺り出された少女とその父親らしい煌《きら》びやかな服を着た中年の男に剣を突きつけた。だが、彼は全く表情を変えず、それどころか、左手で光の円盤――直径五〇センチほどの薄い円盤――を作り出し、首領に向かって投げつける。

首領はそのあまりに意外な行動に一瞬思考が停止した。その僅かな時間が命取りとなった。首領は回避する間もなく、胴を輪切りにされた。その顔には驚きの表情だけが張り付いていた。

首領を失った盗賊たちは算を乱して逃げ始めた。

彼はちりぢりに逃げる盗賊たちを追いながら、左手の魔法と右手に持つ槍で一人ずつ確実に殺していく。その無慈悲な攻撃に盗賊たちは泣き叫んで命乞いをするが、その叫びは何の役にも立たなかった。

盗賊たちを殲滅した時、彼の体は鮮血に塗れ、白い装備は深紅に塗り替えられていた。

彼は小さな声で、「隊長……みんな……今度はちゃんとやりましたよ……今度は……」と呟《つぶや》いた後、糸が切れた人形のように地面に倒れ込んでいった。

◆　◆　◆

アシュレイ・マーカットは金属製の鎧を纏《まと》い、大型の両手剣を使う、この辺りでは割と有名な女傭兵《ようへい》兼冒険者だ。彼女の父、ハミッシュ・マーカットはラクス王国屈指の傭兵団を率いている。彼女も幼少の時から剣術などの武術を習い、十五の時から七年間、傭兵として戦場に立っていた。

一年ほど前に父の傭兵団から独立し、ソロの冒険者兼傭兵として活動しており、今回もサルトゥース王国の王都ラウルスへ行くアトリー男爵一行、特に息女の護衛として依頼を受けていた。

行きは全くの平穏だった。帰りもラウルスを出たところまでは、特に何事もなく順調だった。しかし、二日前に男爵領の騎士たちが原因不明の病に倒れ、護衛可能な騎士が僅か五名にまで減ってしまう。この人数では盗賊どころか弱い魔物にすら対応できないと、途中の町で十名の傭兵を雇い、あと少しでアトリー男爵領に入るというところまで来ていた。

この辺りは森が深く、魔物が出没することもあるが、十数名の護衛に守られた馬車なら安全に森を抜けられるはずだった。それは傭兵が裏切らないという前提の下で成り立つ論理であり、今回は雇った傭兵が最大の敵になった。

通常であれば、傭兵ギルドで雇った傭兵がこのような護衛任務で裏切る可能性はほとんどない。混乱した戦場ならともかく、護衛契約を故意に破れば、ギルドから追手を差し向けられることになるからだ。

そんなこともあり、実戦経験のない男爵はもちろん、護衛を任されている騎士たちですら油断していた。森に入り人通りがなくなった時を見計らって、傭兵たちが盗賊団を手引きした。

彼女が気付いた時には、護衛の騎士たちは傭兵たちに不意を突かれ、殺されるか、瀕死の重傷を負わされていた。その様子を見ていた盗賊たちが次々と森の中から現れ、馬車から男爵たちを引き摺り出す。

彼女は好色そうな盗賊の首領らしき男から降伏を呼び掛けられるが、凌辱《りょうじょく》された上で殺されるくらいならと抵抗した。

盗賊たちも剛剣の使い手である彼女の勇名を知っており、抵抗されると何人かは道連れにされると躊躇《ちゅうちょ》する。圧倒的に有利なこの状況でその不運な一人に自分がなるつもりはなく、自ら進んで彼女に近づこうとする者はいなかった。

埒が明かないと男爵の娘オリアーナを凌辱しようとしたところで、盗賊たちの後方から白銀の鎧を纏った騎士が盗賊たちに襲い掛かった。初めは救助が現れたと喜んだ彼女だったが、後続の新手は現れず、ただ一人何の策もなく、突っ込んでくる騎士の姿に再び絶望した。

(無駄なことを……どれだけ自信を持っているのか知らないが、これだけの戦力差に対し、何の策もなく突っ込んでくるとは……)

彼女はそう思ったが、その騎士が左手に光の魔法を纏わせる姿を見て驚愕《きょうがく》した。

(噂に聞くルークスの聖騎士か!? ルークスは一騎当千と喧伝しているが、一人で何とかできるのか?)

その答えはすぐに与えられた。

騎士が光の槍を盗賊たちに投げつけると、二人の盗賊を一瞬にして葬ったのだ。

危険を感じた首領が数に任せて包囲しようとすると、今度は右手に持った業物《わざもの》の槍に魔力を流したのか、十字型の穂先はオレンジ色に輝き始めた。その魔法の槍を振るう度に盗賊たちは木偶《でく》のように次々と倒されていった。盗賊たちの革鎧は手入れこそ行き届いていないが、それほど粗末なものではなかった。その実用的な鎧が彼の槍の前では全くの無力だった。

（何だ、あの槍は？　神槍《しんそう》なのか？　それともあの騎士の技が凄いのか？　まるで神話の勇者のようではないか……）

白銀に輝く鎧を纏い、光り輝く槍を振るう姿は神の戦士というに相応しい姿に思えた。

（これが聖騎士なら、光神教の狂信者たちが言う光の神の使いは無敵だという宣伝は、強《あなが》ち誤りではないな……）

騎士が槍を振るう度に盗賊の死体が増えていく。それを見た盗賊たちの士気はみるみる低下し、自分の近くにいる盗賊も及び腰になっていた。

彼女はその姿から目が離せなかったが、これを千載一遇のチャンスと思い、自分の目の前にいる盗賊を刺殺し、男爵たちに近づこうとした。

その時、盗賊の首領が男爵らを人質にとり、騎士の武装を解除させようとするのが、目に入った。

（くそっ！　間に合わなかったか。あの騎士はどう動く……聖騎士なら武器を捨てるはずだが……）

彼女の予想は大きく裏切られた。人質のことなど眼中にないとでも言うように、再び光の魔法を発動したのだ。

今度の魔法は光の輪だった。

一瞬の出来事で、彼女ですら身動きができない中、首領の胴体はその光の輪によって文字通り輪切りにされていた。

（何の迷いもなかった。我々を助けようとしてくれたのではないのか？）

彼女は騎士に不信感を持つが、今は目の前の脅威である盗賊を倒すことに専念することに決めた。

（もし、あの騎士が襲ってきたら、防ぎようがない。我々に向けて攻撃してこないところを見ると少なくとも今は味方と考えておいた方が無難だ……）

事が終わると、白銀の騎士は盗賊たちの鮮血によって深紅に染まっていた。

横にいる男爵はその姿に驚愕と恐れを抱いた表情で固まっている。幸いなことに男爵令嬢は気を失っており、その凄惨な姿は目にしていなかった。もし、目にしていれば、ただの少女に過ぎない彼女の精神は異常をきたしていたかもしれない。

騎士が現れてから、恐らく十分くらいだろう。その僅かな時間で盗賊団は壊滅した。

アシュレイが警戒を強めていると、騎士は何か小さく呟いた後、うつ伏せに倒れた。

周りを警戒しつつ、その騎士の様子を窺《うかが》った。そして、雇い主である男爵が彼をどうするつもりなのか気になった。

「あの騎士はどうしたらいいですか？　正直、あまり近づきたくないのですが……」

男爵はまだ動揺から回復していないが、彼女の言葉を聞き、すぐに冷静さを取り戻す。そして、

「命の恩人だよ、彼は。素性は分からないが、ここに捨てておくわけにもいかない。それにまだモルトンの街までは半日の行程が残っているのだ。彼に護衛してもらえれば安心じゃないかね」

彼女は頷《うなず》くが、まだ乗り気ではなかった。このまま、馬車で走り去った方が安全ではないかと思ったが、雇い主の言葉に逆らうほどの材料がないため、仕方なくその騎士に近づいていった。

◆　◆　◆

礼《レイ》が意識を取り戻すと、目の前に金属製の鎧――胸甲《キュイラス》らしきノースリーブの金属製鎧――を纏った若い女戦士の顔があった。

灰色がかった金髪を後ろに束ね、日に焼けた顔は化粧っけはないものの、精悍《せいかん》で美しかった。

目の前にその美しい女戦士の顔があり、思わず動揺してしまった。だが、すぐに周りの異臭に気付く。生臭く、金属臭のような臭いに糞尿《ふんにょう》の混じった臭いが混ざり、彼は顔を顰《しか》めた。同時に顔に何か液体が付いていることにも気付き、それを拭おうと手を挙げたところで驚愕した。

（ち、血じゃないのか？　僕がケガをしている？　痛みはない？　何？……何だ？）

彼は腕についた大量の血液にパニックになり、周りを見渡した。

彼は周囲の夥《おびただ》しい数の死体――盗賊たちの無残に切り裂かれた死体――を見て、猛烈な吐き気を覚え、四つん這いになり嘔吐《おうと》を始めた。女戦士がその姿を見て、「大丈夫か？」と声を掛けるが、彼はその声に答えることができなかった。

彼女の声は聞こえるものの、パニックに陥った思考は容易に冷静さを取り戻せない。胃の中のものをすべて吐き出し、更に胃液まで吐いても嘔吐感は消えない。

（何が、何が起こったんだ……気持ち悪い……助けて、誰か助けて……）

五分ほど嘔吐を繰り返すと、ようやく落ち着きを取り戻し、仰向けに寝転がる。

その姿を見た女戦士は居住まいを正し、「先ほどは危ないところ助けてくれて感謝する」と一礼する。

「私の名はアシュレイ・マーカット。あちらにいるアトリー男爵閣下の護衛を務めている」

彼女の声に何とか答えようと、彼は声を絞り出す。「私は……レイ……です」とだけ答え、そこで言葉が詰まってしまう。

（何て言ったらいいんだろう？　異世界から来ましたと言ってもいいのかな？　何も考えていなかった……ここは定番の記憶喪失でいってみるか……）

咄嗟に記憶喪失を装い、「すみません。記憶が定かではなく、レイという名前しか思い出せません……」とだけ答えた。

遠くで見ていた煌びやかな服を纏った中年の男――アトリー男爵――は、命を救ってくれたこの騎士は危険ではないと判断し、執事らしい男を引き連れ、近寄ってきた。

「レイ殿と仰るか。儂はラクス王国で男爵を拝命しておるブルーノ・アトリーと申す者。この度は我々の命を助けてくれたこと、感謝しますぞ」

レイはどう答えていいのか分からず、とりあえず頷くことしかできない。アシュレイという名の女戦士が言いにくそうに彼の姿について指摘する。

「レイ殿、とりあえず、血を洗い流した方がよろしいのではないか。近くに小川があったはず。魔力の使い過ぎで立ち上がれぬのなら、手を貸すが……」

彼はそう言われて初めて自分の姿を見た。

全身が血で赤く染まり、ところどころに肉片らしきものも付着している。その姿を見て再び嘔吐感が襲ってきたが、何とかそれを堪え、「何がどうなったのか、教えてもらえませんか？」と声を絞り出した。

アトリー男爵とアシュレイは顔を見合わせると、アシュレイが説明を始めた。

「我々が盗賊に襲われている時に、レイ殿が飛び出してきて、盗賊どもを次々と……」

簡単にまとめられた説明を聞き、彼は血の気が失せていった。

（全部、僕がやったのか？　人を殺してしまったのか……この血はあの盗賊たちの……）

周囲の人の目など関係なく、彼はガタガタと震え始める。

（この男は何なのだ？　英雄のような動きを見せたと思えば、血を見ただけで嘔吐し、小娘のように震え出す……全く訳が分からん）

彼女は当初思っていた英雄という印象が崩れていくのを感じ、自分の中の感情をどう整理していいのか困惑していた。

（危険はなさそうだ。それに面白くなりそうな気もする。何より命の恩人に恩を返すのはマーカット家の教えだからな……）

彼女は彼に興味を覚え、そして、もう一度、血を洗い流すことを提案する。

男爵はやや申し訳なさそうに、「娘が目を覚ますまでに何とかしてもらえないだろうか。その姿を見たら、また気を失いかねん」と伝えると、レイは小川があると言われた方に向かってとぼとぼと歩いていった。

その姿を見ながら、男爵は、「かの者をどう思う？」とアシュレイに尋ねる。

頭を横に振り、「よく分かりません。いずれにしても今の状態なら害はないでしょう」と答え、殺された騎士たちを馬車の後ろに乗せ始めた。

とぼとぼと小川に向かったレイは、小さな水の流れの中で血を洗い流していく。

だが、乾き始めた血はなかなか落ちず、最後には小川の中に飛び込み全身を洗い流そうとしていた。小川の水は思いのほか冷たく、すぐに歯の根が合わないほどの震えが来るが、血を洗い流すことを優先した。半ばパニックになりながら体を洗っていく。

（早く落ちろよ！　この血の臭いが吐き気を誘うんだ。くそっ！　何で落ちないんだ……）

五分ほど冷たい水の中で四苦八苦して洗っていくが、顔や手は何とか落とせたものの、鎧やマント、鎧の下に着けた衣服、そして一番気になる髪の毛に付いた血が落ちない。

（小説なら〝清浄〟の魔法で一発で落とせるのに……さっきの話なら魔法が使えるはず、こんな状況だ、駄目もとで試してみるか……）

彼は自分の書いた小説の設定を思い出し、体や衣服を清潔に保つ生活魔法〝清浄〟を試してみた。

彼の小説では〝生活魔法〟という分野があり、清浄の魔法は水属性と光属性、風属性の混合魔法という設定は考えてあった。

彼が清浄の魔法――水の精霊が汚れを浮かせ、光の精霊が分解し、その分解した汚れと水を風の精霊が飛ばすというプロセスの魔法で、洗剤のコマーシャルなどをイメージしたもの――を思い浮かべると、彼の周りに光が集まってくる。青い光が彼を包み、その後金色に近い白色の光に変わり、最後は銀色の光が彼を包みこんでいく。

驚きながらもじっと動かずに待っていると、彼の体に付着した血や土などはきれいに取り除かれ、マントや下着はクリーニングに出したように、しみ一つ残すことなく、それはまるで新品のようだった。

彼の体も気になっていた髪の毛も含め、風呂に入って汚れを落としたようなすっきりとした状態になっていた。それだけでなく、小川で濡れた衣服や体もすっかり乾き、寒さも感じなくなっていた。

(凄い！　本当に使えたよ……もしかしたら他にも使えるのかもしれない……)

僅かに気だるさも感じていたが、彼は人を殺したという罪悪感を一瞬忘れ、魔法が使えたという事実に興奮していた。更に魔法を使おうと考えた時、遠くからアシュレイの声が聞こえてきた。

「レイ殿！　そろそろ出発したいのだが、戻ってきてくれないか……」

彼は少しだけ残念に思うが、盗賊の残党が襲ってくることを考え、すぐに彼らのところに戻っていった。

血を洗い落としたレイは、アシュレイらが待つ馬車のあったところに戻る。

その場所に近づくにつれ、再び吐き気を催す血の臭いがしてきたが、何とかその吐き気を抑え込む。

すっかりきれいになった彼の姿を見て、アシュレイと男爵は再び驚愕する。

「どうやって、あれだけの血を洗い落としたのかな？　まるで着替えたようだ……」

その問いにどう答えるべきか悩む。

（清浄の魔法は一般的じゃないのかな？　攻撃魔法を使うことは普通っぽいのに生活魔法はないのかも……下手なことは言えないけど、どうしよう……）

どう答えようか悩みながら、おずおずという感じで説明していく。

「小川である程度洗い流した後、魔法できれいにしましたが……ご存じないですか？」

「魔法で衣服や体をきれいにするなど……サルトゥースのエルフがそういった魔法を使うと噂で聞いたことが……」

男爵が首を傾げながら、記憶を辿っていく。レイは男爵の口から出た地名に戸惑っていた。

（今、エルフって言ったよな。それに〝サルトゥース〟という地名。男爵が〝ラクス〟王国って……僕の書いていた小説の国の名前と同じじゃないか。どういうことなんだろう？）

考え込む二人の男たちを見ながら、現実的なアシュレイは出発準備を提案してきた。

「閣下、レイ殿、そろそろ出発したいんですが」と言った後、レイに向かって「盗賊の魔晶石の回収を手伝ってもらえないか」と付け加える。

「魔晶石？　ああ、魔晶石ね……えっ！　僕が……」

魔晶石という言葉に思わず声を上げる。

（魔晶石って、僕の小説のままなら、人や魔物の体の中にある魔力の結晶のことだよな。取り出すってことは、死体に手をかざして魔力を流すんじゃなかったっけ……もう一度死体を見るのは嫌だな……)

レイが戸惑っていると、アシュレイが少しイラついた声で別の提案をした。

「どうした？　取り方も忘れているのか？　もしそうなら魔晶石は私の方で回収する。代わりに馬を探してくれないか」

彼は彼女の提案を受け入れる。そして、馬がいると思われる森の中に入っていった。

(国の名前、魔晶石……もう少し情報を仕入れないと判断できないけど、どうも僕の書いた小説の世界に迷い込んだみたいだ……)

彼は騎士たちが乗っていた馬を見つけ、恐る恐る近づいていく。

(馬なんて触ったことがないよ。手綱を持てばいいのかな？　全部で十頭以上いるけど、どうやって連れていこうか……)

方法が分からないので、二頭ずつ馬車の近くに連れていくことに決め、手綱を持って軽く引っ張ると、馬たちは訓練が行き届いているのか、素直に付いてくる。

最初の二頭を馬車の近くに連れていくと、アシュレイが盗賊の体から魔晶石を取り出す姿が目に入った。方法は彼が思っていたものと同じで、死体の胸に向け手をかざすと、一・五センチくらいの大きさのガラス玉のようなものが浮き上がってくる。

(やっぱり……僕の小説、「トリニータス・ムンドゥス」の設定通りだ。小説の世界に迷い込んだのか？　そんなことが……)

彼は半信半疑ながらも馬を集めることに集中し、できるだけ考え込まないようにしていた。十分ほどで馬を集め終えると、アシュレイの魔晶石集めも終わり、先に集めた馬たちはロープで繋がれていた。彼女は馬に跨《またが》り、彼に向かって、「馬には乗れるな？　乗れないとなると馬車に乗ってもらうしか……」と心配そうに聞いてきた。

彼は彼女の乗り方を見て、「何とかやってみます」と答えるが、不思議な感覚に戸惑っていた。

（何となく乗れそうな気がするんだけど、なぜなんだろう？）

鐙《あぶみ》に足を掛け、思ったより軽々と馬に跨ると、体が覚えているのか、軽く手綱を引き安定させる。

（自転車に乗るより簡単に乗れた。なぜなんだろう？　そもそもこの体の持ち主は誰なんだろう？）

アシュレイは彼が馬に乗れそうだと安心し、男爵に向かって出発することを告げると、御者席に座る執事らしい男に合図を送る。

彼はその合図に合わせ、馬を出す。最初のうちは恐る恐るといった感じで操っていたが、十分もすると普段から乗っていたかのように自在に操ることができた。

（馬が良く訓練されているからかもしれないけど、馬術ってこんなに簡単なのか？）

彼は自分がなぜ馬に乗れるのか、訝《いぶか》しみながらも、森を抜けるため、馬を進めた。

二　丘の町へ

　礼は自分が簡単に馬に乗れたことに疑問を持ちながら、今がどのような状況なのか、ぼんやりと考えていた。そんなことは関係ないとでも言うように、馬はしっかりとした足取りで、山道を歩いていく。一時間ほど進んだところで、木々に遮られていた視界が急に開け、ようやく深く暗い森を抜けた。

　彼の眼下には今まで見たことがない美しい風景が広がっていた。森や丘の間に大小様々な湖があり、その湖面は森の新緑を映し、太陽の光を受けて翡翠《ひすい》色に煌いている。彼は思わず馬の歩みを止め、しばしその風景に心を奪われた。

「何てきれいなんだ……初めてだ、こんな美しい風景は……」

　知らず知らずに声が出ていた。

　森を抜けたところで馬車を停めていたため、男爵がその声を聞きつける。

「そうであろう。ここから見るわが祖国、わが領地はまことに美しい。レイ殿にも分かってもらえたか。重畳《ちょうじょう》重畳」

　男爵は自分の国が褒められたことに気を良くし、満面の笑みを彼に向ける。

「ええ、こんな美しい風景は初めて見ました。本当にきれいです……」

レイはこの風景に見惚れ、ほとんど独り言のように呟いていた。

（設定では湖と泉の国ラクスだった。僕が書いていたのは冒険者の街ペリクリトル周辺だったはずだから、美しい国としか表現していなかったんだ。しかし、こんなに美しいとは……でも、僕の表現力じゃこの風景は描写できないいな）

二人の会話を聞いていたアシュレイは呆れていた。

（まだ危険なのだが……どうも緊張感のない男たちだ。私一人で警戒するしかないのか。割に合わぬ……）

それでも責任感の強い彼女は注意を促《うなが》す。

「まだ、危険ですから先を急ぎます。レイ殿、風景に見惚れて警戒を怠らないでくれよ」

峠をゆっくりと下っていくと、二時間ほどで丘陵地帯に入る。太陽はかなり傾いているが、夜までにはあと二時間ほどはあると思われた。

「ここまで来れば、もう大丈夫です。閣下、一度休憩を入れます。エドワード殿、馬車をあの広場に停めてもらえないか」

アシュレイは御者をしている執事のエドワードに指示を出し、自らも馬たちを連れて、道の脇にある草原に入っていく。

（やっと休憩か……思ったよりは体は疲れていないけど、精神的に疲れたな。ところでこの後、僕はどうなるんだろう？）

レイはようやく安全地帯に入れたことで、自分の身の振り方について考えていなかったことに気付く。金も食料もなく、身分を示す物――オーブと呼ばれる個人情報を書き込んだブレスレット状の魔法の道具――も見つけられていない。

（普通に考えれば、怪し過ぎるんだよな。男爵を助けたから、何とかしてもらえるかもしれないけど、直接的な身の危険が去れば、次に考えるのは僕が危険要因にならないかだろう。盗賊二十人を簡単に全滅させ、怪しい魔法を使う身元不詳の男。普通の領主ならたとえ命の恩人でも街に入れることを躊躇うんじゃないかな……）

レイは馬から降り、草の上に座ると、一人物思いに耽《ふけ》っていた。すると、アシュレイが彼の横に来て座った。そして、水筒を彼に手渡し、「水も飲んでいなかったのだな。済まない。気付かなかった」と頭を下げる。

「仕方ないですよ。アシュレイさんは一人で警戒していたんですから。僕がもう少し役に立てればよかったんですけど……」

彼が自嘲気味にそう言うと、アシュレイは彼の肩を掴《つか》んで正面を向かせ、

「そんなことはない！　レイ殿は命の恩人なんだ。貴方がいなければ私は死んでいた。それも凌辱された上でな」

レイは余裕があると思っていたアシュレイも緊張を強いられていたということに、初めて気付いた。

（ベテランの傭兵っぽく見えるけど、よく見るとかなり若いんだよな。五つも歳は離れていないんじゃないか？）

「レイ殿、ああ、面倒だな。レイと呼んでいいか。私もアシュレイと呼び捨てでいいし、敬語もいらん。で、これからどうするつもりなのだ？」

「あぁ、僕もそうさせてもらうよ。これからのことなんだけど、どうしようかと悩んでいる。記憶はないし、金も身分を示す物もないから、どうしたらいいんだろうって……」

「金なら何とかなる。盗賊の懸賞金、それに傭兵ギルドからたんまり慰謝料を分捕れる。男爵様を襲ったのはギルドに登録している傭兵だからな」

　彼は世界設定を思い出そうとしていた。

（確か、魔晶石は魂そのものという設定だったよな。冒険者ギルドの討伐証明や傭兵の忠誠度なんかもこれで分かる。自分で言うのも何だけど、どんだけ都合のいい設定なんだ……それに魔晶石は高く売れるんだよな。魔道具の材料になるから。人間の魔晶石だと一つ最低十クローナ、一万円にはなる。山分けしたとしてもそれだけで十万円はあるから、当面の資金にはなるな）

　彼の考えた世界設定では、通貨はクローナといい、単位は〝C〟で表される。一クローナは小銀貨一枚、日本円で千円くらいという設定だった。ちなみに通貨は大きいものから、白金貨＝一千クローナ、金貨＝百クローナ、銀貨＝十クローナ、小銀貨＝一クローナ、銅貨＝〇・一クローナ＝十エーレ、小銅貨＝一エーレとなっている。この他にも金貨五枚分の大金貨や銀貨の半分の価値の半銀貨などがある。

　アシュレイとそんなことを話していると、執事のエドワードが彼を呼びにきた。

「お話し中失礼します。御館様がレイ様をお呼びです」

レイは何事かと思いながら、彼に付いていく。

アトリー男爵と令嬢のオリアーナが馬車の外で待っており、「娘がレイ殿にお礼を言いたいそうなのだ。済まぬが聞いてやってはくれまいか」と軽く頭を下げる。

当初、男爵の趣味の悪い服装と小太りの容姿からあまりいい印象は持っていなかったのだが、娘を想う姿を見て印象を変えつつあった。

（何か悪代官って感じでやられ役の貴族っぽいなと思っていたけど、意外といい人なのかもしれない。僕に対しても偉そうな感じはないし……）

彼は「分かりました」と答え、男爵の横に立つ少女の方に顔を向ける。

少女は、まだショックから立ち直っていないのか、俯き加減で、「お、オリアーナ・アトリーと、も、申します。この度は、た、助けていただき、ありがとうございました。レイ様がいらっしゃらなければ……うっ」とそこまで言ったところで、馬車から引き摺り出されたシーンを思い出し、涙を浮かべ、言葉に詰まる。

男爵が肩を抱くが、彼女はすすり泣きを止めることができない。レイの方も何か言わなければと焦るが、適切な言葉が出てこない。二人の間に沈黙が流れる。

（気の利いたことが言えればいいんだろうけど、人付き合いが苦手な僕には無理だよ……龍司がいれば……）

彼は唯一の友のことを思い出していた。彼は礼とは全く正反対の社交的でスポーツ万能の男であったが、なぜか引っ込み思案な礼と友達付き合いをしてくれている稀有な存在だった。その友なら、こういった場面でも如才なく対応できるだろうと思い、彼ならどう対応するのだろうと考えていた。

「オリアーナ様がご無事で何よりでした。あのようなことは忘れる方がいいと思います……」

最後は尻すぼみになりながらも、何とかフォローの言葉を口にする。オリアーナは涙を堪えながら頷き、男爵に肩を抱かれて馬車の中に入っていった。

（これで良かったのかな？　駄目と言われても僕にはこれ以上は無理だけど）

三十分ほどの休憩時間の間に簡単な食事を摂《と》った。

胃の中のものをすべて吐き出していたため、レイはかなり空腹だったが、未だにあのスプラッターな場面が頭をよぎり、食欲は回復していなかった。それでも体力が落ちるのを防ぐため、無理やり食事を飲み込んだ。

再び街道を進むと徐々に農地が広がり始め、のどかな農村の中にぽつんぽつんと農家らしき家が見られるようになった。目に入る家々はヨーロッパ風とでも言えば良いのか、白い石材と漆喰でできた真っ白な壁に、黒っぽいスレートでできた屋根の素朴なものだった。素朴ではあるが、緑の森との対比が美しく、どこか現実離れしているように感じていた。

農民たちの服装も黄色や赤色に染められた毛織物で作られているようで、かなりカラフルなものだった。

（全体的に豊かな土地なんだろうな。水も豊富だし、土地も肥えていそうだ。羊に牛、豚もいたな。この辺りの設定はあまり記憶にないけど、食事は何とかなりそうだな）

安全な土地に来たことと、金銭的に何とかなりそうだというアシュレイの意見を聞いたことから、レイにも余裕が出てきた。彼はアシュレイの横に並び、この世界の情報を入手していく。

得られた情報では、ここはトリア大陸の西方、ラクス・サルトゥース連合王国のラクス王国にあるアトリー男爵領となる。

この大陸にある大国はラクス・サルトゥース連合王国の他に、南のカエルム帝国と東のカウム王国がある。この三ヶ国は歴史が古く、俗に三古国と呼ばれている。このほかにカエルム帝国から独立したルークス聖王国とジルソール王国、傭兵の国フォルティスが比較的大きな国で、冒険者の国ペリクリトルや商業都市アウレラや学術都市ドクトゥスを傘下に持つ都市国家連合という国家もあった。

今日はトリア暦三〇二五年、四月一日の春分の日に当たる。

一年は三百六十日、一ヶ月三十日、一日二四時間、一時間六十分、一分六十秒となっている。度量衡《どりょうこう》関係では、長さが一m《メルト》＝一メートル、一cm《セメル》＝一センチメートル、一km《キメル》＝一キロメートル。重さは一g《グラン》＝一グラム、一kg《キグラン》＝一キログラム、一t《トン》は呼び方も重量も元の世界と同じになっている。

種族はラクス王国は人族、いわゆる普通の人間が多く、七割くらいが人族であり、その他はエルフが二割、獣人が一割程度と言われている。別の国では例えばカウム王国などはドワーフが多く、サルトゥース王国はエルフが多いという風にそれぞれ特色がある。この他にカウム王国の東にあるクウァエダムテネブレ《永遠の闇》という魔族の支配地域があるという話だった。

（ここまで聞いた話は僕が書いていた「トリニータス・ムンドゥス」の設定通りだ。時間的にも小説とほぼ同じ時期だったと思う。だけど、細かいストーリーがどうしても思い出せない。何か記憶がブロックされているみたいだ……）

彼はアシュレイと話をしながら街道を進み、休憩から一時間ほど経った頃、前方に大きな街が見えてきた。その街はアトリー男爵領最大の街、モルトンであり、小高い丘の上に並ぶ美しい街並みがあった。丘の頂上には三角形の尖塔を備えた大きな屋敷が立っており、レイは男爵の屋敷なのだろうと予想していた。

街の周囲には高さ五メルトほどの壁が築かれ、街道は大きな門に繋がっている。街が見え始めてから三十分ほどで門に到着した。

正門に到着すると、門を守る兵士たちが男爵家の紋章を付けた馬車を見て、慌てて飛び出してきた。本来であれば、騎士の一人が先触れを行うのだが、今回は護衛がアシュレイとレイの二人しかおらず、二人とも男爵家の家臣ではないため、先触れを行えなかったのだ。

責任者らしい騎士が馬車の前に跪《ひざまず》き、その後ろには部下たちが同様に片膝をついている。

彼はたった二人しかいない護衛と無人の馬を見て、何らかのトラブルに巻き込まれたと直感した。だが、男爵からの説明を待つべく、静かに頭を垂れている。

男爵は馬車から降り、「途中で雇った傭兵たちに裏切られた」と不機嫌そうな口調で告げる。その言葉に兵士たちの間に衝撃が走る。

「幸い儂とオリアーナは無事だったが、同行した騎士たちは全滅した。遺体は丁重に屋敷に運んでくれ……」

その後、男爵は次々と細かい指示を出していく。アシュレイはその姿を平然と見ているが、レイはどうしていいのか分からず、アシュレイの横に立っていることにした。

(こんな時はどうしたらいいんだろう？　とりあえず何か言われるまで黙ってアシュレイに付いていこう)

男爵はすべての指示を終えると再び馬車に乗り込み、屋敷に向かって馬車を進めるよう指示を出した。アシュレイも守衛の兵に腕輪をかざしてから馬に乗って行ってしまう。

取り残されたレイは心細くなり、「アシュレイ！　待ってくれよ。僕はどうしたらいいんだ？」と思わず叫んでいた。

彼女はしまったという顔をしてから、「済まない。ちょっと待っていてくれ」と言って、男爵の馬車を追った。すぐに馬車に追いつき、男爵と話をすると、「その者は儂の命の恩人だ。構わんからそのまま通せ」という男爵の声が聞こえてきた。安堵の息を吐きながらレイは馬に乗り、守衛たちに見守られながら、門をくぐった。

(あの腕輪はギルドのオーブだよな。証明書代わりにする魔道具っていう設定だったはずだ。さっき見た時には僕の腕にはなかった。早く手に入れないと宿に泊まることもできなかったはずだ……)

オーブとは魔晶石と感応する特殊な魔道具で、魔晶石の情報を転写することにより、本人確認が行える道具である。

普通はペンダント状にして首に掛けておくか、ブレスレットなどにして腕に装着しておくことが多い。冒険者ギルドや傭兵ギルドなどのギルドの他、町や村の役所でも取り扱いがある一般的なもので十歳を過ぎた者は全員が持っている。

身分証明にも使われ、宿のチェックイン時や商売の許可、町の出入りなどで必要になる大切なものであり、失くした場合は再発行すればいいが、再発行までの間は行動がかなり制限されることになる。このため、寝る時も肌身離さず着けていることが多い。

男爵の馬車に追いつくとそのまま後ろに付いていく。

モルトンの街は、丘の斜面に作られているため、門からは上り坂になっており、九十九折《つづらおり》の道が頂上に向かって続き、その先には数本の尖塔と城壁、ゆっくりと回る大きな風車が数台見えていた。

丘の上に向かう道の両側には、白い壁に鮮やかなオレンジ色の屋根が特徴的な家々が所狭しと並んでおり、道はすべて石畳で舗装されている。

茜色に染まりつつある空を背景に美しい町並みを見ながら坂を上っていくと、男爵家の紋章を見た住民たちが道に出て、次々とお辞儀をしていく。住民たちの顔には自然な笑顔があり、男爵は封建領主の割にはかなり慕われていることが見て取れた。

二十分ほどかけて坂を登っていくと、四隅に尖塔を構えた立派な石造りの城壁に囲まれた建物に到着した。それは小さな城と言っていいほどの威容を誇っていた。城壁は灰色の頑丈そうな石でできた高さ十メルトほどのもので、城壁の上には凹凸状の銃眼胸壁《じゅうがんきょうへき》となっており、まさに戦闘用の城であることを主張している。

レイは馬車の後ろについたまま、城の門をくぐる。

そこには町の建物と同じような白い壁にオレンジ色の屋根で、三階建ての大きな屋敷があった。

まるで映画かアニメに出てくるような屋敷だと思うが、徐々に自分が場違いであることに怖気づいていく。

（どうしよう。こんなところに来てよかったのかな？　と言っても行くところはなかったし……）

未だに覚悟が決まらないレイはアシュレイの動きを見逃さないよう注意していた。彼女が馬から下りると彼も合わせるように下り、なに食わぬ顔で近くに控えている厩番に馬を渡していく。

アシュレイは馬車から下りた男爵の下に行き、頭を下げてから、「レイ殿はこの後どのように？」と尋ねた。

男爵は執事に「うむ、エドワード、済まんが部屋を準備してやってくれんか」と命じ、レイに向かって、「今夜はレイ殿を我が屋敷で歓待したいのだが、どうかな？」と声を掛ける。

レイは僅かに逡巡したが、アシュレイも晩餐《ばんさん》に招待され、屋敷に宿泊すると聞き、「ありがとうございます」と頭を下げる。

（行くところもないし、男爵の庇護下にいる方が当面は安全だろう。少なくともオーブを手に入れないことには話にならないし……）

男爵は娘オリアーナと共に屋敷の奥に行き、残されたアシュレイとレイは執事のエドワードに部屋へと案内される。

通された部屋は十五畳ほどの客間で、アシュレイの部屋の隣だった。

「夕餉《ゆうげ》は一時間後になります。時間になりましたら迎えを寄越しますので、それまでここでお寛ぎ下さい」

エドワードは盗賊たちに襲われたことや旅の疲れも感じさせず、これからの予定を説明した後、きれいなお辞儀と共に部屋を出ていった。

（いつの間に食事の時間の調整までしたんだろう？　執事って、みんなこんなに凄いのかな？）

レイは初めて見る本物の執事に驚き、変な感想を持ったが、一人になると、どっと疲れが襲ってきた。すぐにでも寝台に倒れ込みたかったが、まずは鎧を脱がなければならないと思い直す。

（さて、この鎧を脱がないと……えっと、どうやって脱ぐんだ？）

彼は籠手《ガントレット》や大腿甲《キュイス》、脛当て《グリーブ》などは何とか外せたが、上半身を覆う鎧が外せない。

（どうやって外すんだろう？　二の腕から肩のところまで繋がっているから、脱げないよ……）

何度も肩のところを見てみるが、接続部分が良く分からない。五分ほどもがいていたが、諦めて寝台の上に座る。そこでアシュレイに聞くことを思いつき、中途半端に鎧を外した状態で、隣の部屋に向かった。ノックをすると、鎧を脱ぎ、綿か麻のシャツに着替えたアシュレイが現れた。

「どうしたんだ？」

アシュレイは、中途半端に鎧を着けた状態で立っているレイの姿を見て驚く。一方のレイも無骨な鎧を纏った戦士姿とは違う彼女の姿に驚き、思わず凝視してしまう。彼の目には、切れ長の目に長い睫毛《まつげ》が印象的で薄いシャツを大きな双峰が押し上げているアシュレイの姿がまぶしく映っていた。

（やっぱりきれいな人だな。しかし、こんなにスタイルがいいとは思わなかった……胸のところなんか、シャツのボタンが弾けるじゃないか……）

見つめられていることに気まずそうにしている彼女を見て、彼は用事を思い出す。

「鎧の外し方が分からないんだ。教えてくれないかな……」

彼女は一瞬呆れた顔をするが、すぐに記憶を失くしていることを思い出し、自分の部屋に招き入れた。

「とりあえず、入ってくれ。記憶を失くしているのなら、仕方ないだろう」

彼女は、鎧の脱ぎ方、着け方を彼に教えていく。

「ここの留め金を外せば、肩当て《スパールダー》は外せる。上腕甲《リアブレイス》はこれで抜きとれるから、胸甲《キュイラス》は……」

彼は十分ほど掛けて鎧を脱いだが、すぐに自分の姿に気付き、恥ずかしくなる。

鎧を脱いだ彼の姿は白い鎧下だけの姿であり、特に下半身は白い厚手のタイツ姿のような格好になっていたのだ。

（よく見ると下着っぽいな、これは。女の人の前でする格好じゃない……）

急に赤くなり、もじもじする彼の姿を見て、「どうした？　何か不都合でもあったか？」と尋ねてきた。

「いや、この姿がちょっと恥ずかしいなと思って……」

「そうだな。その姿で食事の席には行けんな……エドワード殿に頼んでみるか？」

レイが思うほど、アシュレイは気にしていなかった。彼女は傭兵生活が長く、このような姿を見慣れていたからだ。

彼は女性の部屋でこの姿になっている自分を誰にも見られたくなかったので、必死に何か方法はないか考えていた。

（部屋に戻るしかないか……もしかしたら……収納魔法のアイテムボックスが使えるかも……）

彼は〝清浄〟の魔法と同じく、小説の設定で考えていた魔法のことを思いついた。

（〝闇〟で次元を操作して、〝風〟で空間を操作すると……それから、収納箱開放《アイテムボックスオープン》と念じれば……あっ！　メニューが出た）

彼が収納魔法を思い浮かべると、左手の甲が輝き、彼の目の前にアイテムボックス内にあるもののリストが現れた。水筒やナイフなどの道具、金貨などの硬貨に続き、騎士服がリストに載っていた。

彼は騎士服に思念を集中し、アイテムボックスからその服を取り出した。

アシュレイは急に黙り込んだレイの姿に気付き、声を掛けようとしたが、急に輝き出した彼の左手の甲に目を奪われる。その直後、彼の右手に白い衣服が載っていることに驚く。

「どうしたんだ⁉　レイ！　今、何をやった！」

彼女の声にレイは驚き、しどろもどろに答える。

「いや、収納魔法が使えるかなって思って……使えたみたいで服を取り出したんだけど……やっぱりこの魔法も珍しい？」

「珍しいも何も……神話の中にそれらしい魔法はあるが……一体何者なんだ、お前は……」

彼女は戸惑いながら答えるが、心の中ではこの状況を楽しんでいた。

（今日は死にそうになったが、悪いことばかりではなかったな。本当に面白い男と出会ったものだ。これで記憶を取り戻したら、どのようなことになるのやら……当分、この男に付き合うのも面白そうだ……）

彼女はレイに対し、更に興味を覚えていた。

彼は彼女のあからさまな好奇の目にうろたえながらも、「着替えてくる！　鎧はすぐに取りに来るから……」と逃げるように彼女の部屋を出ていった。

残されたアシュレイは、レイの置いていった金属鎧を見ていた。

（白銀の鎧……ミスリルか？　それにしても軽そうだったが……）

置いてある胸甲《キュイラス》を取り上げようとして、彼女はその重さに驚いていた。

（何だ、この重さは！　このキュイラスだけで十五ｋｇはある……レイはこれを軽々と持っていたが……）

彼女は彼が軽そうに取り扱う姿を見て、儀礼用の鎧ではないかと考えていた。だが、もう一度よく見直すと、通常の鋼製の鎧より厚みもあり、防御力も高そうに見える。

更に内側を見てみると、黄色い塗料で魔法陣が描かれていた。

（何だ、この魔法陣は？　鎧に魔法陣か……防御力向上と重量軽減の魔法でも掛けられているのか？　それならこの鎧だけでもかなりの値打ちがある……）

肩当て《スパールダー》や上腕甲《リアブレイス》にも違う紋様の魔法陣が描かれており、何らかの魔法が施されているようだ。

（本当に分からない男だな、彼は。親父殿から独り立ちして一年。少し飽きてきた頃だったが、面

白い男に会えてちょうど良かったかもしれない）
彼女は一人微笑みながら、そんなことを考えていた。

一方、レイは取り出した衣服を持って、自分の部屋に駆け込んだ。

収納魔法を使う時、左手の甲に魔法陣が現れたことに気付いていたが、今は服を着る方が先だと、あまり深く考えていなかった。

手に持ったその服は、白地の裾の長い上着とゆったりとしたズボンだった。銀糸をふんだんに使ったステッチが入れてあり、上着の背中には金と銀の糸で太陽の紋章が描かれている。そのデザインにコスプレ衣装のようだと今日何度目かの溜め息を吐く。

そう思ってもこの服しか着るものはなく、諦めて袖を通す。やはり自分の物だったようで、サイズはあつらえたようにピッタリとしており、剣帯をベルトにすると、何となく様になっているような気になった。

彼はおかしなところがないか、見える範囲で確認し、アシュレイの部屋に向かった。

部屋を出ると、ノックをしようとしていた執事のエドワードに出会う。

彼の後ろには青い服を捧げ持つメイドが付き従っていた。彼は少し不思議そうな顔をし、「おや？レイ様は衣服をお持ちでしたか」と尋ねてきた。

「ええ、中に着ていたものですが……もしかしたら、私のために用意してくれたんですか？」

執事は優雅に頷く。

「はい、荷物袋をお持ちではなかったので、僭越ながらご用意させていただいたのですが、私の早とちりだったようでございます」

(さすがによく見ているよな。収納魔法《アイテムボックス》がなければ、ちょうど良かったと喜んでいたところだ……)

執事はあと三十分ほどで晩餐になると言い残し、メイドを引き連れて再び屋敷の奥に戻っていった。レイは鎧を回収するため、再びアシュレイの部屋に入っていく。

中には彼の鎧を真剣に眺めるアシュレイがおり、彼に「この鎧を持ってみてくれ」と唐突に頼んできた。彼は不思議に思いながらも自らの鎧を持ち上げる。

彼は不思議に思い、「これが何か?」と聞くが、アシュレイはそれには直接答えず、自分の鎧を彼の足元に置いた。そして、理由も言わずに「次はこれを持ち上げてくれ」と言った。彼は首を傾げながら、彼女のブレストプレートを持ち上げる。

「どっちが重いと思った?」

「そりゃ、アシュレイの鎧の方が重いよ。実用品だから。僕のは飾りなんだろ?」

「やはりか……レイ、お前の鎧の方が倍は重いぞ。できれば、左手の甲を見せてくれないか」

話が見えないが、左手の甲というキーワードで魔法陣のことを思い出した。

(どういうことだ? アシュレイの鎧の方が重かったんだけど? 左手の甲? さっきの魔法陣が見たいのかな? 僕も良く見ていなかったけど、アシュレイなら何か知っているかも……)

彼が左手を差し出すと、彼女はその甲をまじまじと見つめている。そこには複雑な紋様の魔法陣が刺青《いれずみ》で描かれていた。

「何か分かるのかい？」と彼が聞くと、

「いや……魔法は専門外だからな。だが、色からすると八属性すべてに対応できる色使いになっている……」

彼女はひとしきり考えた後、ゆっくりと推論を話し始めた。

「ここからは想像なのだが、お前は魔法を使う時に呪文を詠唱していないな。多分、この魔法陣が精霊たちに語りかけて、収納魔法などを使えるようにしているのではないか……それに鎧の魔法陣とセットになっているのかもしれない。それで重量軽減の魔法が効いているのかも……もちろん、確証はないがな」

彼はその推論を聞き、黙って自分の左手を見つめる。

（清浄魔法に収納魔法。気を失っている時の光の槍……鎧の重量軽減に槍への付加魔法……魔法陣の設定は……）

この世界の魔法は、八つの属性――火、光、風、木、水、闇、土、金――の精霊の助けを借りることにより、それぞれの属性にあった現象を起こすことができる。

精霊の力を借りるためには、自らの魔力を与え、その魔力の量、質により、発動できる魔法の威力が異なってくる。

魔法の種類は術者のイメージで千差万別となるが、一般的な物理現象との相関性が高い。例えば、火属性であれば攻撃系、闇属性であれば精神系、金属性であれば付与系などである。

呪文はなくても発動可能だが、この世界の魔術師は具体的な現象のイメージを明確にするため、呪文を詠唱することがほとんどだった。

一方、魔法陣は精霊が理解しやすい図形で描かれているもので、その魔法陣に魔力を流すことで、精霊が集まりやすく、無詠唱で発動したり、大掛かりな魔法を行ったりする場合によく用いられる。

(魔法陣を体に書き込むというのは、アイディア止まりだったはず……ストーリーが思い出せないから、誰にどう使うつもりだったのかは思い出せないけど……)

彼はそのまま黙り込み、アシュレイも同様に黙り込んでいた。

(体に魔法陣を書き込むなど、聞いたことがない。それに光神教の聖騎士なら光属性だけしか使わぬはず……レイの場合、光神教が忌み嫌う闇属性を含め、すべての属性の色が使われていた。あの装備や騎士服から、光神教との関わりがあると思っていたが、意外に関係がないのかもしれんな……)

二人が考え込んでいると、メイドが晩餐の準備ができたと伝えにきた。二人は考えを中断し、晩餐に向かった。

レイとアシュレイの二人は、アトリー男爵の屋敷の大食堂に向かい黙って歩いていた。

(晩餐って言っていたけど、マナーなんか知らないよ……マナーの設定なんて考えていなかったし……食事の設定はどうしていたっけ？)

彼はそんなことを考えながら、アシュレイの横を歩く。

隣を歩くアシュレイも自らの思考に没頭していた。

（男爵がこの服を見てどういう反応をするのだろう？　私は見たことはないが、男爵ならルークスの聖騎士を見たことがあるだろう……）

大食堂には、二十人以上が一度に会食できるような大きなテーブルと、明るく輝く大きなシャンデリア――蝋燭《ろうそく》ではなく、光属性魔法により輝いている――がある立派なものだった。

今日は内輪の食事ということで男爵家の五人――男爵、夫人と思しき三十代前半の美しい女性、長女オリアーナ、十歳くらいの男の子が二人――しかいなかった。

レイとアシュレイが席に着くと、男爵はレイのその姿に驚くが、すぐに家族を紹介し始め、そして、レイに対して謝辞を伝えて、食事が始まった。

食事はラクス王国の名産であるマスなどの淡水魚と野菜を使った料理が多く、質、量とも満足のいくものだった。

特に昼過ぎの休憩では固いパンとチーズだけという軽い食事だった彼は、空腹という最高の調味料も加わり、非常に美味に感じていた。

食事には白ワインと濃い色をしたビールらしき発泡酒が付けられ、酒とは縁がなかったレイはどうしようかと一瞬ためらった。勇気を振り絞ってひとくち口に含むと、白ワインはほのかに甘く、弱い炭酸と相まって、とてもおいしく感じられた。

そのため、かなり速いペースでワインを飲み続け、徐々に酔いが回っていく。

心配していたマナーも、特に難しいものはないようで、隣に座るアシュレイを盗み見ながら問題なく食事は進んでいった。

食事も終盤に差し掛かり、男爵がレイの服装について尋ねてきた。

「レイ殿の着ている騎士服なのだが、ルークス聖王国の聖騎士団のものに似ているような気がするのだが……何か思い出されたことはないかな？」

レイはその言葉に驚き、横ではアシュレイが面白そうに彼を見ていた。

「いえ、まだ何も……聖王国ですか……光属性の魔法を使ったそうですが、よく覚えていないんです。この服は聖騎士の服と同じものなんでしょうか？」

「儂もそこまで詳しいわけではないが、紋章の意匠が少し複雑な気がしないでもない。色使いや雰囲気はまさに聖騎士のいでたちなのだが……」

男爵は少しだけ嫌な顔をして、「光神教の司教に見られると厄介かもしれんな」と付け加えた。

レイは疑問に思い、「光神教？　司教？　なぜなんですか？」と聞くと、アシュレイが男爵に代わり答える。

「この街の光神教、光の神《ルキドゥス》の神殿のアザロ司教、正式には神官長なのだが、彼は狂信的なところがあるのだ。ここラクスでは、水の神フォンスが最も信仰されているのだが、光の神ルキドゥスが絶対神という考えを押し付けてくる。神殿でも持てあましているという専らの噂だ」

モルトンの街の規模の場合、通常、八属性すべての神の神殿と創造神、天の神、地の神、人の神の十二の神殿があるのが普通である。小さな町や村なら、人の神＝ウィータの神殿だけがあるということも珍しくないが、祭りや行事などで必要になるため、その地方の中核都市には必ずすべてが揃っている。光神教は光の神ルキドゥスを絶対神とする新しい考え方だが、ルークス聖王国以外ではあまり広まっていない。

神官の呼び名も勝手に大司教や司教、司祭などと変え、聖王国では他の神殿を排斥しようとさえしている。特に闇の神ノクティスの神殿は、悪魔を信奉する邪教として、聖王国内では排斥運動が進んでいる。

光の神殿の総本山はルークス聖王国内にあり、神官たちはそこから派遣されてくるのだが、アザロ司教はその中でも特に狂信的な宗教家だった。

「つまりだ、アザロ司教がその姿を見れば、聖騎士を騙《かた》る不届き者と言って騒ぎ出すだろうということだ」

レイは日本という宗教観が緩い国から来たため、狂信者というとカルト集団しか思いつかない。

（光神教なんて設定は考えていなかったと思うけど……しかし、カルトに追い回されるのは嫌だな。服は別の物にした方がいいかも……でも、鎧はどうしようか。アシュレイが気にするくらいだから、かなりいい物なんだろうけど……）

彼がそんな思いに耽っていると、男爵が後ろに控える執事のエドワードに合図をする。

「これは些少だが、儂と娘の命を救ってくれた謝礼だ。受け取ってくれんか」

男爵はずっしりと重そうな小さな革袋をテーブルに置く。

中を確認すると、金貨が二十枚入っていた。

（金貨一枚は百クローナだから、十万円。二十枚ということは二百万円……当面の資金には充分なんだけど、貰っていいものだろうか？）

彼はそう思い、アシュレイの方に視線を向けると、彼女は小さく頷き、「閣下のお気持だ。受け取っておくべきだぞ」と囁《ささや》くように助言する。

アシュレイに小さく頷き返すと、「ありがとうございます。助かります」と男爵に頭を下げ、金貨を受け取った。

男爵はレイとアシュレイの明日の予定を聞いてきた。

どうやら、傭兵ギルドの支部長を呼び出し、今回の傭兵の裏切りについて、釈明を聞くつもりらしい。彼はもちろん、アシュレイも特に用事がなかったため、午前中は屋敷にいることになった。


晩餐も終わり、レイは与えられた部屋に戻った。そして、ベッドに横になり、長かった一日を思い出していた。

（結局、異世界トリップなのか？　明日の朝、目覚めたら自分の部屋の布団の中にいたってオチには……ならないんだろうな。それにしても、惨殺された人の死体を初めて見た。それも僕が殺した人を……あれだけリアルな姿を見れば、これが夢ではありえないってことは分かる……それにしても今日の夕食が肉料理じゃなくて良かった……）

この世界が、自分の考えた小説の世界に酷似していることに疑問を抱く。

（トリニータス・ムンドゥスの世界に似過ぎている。僕にとって都合がいいんだが、それにしてもなぜなんだろう？　世界設定なんかは思い出せるのに、肝心のストーリーが思い出せない……主人公の名前すら思い出せない。まるで記憶をブロックされているようだ……）

少し考え続けると鈍い頭痛が襲ってくる。そのため、もう少しで思い出せそうなのに、それ以上考えることができないというジレンマに陥っていた。

彼はストーリーを思い出すことは諦め、世界設定や魔法について考えることにした。

彼の設定では、筋力、知力などのパラメータは存在しない。ヒットポイント、マジックポイントなども数値化されていない。

レベルは最もスキルが有効に使えるもの、例えば剣術スキルが高ければ、〝剣術士〟、弓スキルが高ければ〝弓術士〟となり、その強さや有効度を〝職業レベル〟と称し、スキルレベルと経験値から算出される。

（ステータスは見られないけど、職業レベルやスキル、魔法なんかを見ることができるという設定だったはずだ……魔晶石をイメージして、見たい項目を思い浮かべればよかったはず……あっ！見られる。レベルは……）

彼が見た項目は、まずレベル。

（職業は〝魔道槍術士〟？　レベルは〝一〟？　駆け出し以下じゃないか！　新人でも訓練でレベル六くらいにはなっているはずだ。それがたったの〝一〟しかない）

彼の小説の設定では、一般的な戦闘技能者のレベルは、素人が一～五、新兵が六～十五、一般的な兵士が十六～三十、ベテラン兵が三十一～五十、一般的に見かけることができる最高のレベルが七十～八十で、これが大体の目安だった。ちなみに人間の最強クラス――騎士や傭兵、冒険者のトップレベル――は百程度。竜人など長命種族の場合、百を遥かに超える者もいるとされていた。

次にスキルを見るが、剣術、槍術……全部が〝?〟と表示されている。ブロックされているのか、本当に使えないのか見ただけでは分からない。

最後に魔法関連を確認すると、八属性すべてが使えることが確認できた。この世界で生きていくにしても、魔法が使えれば、かなりのアドバンテージになると、少し安心する。そして、明日からのことを考え始めた。

（現代日本の知識を生かした内政・生産チートは僕には無理だな。知っている知識があまりに中途半端で、すぐにお金に変えられるものが思いつかない。そうなると、やはり〝冒険者〟しかないのか……傭兵ほど〝戦い〟が主体じゃないけど、殺し合いが仕事なんだよな……人はともかく、モンスター系なら殺せるかもしれないけど……）

この世界では職人や商人などのギルドもあるが、職人や商人は徒弟制度を採っているため、ぽっと出の人間がギルドに加入することはかなり難しい。必ずしもギルドに登録する必要はないが、制限を多く受けるため、登録した方が良いとされている。

ギルドの中で比較的簡単に加入できるものが、冒険者と傭兵の両ギルドとなる。

最も両者とも実力主義であるため、加入イコール安定した収入の確保というわけにはいかない。

（男爵に貰った金貨と盗賊の報奨金、アシュレイの言っていた傭兵ギルドからの賠償金があるけど、必要な物を買ったら、懐が寂しくなるんだろうな。やっぱり、収入を確保する手段を得ないことには……明日の朝、アシュレイに相談するか……）

三　冒険者登録

翌朝、窓から差し込む朝日で目を覚ました。

（やっぱり夢じゃなかったか……ちょっとは期待していたんだけどな。それにしても、普通は神様なり、神の使いなりが説明してくれるんじゃないのか。トラックに轢かれたわけでもないし、ゲームをしていたわけでもない。ここにトリップした原因や理由くらい説明してくれてもいいと思うんだけど……）

夢でもなく、トリップの理由も明らかにされなかったため、やや機嫌が悪いが、不貞寝《ふてね》をしても仕方がないと、着替えることにした。

服装を整え、ふと横を見ると、昨夜は気付かなかった金属製の鏡が掛けてあった。

その鏡で自分の顔を見ると、そこには輝くような黄金色の髪に蒼い瞳を持つ美しい白人青年が映っていた。

（凄い……二枚目だ……俳優にでもなれそうなイケメンだ……）

彼はしばし放心し、自分の顔を見つめていた。

（自分の顔という気がしない。話し方や態度に気を付ければ、さぞ、もてるんだろうな……でも、僕には無理だろうな）

放心から覚め、予定通り、アシュレイの部屋に向かう。彼女も既に起きており、鎧を着け、装備を整えていた。

「朝から装備を整えているけど、午前中は傭兵ギルドの支部長との面談に立ち会うんだろ？」

彼は疑問に思い、そう尋ねると、「ああ、今から裏庭で少し鍛錬をしておこうかと思ってな。レイもどうだ？」と彼女は愛剣を手に持ち、彼に誘いの言葉を掛けた。

彼も少し体を動かしておきたいと思ったことと、折角の誘いを断るのもどうかと思ったので、「分かった。装備を整えてくるから、先に行っててくれ」と了承し、鎧を着けに自分の部屋に戻る。

部屋に戻り、昨日アシュレイに教えてもらった通りに鎧を身に着けていく。

最初は戸惑ったものの、着け始めると体が自然に動き、十分ほどで全身に鎧を纏うことができた。

（あれだけ苦労した昨日は何だったんだろう？　中学の時に体育の授業で着けた剣道の防具より簡単に着けられた気がする……体が覚えているという感じが……）

裏庭に向かうと、剣を振るうアシュレイの姿が目に入った。

型ではないが、仮想敵を思い浮かべながら、剣を振っているようで、力強い振りの中にトリッキーな動きも混じっている。

（なんか、実戦的って感じの剣だな……人のことを見ていないで、自分も体を動かすとするか……）

彼は手に持っている槍を構えようと思うものの、どこを持って、どうやって構えたらいいのかが分からない。いろいろ試行錯誤する中、何となく様になる場所を持ち、単純な突きを繰り返す。

徐々に突きに鋭さが増していくような気がし、二連突きや薙ぎ払うような動作も加えていく。

(やっぱり体が覚えているみたいだ。何年もやっていないゲームをやった時の感じに似ているかもしれない……最初のうちはコントローラの操作がぎこちなかったのが、昔の感覚を思い出していくような、そんな感じがする……)

横で剣を振るっていたアシュレイは、彼の動きを横目に見ながら内心で驚いていた。

(最初のうちは、全くの初心者、いや、それ以前の状態だった。だが、すぐに突きに切れ味が出始めてきたな。今の腕ならベテランとは言わないが、中堅クラスと渡り合えるだろう……全く分からん男だな)

彼女はレイの訓練姿に興味を持ち、あることを思いつく。

(剣はどうなのだろうか？　あの時は槍と魔法だけだった。まだ見ていないが、鞘だけでもかなりの業物に見える……)

「レイ、ちょっといいか」と彼女が言うと、彼はすぐに手を止めて、「何だい？」と小首を傾げる。

「槍だけでなく、剣も試したらどうだ。昨日はその剣を見ていないから、どんなものか見たいし、お前の腕がどの程度かも確認したい」

彼は頷き、槍を壁に立てかけ、剣を引き抜く。

握りは短く、片手で扱う、いわゆるロングソードと呼ばれるタイプの剣で、その剣身《ブレード》は朝日を受けて美しく輝いていた。

彼はどう構えたらいいのか分からず、半身になって剣を構えてみるが、どうにも様になっていない。

「アシュレイ、どう構えたらいいんだ？　握りはこれで合っている？」

彼女は自らの両手剣を使って、基本的な構えと振り方を簡単に説明する。

その説明を聞きながら、剣を振るうと、槍の時と同じように徐々に様になっていった。面白くなりそうだと思った彼女が、模擬戦をやろうと誘いを掛けたところで、朝食の準備が整ったとメイドに伝えられる。

（折角面白そうだったのにな……まあいい。朝食後にも時間はある）

二人はそのままの姿で食堂に向かった。


朝食を済ませ、レイとアシュレイの二人は、再び裏庭で訓練を始めた。

しばらくすると、どこから持ってきたのか分からないが、アシュレイの手には二本の木剣が握られており、その一本を彼に向かって投げ渡す。そして、笑顔を見せ、「模擬戦をやってみないか？」と誘うような言葉を掛ける。だが、その言葉とは裏腹に既にやる気になっている彼女は木剣を構えていた。

その様子に苦笑しながら「相手にならないから、止めておくよ」と彼が断るが、更に誘いの言葉を掛けていた。

「軽く打ち合うだけだ。それにいざという時のことを考えたら、少しでも早く記憶を取り戻した方がよいのではないか。武人であることは間違いないのだから、訓練で思い出すかもしれない……」

レイ自身はそんなことをしても無駄だと分かっていたが、やる気になっている彼女の姿を見て、記憶のことはともかく、これから先のことを考えれば、やっておいても無駄ではないと思い直す。

（へっぴり腰でもアシュレイは納得してくれるだろうし、今のうちに経験しておく方がいいかも……）

彼は片手を上げて、了解したと伝えると、朝食前に習った構えを取った。

模擬戦が始まると、最初のうちはアシュレイが手加減したこともあり、何とか打ち合いらしい形になったが、彼女がフェイントなどを織り交ぜてくると、すぐに手も足も出なくなっていく。

それでも三十分ほど過ぎた頃には、体が反応するまま剣を繰り出せるまでになっていた。

（何とかなりそうな気がする。まあ、アシュレイが手加減してくれているからだろうけど、護身くらいには使えるかもしれない）

一時間ほど模擬戦で汗を流した後、休憩に入った。

未だに余裕があるアシュレイは手拭いで汗を拭きながら、「どうだ、何か思い出せそうか？」と尋ねるが、完全に息が上がっているレイは荒い息の中、首を横に振り、「まだ何も……」と答えるしかなかった。アシュレイは、彼を見ながら、本当にどのような素性なのだろうかと考えていた。

（僅か一、二時間の訓練で並の傭兵程度の腕にはなっている。この先どうするつもりかは分からないが、この街に慣れるまで付き合ってやってもいいな……）

一方、レイは昨夜考えた、これからの身の振り方について、彼女にどう切り出そうか悩んでいた。

（いきなり訓練を始めてしまったから、話すタイミングを失ったな。ここで切り出してみようかな）

彼は思いたった時に話してしまおうと、唐突に話を始めた。

「相談があるんだけどいいかな。実は昨夜考えたんだけど、これからの……」

彼はこれからどうやって生活の糧《かて》を得るべきか、冒険者になる選択肢は正しいのか、それ以外の方法はないのかということを彼女に相談する。

彼女は僅かに思案した後、「そうだな」と答え、

「レイの考えている通り、冒険者になるのが一番確実だろう。商人はギルドに入るのが難しいし、職人になるほどの技術もないのだろう。男爵のところに仕官するという手もないではないが、恐らく無理だろう」

レイには最後の言葉の意味が分からなかった。

「男爵のところが無理っていうのは？」

「男爵はああ見えてもかなり慎重な性格だ。昨日も〝今夜は歓待したい〟と言っただけで、晩餐の時も今後の話をしていない。昨日のように突然、人を殺し始めたら、止めようがないという〝危ない〟男を、長期に亘って世話をしようというつもりはないのだろう。だから、謝礼という形で金を渡してきたのだろう」

その言葉を聞き、彼は絶句する。

（危ない男……僕が……客観的に見ればそうかもしれないけど、面と向かって言われるとかなり凹む……確かに金で解決したようにも見える……可愛い娘に悪い虫が付かないようにということも考えているかもしれないけど……）

アシュレイの言い分に戸惑うが、確かにあり得ると納得する。

「そうか……じゃ、冒険者になるのが、選択肢的にはベターということだね。冒険者になるにはギルドで登録が必要なんだっけ？」

「そうだ。少しは思い出したのか？　この街にはギルド支部があるから、いつでも登録できるはずだ。昼からでも行ってみるか？」

彼は頷き、「よろしくお願いします」と頭を下げる。

再び、訓練を始めようとした時、執事のエドワードが現れた。

「レイ様、アシュレイ様。傭兵ギルドのカトラー支部長がお見えになりました。魔晶石をお持ちになり、御館様の執務室においで下さい」

二人は頷き、部屋に戻ってから、すぐに男爵の執務室に向かった。


男爵の執務室は屋敷の一階の奥にあり、既に男爵と眼光の鋭い中年男性がソファに掛けていた。

男爵は二人にも席に着くように言い、紹介を始めた。

「カトラー支部長だ。こちらがレイ殿、アシュレイについては知っているな」

カトラー支部長は頷いた後、自らも名を名乗り、そして、レイを品定めするように見つめていた。

男爵はアシュレイの方を見て軽く頷くと、彼女は革袋に入った魔晶石をテーブルの上に取り出し、昨日の襲撃について説明を始めた。

「ラウルスを出てから、ソヴィニーの街に着くまでは何事もありませんでした。ソヴィニーの街で閣下直属の騎士たちが急に病に倒れ、止むなくギルドで護衛を雇いました。魔晶石で確認いただければ分かることですが、十名の傭兵は六級クラスの中堅どころの男たちでした。ソヴィニーの街を出て二日目、サルトゥースとラクスの国境の森で、彼らは突如襲い掛かり、騎士をすべて殺害したのです。その直後に盗賊十二名が現れ、閣下を亡き者にしようとしました。彼が現れなければ、私を含め、全滅していたでしょう……」

彼女の話が終わると、支部長は三十cm《セメル》四方の木の箱を取り出し、男爵に断ったうえで、魔晶石をその箱に入れる。すると、箱の中央から空中に光の板が現れ、そこに文字が浮かんでいく。

「うむ。ティアゴ・アルバレ、三十歳、六級傭兵……この色は……確かに契約違反……、言葉を飾っても仕方ありませんな、裏切りを行っておりますな……」

次々と支部長は魔晶石の情報を確認していく。次第に苦虫をかみ潰したような表情になっていき、顔が上気していくのが分かる。すべての情報を確認した後に、突然立ち上がり、頭を深々と下げ、謝罪の言葉を口にした。

「閣下、誠に申し訳ありませんでした。今回の件は傭兵ギルドの失態、ラウルスにあるサルトゥース本部とフォルティス――傭兵の国――にある総本部に至急連絡します。背後関係なども徹底的に洗い出し、関係する者が判明すれば、傭兵ギルドが懸賞金をかけてでも見つけ出します。護衛任務で裏切りを行ったなど、この十年はなかったこと。ギルドの威信にかけて必ずご納得いただけるようにいたします」

支部長は更に申し訳なさそうに説明を続ける。

「閣下への賠償につきましては、総本部の判断次第ですが、とりあえず契約金の十倍、十万クローナをお支払いいたします。もちろん、ソヴィニーの支部長は厳罰を下されるでしょうが、当面はこれでご寛恕《かんじょ》いただきたい」

そして、アシュレイの方を向き、「今回は済まなかった。君も被害者だから、追って賠償金を渡すことになるだろう」と頭を下げる。最後にレイの方を向いて、もう一度頭を下げた。

「今回、貴殿がおられなければ、長年築いてきた傭兵ギルドの信用を完全に失うところだった。貴殿にも謝礼をさせていただく。本当に感謝している」

レイはこの展開に付いていけず、「謝礼ですか？」と言っただけで、どう答えたらよいのか分からなかった。

「可能な限り希望に沿うよう努力させていただく。何か希望はおありか？」

レイは、アシュレイの方を見て助けを求める。

彼女は軽く頷くと、「支部長、彼は記憶を失っているそうだ。もう少し状況がはっきりしてからでも構わないだろうか」と提案した。

カトラー支部長は、「了解した。後日でも構わない」と頷いた後、アシュレイに向かい、

「魔晶石はこちらで預からせてもらう。盗賊の懸賞金、装備類や魔晶石の買取分は、当方から渡すことでも構わないか」

彼女が頷くと、男爵と支部長はまだ話があるとのことで、二人は退出することになった。

部屋の外に出たレイは、「あれでよかった？」とアシュレイに聞いた後、「謝礼の話はどうしたら

いいんだろう？　普通は現金を貰うのかな」と疑問を口にする。

「そうだな。レイの場合は現金が一番いいだろうな……」

アシュレイの話では、傭兵の場合、ギルドが持っている珍しい武具などを譲ってもらうか、傭兵の国フォルティスの永住権を要求するという手もあるそうだが、彼の場合、武具は充分な物を持っているし、傭兵でもないため、永住権は不要だ。

あまり厳しい要求をすると、ギルドの心証が悪くなるから、ギルドが提示する金額の現金で手を打っておく方が無難だろうとのことだった。

彼女の予想では、一万クローナは固いだろうとのことだった。

（一万クローナ……一千万円⁉……男爵から貰った二千クローナと合わせれば、二、三年は生きていける。その間に帰る方法を探し出せば……）

ここで彼はただの高校生に過ぎなかった自分が、この厳しい世界で生きていけるのかという疑問に突き当たる。

（今の中途半端な知識では、誰かに金を騙《だま》し取られるかもしれない。アシュレイの好意に甘えるのもなんだけど、生きていける自信が持てるまで、付き合ってもらいたいな）

傭兵ギルドには後日、現金での謝礼を希望すると伝えることにし、彼らは街に繰り出すことにした。

まず、身分証明を手に入れるため、冒険者ギルドのモルトン支部に向かう。

モルトンの街は標高百m《メルト》弱くらいの丘にある。街の周りは高さ五メルトほどの壁で囲まれ、南側には田園地帯が広がり、北側には大きな湖、東西は深い森に挟まれている。

ギルド支部は街の南側にある正門付近の比較的低い土地にあり、そこは商業地区になっているのか、荷物を積んだ多くの馬車が行き来していた。

ギルド支部は街の他の建物と同じように、オレンジ色の屋根に白い壁の三階建ての建物で、正午前のこの時間でも人の出入りは比較的多い。

レイは初めて見る冒険者ギルドに胸を高鳴らせていた。

（ファンタジー世界の定番、冒険者ギルド……こんな状況でも興奮してしまうよ）

建物の中は明るく、木製のカウンターとテーブルが数台置かれ、数名の冒険者らしき男女――人間、エルフ、犬か狼の獣人――が、カウンターの向こうの受付の女性と話をしている。

レイが中に入り、キョロキョロしていると、受付嬢、冒険者たちの視線が彼に集中する。

彼らは真っ白なプレートメイルを身に着け、金属製の槍を持つ騎士風の男に違和感を覚えたようだ。アシュレイはその雰囲気を感じ、レイに「キョロキョロするな」と注意した後、すぐに空いている受付カウンターに向かった。

カウンターの奥には、明るい金髪の二十代前半と思しき女性が営業スマイルを浮かべ、「今日はどのようなご用件でしょうか？」と尋ねてきた。

受付嬢と顔見知りであるアシュレイが対応する。

「彼の登録を頼みたい。記憶を失った上、オーブも持っていない。初期登録ということでお願いしたい」

「身元の保証はどなたがされるのでしょうか？　アシュレイ様でよろしいですか？」

アシュレイは「ああ、それで構わない」と頷き、受付嬢はレイの方に向かって、

「私はエセル・ワドラーと申します。それでは早速手続きを進めさせていただきます。登録料は五クローナ必要ですが、ギルドが立て替えることもできます。お支払いは可能ですか？」

彼が「大丈夫です」と答え、金貨を一枚手渡す。エセルは無造作に金貨で支払う彼の行動に一瞬目を丸くするが、すぐに釣りを渡し、手続きを再開した。

「まず、ここに必要事項を記入していただくのですが、代筆は必要ですか？」

レイは自分がこの世界の文字を読めることに初めて気付いて驚き、呆然とする。

（何で文字が読めるんだろう？ 普通に話せる時点で不思議だったけど、文字はもっと不思議だ。アルファベットっぽい文字で、何となく英語の文法に近いけど、全く知らない言語だし……）

呆けている彼を見てエセルはもう一度代筆は必要かと尋ね、彼も我に返り、「いりません」とだけ答えた。

必要事項は、名前、年齢、種族、出身地などで、彼は分かる範囲で記入していく。

（名前は〝レイ〟、年齢は十八歳でいいのかな？ 種族は……人間だよな？ 出身地は……記憶喪失だから空欄でもいいのかな）

「すみません。出身地を思い出せないので、空欄でもいいですか」

「申し訳ありません。先に説明しておけばよかったですね。すべて空欄でも魔晶石から情報が取り出せるので、書ける範囲で書いていただければ問題ありません……」

彼女の説明では、用紙に書く情報はオーブで誰でも見ることができるため、ファーストネームの

み書くだけでも問題ないとのことだった。

（先に言って欲しかった……確かそんな設定だったような気もするけど……）

記入用紙の最後に「ギルドの規約に違反する行為は行わないと誓約する」との文字があり、そこに自筆でサインを行う。

（これで規約違反を行うと魔晶石に記録が残るようになるんだよな。確か、一般のオーブの作成時も同じような文言があるという設定だったはずだ……）

身分証明発行時にその国の法律を守ると誓約する必要があるため、重大な犯罪行為を行えば、魔晶石に記録が残る仕組みとなっている。

必要事項を記入した紙を渡すと、「魔晶石の情報を抽出します。私に付いてきていただけますか」と、別室に案内される。別室には、高さ三メルト、幅一・五メルト、奥行き一メルトほどの木製の箱があり、その中に入る必要があると説明される。

彼が恐る恐るその中に入ると、蓋を閉められ、真っ暗な箱の中に閉じ込められた。

五秒ほど待っていると、色とりどりのレーザー光線のような光が彼の体を走査していき、三十秒ほどで唐突に終わった。そして、蓋が開けられ、エセルから「お疲れ様でした」と労いの言葉を掛けられる。

「三十分ほどでオーブは完成しますが、腕輪タイプの物でよろしいでしょうか？」

特に問題がないので、「それでお願いします」と答え、この後、どうすればいいのかを尋ねた。

「オーブができるまで、ギルドの説明をさせていただきます。それではアシュレイ様のところに戻りましょう」

元のカウンターに戻ると、エセルはギルドの説明を始めた。

「冒険者ギルドは総本部がペリクリトルにあり、トリア大陸の様々なところに支部がございます……」

彼女の説明を要約すると、以下のようだった。冒険者ギルドは冒険者の互助組織であり、どの国家にも属していない。

ギルドが取り扱うのは魔物、魔獣、害獣などの駆除、薬草や鉱石などの採取で、護衛については傭兵ギルドが取り扱っているため、基本的には冒険者ギルドでは取り扱わない。

ギルドでは、依頼者からの様々な依頼を冒険者に斡旋したり、採取した薬草や魔物の部位などの買取をしている。

依頼料の二割がギルドの手数料、三割が税金となっているが、最初から割り引いた金額が報酬として、依頼票に記載されている。依頼に失敗した場合は、報酬の倍額——依頼者が支払う金額と同額——をギルドに支払う必要がある。

また、年間の報酬額が千クローナ＝約百万円に達しない場合は、不足分をギルドに支払う必要がある。支払えなければ除名されるが、これは税金の支払いをギルドが代行しているため、税金逃れに使われないための処置である。ちなみにラクス王国では、冒険者および傭兵以外の市民は収入の五割近くを税金として徴収されており、冒険者は税的には優遇されていることになる。

冒険者には一級から十級の十段階の階級があるが、階級によって受けられる依頼が制限されることはない。階級は冒険者の実績を示すだけであり、複数人で受ける場合の目安として使われるもので、十級の者が一級相当の依頼を受けてもよい。

冒険者は国境を自由に行き来できるため、犯罪行為に手を染めた場合は即刻除名される。ギルド加入時の契約を破る行為、例えば故意の殺人や強盗、ギルド員に対する裏切りなどの行為を行うとオーブにその情報が残るため、犯罪を隠すことはできない。

（魔晶石にしてもオーブにしても、無茶苦茶な設定だよ。自分が犯罪を行ったと思えば、それが第三者に分かるシステムなんだから……ある意味、思想を管理しているみたいなもんだよ。自分が対象になるとちょっと嫌な気になるな……）

一通り説明を受けると、三十分経ったのか、レイのオーブができてきた。

オーブは幅三センチの腕輪で、直径一センチほどの黒く輝く宝石が付いている。

「レイ様のオーブが完成しました。中の情報を確認していただけますか？」

エセルから手渡された腕輪を左手に装着し、彼女から説明を受ける。

「宝玉に向かって〝表示〟と念じて下さい。頭の中に情報が浮かんでくると思います……」

言われた通りに念じると、頭の中に情報が流れ込んできた。

名前：レイ・アークライト
年齢：十八歳
種族：人族

出身地：？？？
階級：十級冒険者
レベル：魔道槍術士　一
スキル：剣術？？？……

（本当に頭の中に情報が見えるよ……レイ・アークライト？　えっ！　ペンネームがそのまま、本名？……そういえば、昨夜はレベルやスキルだけを見て、名前を見ていなかった……）

レイが小説を書いていた時のペンネームが「レイ・アークライト」だった。レイはそのまま、〝アーク＝Ark〟は〝聖遺物〟から姓の〝聖（ひじり）〟を、ライトは〝書く＝Write〟をもじって〝Wright〟とし、〝作家：聖礼＝Ray・Arkwright〟というペンネームにした。

それが、この世界の自分の本名になっていることに、彼は訳が分からなくなっていた。

（考えても分からないし、まあいいや。しかし、出身地が「？？？」なのは、日本人だからか？　スキルも「？？？」だし……。ところで、犯罪はどうやって分かるんだろう？）

「確認しました。本名は分かりましたけど、出身地が表示されていません。これでも大丈夫なんでしょうか？」

彼が不安に思って、そう尋ねると、エセルはにこやかな笑顔で問題ないと太鼓判を押してくれた。

「はい、問題ありません。旅芸人の方なども出身地が表示されないこともありますし、特に問題はありません。階級は表示されていますか？　もし、記憶を失くされる前にギルドに登録されていた

ReiArkright
Human AGE 18.
Class adventure-10.

場合、階級が上がっていることもありますので」

「十級です。以前は冒険者をやっていなかったようですね。ところで犯罪の話が出ましたが、どうやって分かるんですか？」

「罪の意識があれば、ある魔道具を翳《かざ》すと色が変わります。熟練の方が確認されますと、色の具合で罪の大きさも分かるようです」

（なるほど。さっき、傭兵ギルドのカトラー支部長が使ったのがそうなんだな。しかし、これだけ簡単に犯罪が分かるのなら、昨日の傭兵たちの裏切りはなぜなんだろうか？　相当高い報酬を提示されたか、どこかに確実に匿ってもらえる場所、例えば、どこかの国が関与しているとかがなければ裏切りなんかできないはず……相当きな臭い事件に巻き込まれたのかも……）

彼が昨日の傭兵の裏切りについて考え込んでいると、アシュレイが、「これで冒険者だな。早速、明日から依頼を受けるぞ。今日は必要な道具の買い出しだ」と、嬉しそうにレイの肩を叩く。

横にいた二十代半ばの男が、「十級かよ……どこの騎士様が落ちぶれたんだ？」と笑っている。

その言葉を聞いたアシュレイが「ほう、私の命の恩人にそれだけのことを言うお前は何級だ？　五級傭兵で剣術士レベル四十の私を助けたレイを笑うんだから、さぞ強いのだろうな」と睨《にら》みつける。

彼女に凄まれた男は、目を逸らしながら、「悪かったよ」と呟き、席を立ってギルドを出ていった。

「不愉快な奴だ」と呟いた後、レイに向かって、「ギルドでの用事は済んだから、道具屋に行くぞ」と言って、足早にギルドを出ていった。

置いていかれそうなレイは、エセルに「ありがとうございました。これからもよろしくお願いします」と頭を下げ、彼女の後を急いで追っていった。

残されたエセルは去っていくレイを見送りながら、頬《ほほ》を緩めていた。

（凄い装備を持っているのにレベルが一。スキルもおかしな表示しかされないし……変わった人だわ。言葉遣いは丁寧だけど、騎士様という感じでもない……明日から面白そうね）

明日からのことを考え、楽しくなりそうだと、営業スマイルではない本当の笑顔で彼らを見送った。


冒険者ギルドを出たレイとアシュレイは昼食を摂った後、必要な道具を揃えるため、商業地区にある道具屋に向かった。

道具屋に入ると、中にはエルフの男性マニュエル・ミュルヴィルが退屈そうに店番をしていた。

アシュレイはマニュエルに軽くレイのことを紹介した後、必要な道具を見繕っていく。

「まずは、バックパックだな。それからその目立つ鎧を隠すマント。ナイフと水筒……後は日用品くらいか」

彼には彼女が楽しそうに選んでいるように見える。

（やはり女性は買い物好きなのか？　人の買い物でも楽しそうなのはなぜなんだろう？）

彼はアイテムボックスにナイフと水筒があるので、「ナイフと水筒はあるから大丈夫だよ」と伝えるが、初めて間近で見るエルフが珍しく、ついマニュエルの方を見てしまう。

モルトンの街はサルトゥース王国との国境にあり、サルトゥースには多くのエルフが住んでいることから、この街でもエルフの存在は珍しくはない。

店主は「エルフが珍しいのか。それとも私の顔に何か付いているのか」とじろじろ見られることに気分を害したようだ。

レイは素直に謝り、アシュレイがフォローを入れる。

「こいつは記憶を失っている。それで珍しく思ったんだろう。悪気はないんだ。許してやってくれ」

マニュエルはやれやれという顔をするが、それ以上は何も言ってこなかった。

十分ほどで必要と思われる道具類、バックパック、マント、着火用の魔道具、野営用の炊事道具、ロープなどが選び出される。

彼女はレイに向かって、「こんなところだと思うんだが、他に必要な物があれば言ってくれ」と言うが、彼は特に思いつく物はなかったので、「ありがとう。これで充分だと思う」と頭を下げる。

そして、支払いを済ませて店を出るが、彼は少しだけ落ち込んでいた。

(総額で百五十クローナか……金額的には大したことはない。だけど、値切り交渉までアシュレイに任せてしまった。でも、値切ったことなんかないしな……こんなこと一つとっても、これから先が思いやられる……)

その後、服屋に行き、普段着用の麻製のシャツとズボンと下着類を購入する。衣類は意外と高く、ワンセットで五十クローナほどだった。

冒険者登録と買い物で午後三時を過ぎていた。レイはアシュレイにこの後の予定を聞いた。

「今日は付き合ってくれてありがとう。本当に助かったよ。で、この後、どうする予定なんだ？男爵の屋敷に泊るつもり？」

「今日はいつも泊っている宿に行くつもりだが、レイはどうするつもりだ？」

彼は少し考えた後、少し言い辛そうに、「アシュレイの泊っている宿に行ってもいいかな。男爵のところにも居辛そうだし、一人だと不安もあるし……」と切り出す。

彼女は「構わない」と言った後、ややぶっきらぼうな感じで「荷物を取りに屋敷に戻るか」と言って、一人で坂道を登り始めた。

彼女は彼に背を向けた瞬間、顔が火照っていくのに気付く。

（なぜだろう。一緒にいて楽しいと感じるのはなぜなのだろう？　ただの頼りない男なのに……）

彼女は傭兵生活が長かった。

父と同じく傭兵であった母親を幼い時に喪ってからは、父親の傭兵団が家であり、家族だった。

十五歳で初陣を飾ってから七年間、大規模な戦いには参加していないものの、商隊護衛中の魔物からの襲撃、ラクス王国とカエルム帝国との小競り合いなど、すでに百回以上戦場に立っている。

一年前、父親の庇護の元で傭兵を続けることに疑問を持ち、ソロの傭兵兼冒険者として、ここモルトンの街を拠点にした。

場所を変えても彼女の周りにはいつも無骨な兵士、冒険者たちがおり、それが普通だと思っていた。

昨日出会ったレイという男は、彼女の知る〝男〟とは全く違っていた。いや、武術の腕だけなら、彼女になじみの深い世界――傭兵の世界――にいるトップレベルの男だ。

だが、その内面は戦士ではなく、かといって、彼女が守ってきた商人や農民でもない。

不思議な武具と魔法を使い、彼女を救ってくれた不思議な男。自分が有名な傭兵団の団長の娘と知っても、普通の女性のように見てくれる。盗賊の首領のようなギラギラとした性欲に満ちた目ではなく、ごく普通の女性、例えば男爵令嬢のオリアーナのような少女と同じように接してくれたと思っている。

アシュレイにとってはそれがとても新鮮だった。

（何にしても明日からが楽しみだ。当分、レイとコンビを組むのも面白いかもしれない……）

一方、レイもアシュレイのことが気になり始めていた。

元々、彼女のような活動的な女性に憧れていたため、その自信に満ちた態度と美しさに惹かれ始めていたのだ。

（ああいう感じの女《ひと》っていいよな。でも、彼女いない歴＝年齢で、当然童貞の僕のことなんか、アシュレイは男として見れないんだろうけど）

そう思っている彼も、自分の中に何か引っ掛かるものがあることも感じていた。

（〝トリニータス・ムンドゥス〟のストーリーと同じで、何かにブロックを掛けられているみたいな気がする……明らかに元の世界の記憶の一部もブロックされている。ある女性の姿が目に浮かびそうになると、すぐに霞が掛かったように朧《おぼろげ》気になる……それが誰なのか、自分にとってどういった存在なのかが気になる……）

彼はそれ以上考えても無駄だと諦め、さっきアシュレイに言った言葉を思い出した。

（一人では不安だからって……大の男が言う言葉じゃないよな。一緒にいてくれって言っているようなものだし……下心があるように聞こえていなければ良いんだけど……）

そんなことを考えながら、二十分ほど無言で歩くと、男爵の屋敷に到着した。

屋敷に入ると、執事のエドワードが出迎える。

レイはエドワードに、「男爵様に昨日のお礼と、今からお暇させてもらうと伝えたいんですが、男爵様のご都合を確認してもらえないでしょうか？」と伝える。

エドワードは「畏まりました。客室でお待ち下さい」と言って、執務室の方に静かに向かった。

レイとアシュレイの二人は与えられた部屋に向かい、出立の準備を行う。

元々、荷物を持っていなかったレイと、護衛任務ということで最低限の荷物しか持っていなかったアシュレイはすぐに荷物をまとめ終える。

レイは、アイテムボックスを使うか悩み、元々着けていたマントと騎士服、現金の一部をアイテムボックスに入れることにした。

（アシュレイの様子を見る限り、アイテムボックスの魔法は、みだりに使わない方がいいんだろうな。マントと騎士服はトラブル防止のために封印しよう。現金は失くすと嫌だから、ここに入れておこう。そういえばアイテムボックスに入っていた金貨と男爵に貰った金貨が同じか見ていないな。暇だし、確認するか……）

彼は金貨を一枚取り出すと、革袋に入っている金貨と見比べる。

大きさはほとんど同じだが、表面に施された刻印が随分異なっていた。男爵に貰った金貨は簡単な意匠のものだが、入っていた金貨は男性の横顔が描かれ、その周りには凝った文字でルキドゥス金貨と記されている。

（日本の硬貨とはいわないけど、かなり精巧な作りの硬貨だよな。重さ的には同じくらいなんだろうけど、使えるんだろうか？　困った時のアシュレイじゃないけど、後で聞いてみよう……）

彼が金貨を片付け終わった時、エドワードが呼びにきた。レイはエドワードに案内され、男爵の執務室に入ると、深々と頭を下げる。

「お世話になりました。先ほど冒険者登録も無事終わりましたので、これから街の宿に行こうと思います」

男爵は「そうか」と呟いた後、やや明るい声で「で、その後はどうするつもりかな」と尋ねた。

「記憶が戻りませんので、当分、この街にいさせてもらおうかと……」

「なるほど。うむ、何か困ったことがあれば、いつでも訪ねてきてくれたまえ。命の恩人を無下にするつもりはないからな」

レイはもう一度、深々と頭を下げ、「お世話になりました」と言って、執務室を出ていった。

残された男爵はレイのことを考えていた。

（あの見た目通りの男なら、我が配下に迎えてもいいのだがな。オリアーナも気に入っているようだから、我が一族に迎えてもよい。だが、あの戦闘力とあの装備が問題だ。ルークス、いや、光神教とのトラブルの匂いがする。素性がはっきりするまでは、それとなく監視しておいた方がいいだろう……）

男爵は役人を一人呼び出し、レイたちの動向を探るよう命じた。

レイはアシュレイと共に屋敷を後にした。

午後四時を過ぎ、人の流れが徐々に家路に向かう中、彼らは丘の中腹近くにある宿、銀鈴亭に到着した。

「ここが私の常宿の銀鈴亭だ。主人のレスターも女将のビアンカも若いが、居心地がいい。少し高いが、レイもきっと気に入ると思うぞ」

銀鈴亭は三階建ての建物で一階の窓枠の下には花が植えられており、手入れが行き届いている感じがする。中に入ると、よく磨かれたカウンターがあり、二十代半ばの笑顔の女性が出迎えてくれた。

「お帰りなさい、アシュレイ。なんか大変だったみたいね」

男爵が傭兵に裏切られ、盗賊に襲われた話は、既に街中に広がっているようだ。

アシュレイは、レイを見ながら、「ああ、ここにいるレイがいなければ、間違いなく死んでいた」と答え、「ところでビアンカ、部屋は空いているか?」と確認する。

ビアンカはニヤリと笑い、「ええ、空いているわよ。二人部屋かしら? それとも一人部屋を二つ?」とアシュレイの顔を覗き込む。

アシュレイはその言葉に焦り、普段より大きな声で、「一人部屋を二つに決まっているだろう!」と言った後、顔を赤くして黙ってしまう。

隣で聞いていたレイも二人部屋という単語で固まっていた。

「あら、そんなに否定しなくてもいいんじゃない? ちょっとからかっただけよ、ふふ、かわいいわね」

真っ赤になっているアシュレイを、更にからかったビアンカは、レイに向かって、

「私がここの女将のビアンカよ。旦那は今、夕食の仕込みをしているから、後で挨拶《あいさつ》させるわ。それにしてもいい男ね。朴念仁《ぼくねんじん》のアシュレイが、初めて男を連れてきたのが、貴方みたいないい男だと、ちょっと妬んでしまうわ。あっ、これは旦那には内緒にしてね」

そう言って、小さく片眼を瞑る。

彼は「よろしくお願いします」とだけ口にし、それ以上何も言えなかった。

「料金は一日二食で八クローナよ。お弁当がいるなら前の日に言って。ルームチャージだけなら一日六クローナ。うちの食事はおいしいから、ルームチャージだけだともったいないわよ。部屋は三階の一号室よ。一番端の部屋だし、隣はアシュレイだから、ふふふ」

更にからかわれた彼は、真っ赤な顔になる。オーブの確認を受け、鍵を受け取ると、逃げるように三階に向かった。

部屋は幅三・五メルト、奥行き四メルトで日本のビジネスホテルと同じような大きさだった。

ベッドとクローゼット、小さなテーブルと椅子が置かれているだけでバス・トイレはなかった。後でアシュレイに聞くとトイレは共用で、風呂はなく体を洗うスペースがあるだけとのことだった。

窓にはガラスはなく木の窓で、壁には嵌め込み式の照明具が一つある。

(男爵の屋敷にあったものと同じだな。確か、点けたい時に手を触れて魔力を込めればいいんだよな……よし、点いた)

光の魔道具はかなり普及しているのか、松明《たいまつ》や蝋燭代わりに置かれているのをいろなところ

で目にしている。

（魔力はそんなに要らないのかな？　廊下にあっただけでも五、六個はあったから、宿全体で三十個以上はあるよな……）

後で聞いたところ、魔力はそれほど必要なく、子供でも二十個くらいは問題なく点けられるが、点灯時間が二時間程度と短いため、巡回がてら再点灯させなければならないそうだ。

レイは装備を外し、槍と鎧をアイテムボックスに入れようか悩んでいた。

（一番高い財産なんだよな。盗まれると厄介だし、入れる方が無難なんだろうけど、アシュレイはどうしているんだろう？）

彼はとりあえず鎧を脱ぎ、今日買った服に着替えると、隣の部屋に向かった。

いつも通り部屋の外で「ちょっと相談なんだけど、いいかな」と声を掛けると、「ああ、入っても構わないぞ」という返事が返ってくる。レイは特に何も考えず扉を開けた。開けた瞬間、彼はドアノブを持ったまま固まってしまった。中には着替えをしているアシュレイの下着姿があったからだ。

彼は慌てて「ごめん」と謝った後、扉を閉め、部屋の外で立ちすくんだ。

（ビックリした！　入っていいと言われた気がするんだけど、聞き間違いだったのかな？　怒られるかな。でも、もっとよく見ておけば……駄目だ、アシュレイとはいい関係でいたいのに嫌われるようなことをしては……）

彼がドアの外で悶えていると、着替えが終わったアシュレイが声を掛けてきた。

「どうしたんだ？　入っても構わないと言ったつもりなんだが。まあいい、で、話は何だ？」

特に気にした様子もなく、そう言われるが、言われた方のレイは自分がまるで意識されていないことにやや気落ちする。

（やっぱり、入っていいって言ったんだ。無頓着なのかな？　いや、僕のことを男として見ていないだけなんだろうな。確かに頼りないから仕方がないんだけど……）

彼は数回眼をしばたたいた後、鎧などの装備についてどうしているのか聞いてみた。

「ああ、剣は食堂にも持っていくが、鎧は部屋に置いていく。一応鍵が掛かるし、この宿の客はそれほど質が悪くないから、まず大丈夫だろう。心配なら収納魔法だったかな、それを使えばいい」

彼女の助言を聞き、彼は部屋に戻って鎧と槍をアイテムボックスに収納する。

（しかし、どれだけ入るんだろう？　レベル依存ということはなさそうだけど、入らなくなってから考えるか）


午後五時、食事が可能な時間になったので一階にある食堂に向かった。

銀鈴亭は一階が食堂兼酒場とレスターたちの居室、二階と三階が客室で、二階が二人部屋四室と四人部屋四室、三階が一人部屋十二室という構成になっている。

一階の食堂は四人掛けのテーブル席が八つにカウンター席が十席あり、既に宿泊者らしい客がカウンターに座って食事をしていた。

彼らがカウンター席に座ると、厨房から灰色の髪の男が現れた。

「彼がレスター。この宿の主人だ。レイだ。私の命の恩人だ」

アシュレイがレスターとレイにそれぞれを紹介する。

レスターは頷き、ぶっきらぼうに、「料理は肉と魚のどちらかだ。酒はビアンカに頼んでくれ」と言ったきり、言葉を発しない。

二人は魚料理を頼み、ビアンカが通るのを待って白ワインを頼む。ビアンカは「ごめんなさいね、無愛想で」と言って、笑っていた。

料理はかなりボリュームがあり、味もよかった。ちなみに本日の魚料理はイワナの香草焼きだった。

料理に舌鼓を打ちながら、レイは明日からのことをアシュレイに聞くことにした。

「明日、初仕事を受けるんだけど、もし時間があったら、付き合ってもらえないかな。どういう風に依頼を受けるのかも良く分かっていないし……」

彼女は不思議そうな顔をして、「私はそのつもりだったんだが、言っていなかったか？　当分、お前に付き合ってやるつもりだが……」と首を傾げる。

彼は顔に満面の笑みを浮かべ、「助かった！」と声を上げる。

「男爵のこともあったし、アシュレイにも警戒されているんじゃないかと心配していたんだ。ありがとう。本当にありがとう」

その姿に少し面食らった形のアシュレイは、少し顔を赤らめながら、

「いや、当然のことだ。マーカット家では恩に報いるのは当たり前だからな。だが、私に甘えるなよ。厳しくするから覚悟しておけ」

「了解。ところで明日はどんな依頼を受けるつもりでいるんだ？　森で薬草の採取とか、そんな感じ？」

彼のその言葉に「はあ？」と少し間の抜けた声が漏れた。

「いや、当然、討伐だ。私は採取の依頼を受けたことがないし、お前の腕を上げるためにも、討伐を受けようと思っている。何を受けるかは依頼票を見てからになるが」

「討伐……僕にできるかな？　槍も剣もまだまだだし、魔法も実戦で使えるのかも分からない。大丈夫かな？」

自信なさ気な彼の姿を見て、彼女は少し強い口調でたしなめた。

「何を言っている！　あれだけの盗賊を倒したのはお前だぞ。自信を持て。今日の朝の訓練でもあっという間に中堅クラスの腕になっていたのだ。体は覚えている。後は心が負けなければ何も問題はない」

彼はその言葉に頷くが、平和な国で育った自分に〝殺す〟という行為ができるのか疑問に思っていた。

（僕に生き物を殺せるのか……生まれた時から兵士に囲まれて育ったアシュレイにとっては普通のことでも僕にとっては……でも、彼女の前で恥ずかしい姿はもう見せたくない。明日は気合を入れていこう）

食事も終わり、それぞれの部屋に戻っていく。

夕食後は特にすることもなく、彼はベッドの上に寝転びながら、魔法について考えていた。

（接近戦は厳しいかもしれないな。魔法ならゲーム感覚でモンスター系なら殺すことができるかもしれない……）

彼は魔法の設定を思い出していた。

八の属性のうち、火、光、風、水の四属性は攻撃系の魔法が作りやすい。森の中で戦うことを考えると、火の魔法は延焼の危険がある。

（光、風、水か……光は無意識で使った〝光の槍〟や〝光の矢〟がイメージしやすい。アニメのレーザー兵器を思い浮かべればいいはずだ。水は氷の槍や冷気で攻撃できる。でも、氷の槍より光の槍の方が貫通力はありそうだし、冷気は相性の問題もある……風か……突風で吹き飛ばすのなら、簡単にイメージできそうだけど、真空を作り出して、カマイタチの原理で敵を切り裂くのは難しそうだ。突風を強化して、空気砲で吹き飛ばす方が威力はありそうだな……とりあえず、一つの属性を極めていく方がいいだろうな。そうなると光属性か……）

そして、もう一つ気になっている治癒《ちゆ》魔法についても考え始める。

（治癒魔法は水か木属性。水は血などの体液に薬を注入するイメージ。木は生命力を表すけど、これのイメージは難しい……もう一つは光属性。これは光で細胞を活性化させるイメージでいけそうだ。自分を傷つけて確認したくはないけど、早いうちに治癒魔法を使えるようにしておかないといざという時に困るだろう……）

そこまで考えて、土、金、闇の使い道についても考え始める。

（土は落とし穴、壁なんかがイメージしやすい。水と合わせて泥沼を作るのもありだろう。金は武器や防具の強化だろうけど、これはイメージしにくいな。今の武器や防具は必要なさそうだし、後回しでもいいだろう。一番困るのは闇だな。目くらましに闇を作り出すのもありだけど、これをやると例の光神教が何か言ってきそうだし……）

魔法について考えていた彼は知らないうちに眠りに就いていた。

翌朝、レイは夜が明け切る前に眼を覚ました。昨夜、かなり早く寝たためだが、今日の初仕事の緊張も手伝ったようだ。

（今は何時なんだろう？　時計がないから不便だな。外はまだ暗そうだし、真夜中かもしれない。でも、もう寝れそうにないな）

彼はできるだけ音を立てないように準備を始める。

昨日、片付けた鎧を取り出そうと、収納魔法《アイテムボックス》を使う。アイテムボックスのリストには、鎧の横にニクスウェスティス《雪の衣》、槍の横にアルブムコルヌ《白い角》という名前が出ていた。

（さすがに名前が付いた武具だったんだ……それにしてもニクスウェスティス＝雪の衣？　に、アルブムコルヌ＝白い角？　って……何で意味が分かるんだろう？　名前より性能の方が知りたいんだけど、攻撃力や防御力なんかのパラメータどころか、重量すら載っていない……不親切だな……）

彼はそんなことを思いながらも、鎧、ニクスウェスティスを取り出し、身に着けていく。そして、最後に槍、アルブムコルヌを取り出した。準備が終わった頃、東の空が白み始めた。彼が目覚めた時刻は、それほど深夜ではなかったようだ。

彼は朝食までの時間を利用し、外で素振りをすることにした。

(何かやっていないと緊張する。迷惑を掛けないように裏庭で静かに素振りをしよう)

彼は裏庭に出ると、馬小屋の近くで素振りを始める。

昨日の朝より、動きも良くなり、槍も剣も思ったような軌道を描くようになってきた。

(できれば模擬戦でもっと勘を養いたいけど、一人ではこれが限界だな。魔法の練習もしたいけどここでは無理だし……)

朝日が昇る頃、アシュレイが裏庭にやってきた。

「お早う、早いな。ほう、やる気になったのか」

アシュレイのテンションの高さに僅かに苦笑いを浮かべる。

「お早う。そうじゃないんだけど……体を動かしていないと、どうも落ち着かなくて……」

軽く手合わせなどを行い、朝食後、弁当を受け取ってから、ギルドに向かった。

四　初めての戦闘

時刻は午前八時。

レイは気付かなかったが、ここモルトンの街では二時間毎に鐘が鳴る。鐘の音を聞いていれば時刻が分かる仕組みなのだが、余裕のなかった彼は昨日そのことに気付かなかった。

ギルドの建物に入ると冒険者たちの活気に溢れていた。

依頼票が掲示してある掲示板には人だかりができ、条件の良さそうな依頼は奪い合うように剥がされていく。レイが不安げに「もしかして、出遅れた？」と聞くと、「いや、狙っている依頼は人気がない。多分大丈夫だ」と言って、おもむろに掲示板に向かう。アシュレイはそこに張ってある一枚の依頼票を無造作に手に取った。

アシュレイはレイにその依頼票を渡し、内容を確認するよう促した。

その依頼票には〝ドラメニー湖及びクルーニー湖周辺のリザードマンの討伐：報酬一匹、十クローナ〟と書いてあった。

「リザードマン？　それにするのか？」

「ああ、リザードマンの討伐は人気がないからな。報酬がそれほどでもないのに、皮が堅くて武器の損傷の危険がある。私の剣やお前の武器なら問題ないのだろうが、安い武器しか持っていない連中は敬遠する。逆に良い武器を持っている連中は、もっと割のいい依頼を受ける。だから、人気がなく、いつも残っている。だが、防御力があるだけで大して面倒な攻撃も仕掛けてこないし、訓練相手にはちょうどいい……」

アシュレイはリザードマンの特徴について説明していく。

リザードマンは二足歩行するトカゲの亜人型の魔物であり、知能こそ低いものの群れで行動し、簡単な道具を使う。全身が鱗状の硬い皮で覆われ、生半可な斬撃は弾かれてしまうほどの防御力を持っている。また、棍棒のような粗末な武器を使うだけでなく、鋭い鉤爪と牙、更には太い尾を振り回してくるため、若手の冒険者にとっては侮れない相手だ。しかし、攻撃が単調で連携もほとんど取らず、ある程度の腕の者には、それほど苦になる相手ではない。

「それにしても報酬が安い気がするけど」

レイの疑問に「ああ」と答え、

「報酬があまり高くないのは依頼を出すのが漁師たちだからだ。数が少ないうちは漁への影響が少しあるくらいで命の危険は少ないからな。もう少し数が多くなると、報酬を上げるが、今の状況ならこの程度ということなのだ」

レイは「なるほどね」と頷き、依頼票を返し、二人は受付カウンターに向かった。

ドラメニー湖とクルーニー湖はモルトンの街から東に十km《キメル》行ったところにある。二つの湖はひょうたん型に繋がっており、くびれた所にラットレーという漁村があった。

まず、ラットレー村に向かい、漁師から情報を仕入れて、討伐に向かうことにした。

十キメルの距離にあるため、馬を借り、午前九時過ぎに村に到着した。

ラットレー村は半農半漁の小さな村で、小屋のような小さな家が三十軒ほど建っている。

村に入ると、漁村らしい魚の生臭い臭いがし、小さな子供たちが親を手伝って網の手入れをしている。

よく見ると、猫の耳のようなものが頭に付いており、獣人族の猫人の村のようだ。

モルトンの街にも獣人たちはいたが、小さな子供はあまり見掛けなかった。そのため、レイは少し興奮気味であった。

（猫耳の子供か……なんか癒《いや》されるな……本当にファンタジーな世界だ……）

レイの様子を見て首を傾げるアシュレイであったが、すぐに村長の家を見つけ、「行くぞ」と声を掛け、すぐに入っていった。

村長の家は他の家より多少大きい程度で、それほど大きくはないが、小柄な猫人族にはこれでちょうどいい大きさなのかもしれない。中の調度類は粗末な物ではなく、ほどほど潤っている村のようだ。

五十がらみの猫耳を付けた男が現れた。

「儂がラットレー村の村長をしておりますキアランと申します。今、詳しい者を呼びにやっております……」

レイはキアラン村長の顔を見ながら、関係ないことを考えていた。

（語尾に〝にゃ〟は付かないいんだ……当たり前か。親父顔で〝にゃ〟を付けられても、ちょっと困るし……かわいい女の子が付ける分には大歓迎なんだけど……）

真剣さを欠く態度だが、それはこんなことでも考えていないと、討伐の緊張感に足が震え、動けなくなりそうだったからだ。

そんなことは与《あずか》り知らないアシュレイは、緊張感を欠くレイに対し、何か言いたげだったが、初依頼で舞い上がっていると勝手に解釈していた。

村長の言葉通り、すぐに三十代の漁師三人が説明にやってくる。

彼らの話を聞くと、村の西側、ドラメニー湖側に五匹のリザードマンを見つけたとのことで、リザードマンたちは仕掛けた網の中から魚をごっそりと盗んでいくと訴えていた。

その場所には船で対岸に渡り、さらに歩いて十分ほどで到着できるとのことで、漁師の一人がその近くまで案内してくれることになった。

レイとアシュレイ、漁師のコーダーは、彼の小さな船に乗り、ドラメニー湖を渡っていく。水辺には葦が多く生え、ぬかるんでいる所が多いが、湖を吹き渡る風は爽やかで、のどかな風景と相まって魔物が潜んでいるという感じはしない。

三十分ほど船に揺られると、対岸に到着する。

対岸は葦の生えた岸が僅かにあるだけで、その先はすぐに森になっており、見通しが利かない。

森の中にリザードマンがいるという話なので、三時間後に一度迎えに来るという約束で、ここでコーダーと別れ、二人で森の中を探索することにした。

レイは槍を構えながら、緊張気味にアシュレイに話し掛ける。

「どうやって探す？　闇雲に歩き回るわけじゃないんだろう？」

「ああ、まずは水辺で足跡を探す。そこからその足跡を追って奴らを見つけ出す」

水辺を探すこと二十分、葦が踏み倒された跡を見つける。

「ここだな。鉤爪だからリザードマンで間違いない。警戒しながら足跡を追うぞ」

彼女の言葉にレイは「了解」とだけ答え、彼女の後ろに付いていく。

足跡は森の奥に続き、素人の彼が見ただけでも複数体いることが分かった。

（五匹以上いそうだけど、大丈夫だろうか？　アシュレイなら一人で数匹を相手にしても問題ないんだろうけど、僕は……駄目だ、緊張してきた。違う、怖気づいてきたのかもしれない……）

まだ見ぬリザードマンという敵に対し、彼は恐れを抱いていた。

彼の記憶にあるリザードマンは、ゲームやアニメに出てくる凶暴そうなトカゲの顔に革鎧を着け、槍を持っているというものだ。アシュレイの説明では棍棒程度しか持っていないし、防具も着けていないとのことだが、一度、頭にこびり付いたイメージはなかなか払拭できない。

しばらく歩いていると、アシュレイが体を沈め、左手で伏せるように合図をしてきた。彼は「何だ？」と口にしそうになるが、寸前で喉の奥に押し止め、彼女と同じように足元の草叢《くさむら》に身を隠すように伏せる。

「この先に奴らがいる。七匹だ」

彼らの前方、約三十m《メルト》先にリザードマンらしき、緑色の鱗を纏った爬虫類が複数いるのが確認できた。

アシュレイは彼の方を見て「魔法で先制攻撃を掛けられるか？」と言ってニヤリと笑う。彼は
「えっ！　魔法！」と突然打ち合せにないことを言われて驚くが、やるべきことをやろうと腹をくくり、目標を確認する。

「やってみるけど、自信はないよ……で、どれを狙えばいい？」

彼女は驚く彼に構わず、目標とするリザードマンを指差しながら、「一番手前のこちらに背を向けている奴を狙ってくれ」と指示を出していた。

彼は昨日の夜考えていた光の魔法、光の槍を使うことにした。

呼吸を整え、頭の中で光の粒子を集めるようなイメージを思い浮かべ、左手に光の槍を出現させた。

彼は心の中で「できた！」と叫びながら、彼女の示した目標にその光の槍を投げつけた。無音で飛ぶ光の槍は、思ったほどのスピードはないが、背を向けている目標に見事命中する。

命中した直後、ギァアという叫び声を上げ、リザードマンが倒れる。

その姿を見た他のリザードマンたちは一斉に立ち上がり周囲を見渡した。そして、二人を見つけると雄叫びを上げ、重量感のある体を揺らしながら突撃してきた。

「来るぞ！　レイ、もう一発いけるか！　無理なら私の右側に来い！」

アシュレイの指示が飛ぶが、レイは緑色の鱗を煌かせながら、身長二メルトほどのリザードマンが自分を殺しに来る姿を見て、恐慌《パニック》に陥っていた。

「無理だ！　逃げよう！　数が多いよ」

「何を今更！　さっさと槍を構えろ！　死にたくなければ戦え！」

彼はその言葉に震える体を無理やり動かし、ぎこちなく槍を構える。

「訓練の時を思い出せ！　奴らは真っ直ぐ突っ込んでくるだけだ！　よく見れば避けることなど造作もない！」

彼にはその声が全く聞こえていなかった。彼の意識は自分を殺しに来る〝緑色の悪魔＝リザードマン〟の群れに向かっていたためだ。

その時、レイの時間感覚はおかしくなっていた。長い時間を掛けて近づいてくるようにも、あっという間に近づいてきたようにも思え、訳が分からなくなっていた。

（無理だ！　冒険者なんかになるんじゃなかった……アシュレイなんかを頼るんじゃなかった……ここで死んでしまうんだ）

彼は槍を前に向けたまま、眼を見開き、固まっている。

「レイ！　来るぞ！　死にたくなければ戦え！」

彼女はレイの情けない姿に、冷たい視線を送る。

（駄目だ……こんなに意気地のない奴だとは思わなかった……しかし、見捨てるわけにもいかないか……拙《まず》い状況になった……）

アシュレイは彼が初陣とはいえ、もう少し動けると思っていた。そもそも六匹程度のリザードマンであれば、彼女一人でも対応できる。

だが、全く動けない彼を庇いながらとなると、話は違ってくる。

自ら招いたこととはいえ、レイに対して怒りを覚えていた。そして、彼を見誤った自分に対して、更に強い怒りを覚えていた。

（仲間の力量を把握するのが、傭兵の基本だ。それを忘れるとは……舞い上がっていたのか、私は……なんとしても生き残る。生き残ってみせる……）

アシュレイは棍棒を振り上げながら自分に向かってきたリザードマンを、その大型の両手剣で一刀の下に斬り裂く。リザードマンは断末魔を上げながら、彼女の横に倒れるが、すぐに次の敵が近づいてくる。

横では呆けていたレイが何とか回復し、へっぴり腰だが、槍で牽制《けんせい》し始めていた。

次に現れたリザードマンは一匹目と同じように棍棒を振り上げているが、闇雲に突っ込んではこず、三メルトくらいの距離を取って、シャアーという蛇のような威嚇の声を上げながら、彼女の動きを見つめている。

その姿に「リザードマン如きが小賢しい！」と叫んだ後、鋭い踏み込みで一気に距離を詰め、敵の喉に突きを入れる。リザードマンはその動きに全く付いていけず、棍棒を振り上げたまま目を見開き、抵抗することなく喉に向かってくる剣を見つめていた。喉を貫いた剣が引き抜かれると、赤い血が噴水のように撒き散らされ、ゆっくりと倒れていった。

だが、すぐに二匹の敵が囲むように現れ、アシュレイはバックステップで元の位置に戻り、再び正面から対峙する形に持ち込んだ。

レイは自分の死を覚悟し、諦めようと思っていた。

だが、横にいるアシュレイの蔑むような眼を見た時、このままでは死ねないと足掻くことに決めた。

（あんな眼で見られるなんて……本当に情けない……アシュレイは僕のためにいろいろ骨を折ってくれたんじゃないのか。その彼女が苦境に陥ったのは誰のせいだ！　せめてアシュレイが逃げられるようにしないと……）

レイはぎこちない動きながらも槍を振るい始める。

幸い彼の方に来たリザードマンは槍の攻撃範囲を警戒し、距離を取って止まっていた。そのまま突っ込んでいたら、恐らく彼の命はなかったのだろう。しかし、その僅かな躊躇いが彼に立ち直る時間を与えた。

立ち直ったかに見えたレイだが、その動きは酷いものだった。訓練で洗練されつつあった動きは完全に忘れられ、闇雲に突きを入れるだけの単調な動きになっていたのだ。それでも彼の槍は鋭く、穂先の横に十字に出た刃と相まって、リザードマンに踏み込む隙を与えない。

そうするうちに彼は徐々に冷静さを取り戻していった。

（やれる！　向こうも僕のことを恐れている。しっかりしろ！　アシュレイは何と言った？　訓練の時を思い出せだ！）

レイは勇気を振り絞るため「ヤアァ！」という気合を無理に絞り出し、それまでより鋭い突きを放った。リザードマンはその直線的な突きを体を回すことで回避する。だが、レイの攻撃はそれで終わるものではなかった。回避された直後に薙ぎ払いの形で首への攻撃に切り替えていたのだ。

三十cm《セメル》ほどの鋭い穂先がリザードマンの首を傷つけた。深い傷は負わせられなかったものの、その光景は彼の心に希望の火を灯した。

（当たる！　冷静に攻撃すれば当たるし、効果もある。次は二連突き、そして……）

レイは左右を一瞬で確認すると、アシュレイの位置と敵の位置を見極める。

自分の横に敵がおらず、アシュレイもやや下がった位置にいることを見極めると、正面の敵に二連突きを入れてから、足元を薙ぎ払う。正面のリザードマンは二連突きをもろに食らった上、足を薙ぎ払われたため、半回転するように無様に転倒した。それにより、アシュレイの右側にいるリザードマンは無防備な脇を晒すことになった。レイはその隙を逃さず、無防備になった脇腹に突きを入れる。

脇を刺されたリザードマンは突然襲った痛みに悲鳴を上げて後ずさり、その隙にアシュレイはもう一匹の腕を斬り落とした。

（何とかなりそうだ……）

勝ちが見えたところでレイは僅かに油断した。最後の一匹が彼の正面が空いた瞬間を狙い、猛然と突っ込んできたのだ。

体格的にはリザードマンの方が優っており、梶棒の一撃というより体当たりに近い攻撃だったが、その重い攻撃をもろに受け、後方に大きく吹き飛ばされてしまう。

その衝撃に一瞬だけ意識が飛んだ。朦朧とし視界がぼやけたところへ、更に梶棒で追い討ちを掛けられてしまった。無造作に振り下ろされた梶棒は彼の右耳を掠《かす》り、肩に直撃した。衝撃こそ大きかったものの、彼の頑丈な肩当ては凹み一つ付かなかった。

（痛い！　肩より耳の方が痛い。掠っただけでもこんなに痛いのか……クソ！　間合いが近過ぎて槍が使えない……剣を抜く隙もないし……）

再び棍棒を振り上げようとしたリザードマンの動きが唐突に止まった。

何事が起きたのかと疑問に思っていると、その腹から銀色の刃が突き出ていることに気付いた。

アシュレイが後ろから、彼を攻撃していたリザードマンの無防備な背中を狙って、突きを放っていたのだ。

手傷を負ったリザードマンたちは戦意を失いつつあったが、アシュレイは剣を引き抜き、大胆な足取りで近づき、確実に止めを刺していく。

すべてのリザードマンを倒し終えると、アシュレイはその場に座り込み、肩で息をしていた。

（何とか助かったか……レイも最後は様になっていた。これからどうすべきか……いきなり戦わせた私にも非がある。もう少し様子を見るか……だが、冷静に彼のことを見ることができるのか、私は……）

心では逡巡するものの、彼女の口から出た言葉は彼女自身が驚くほど躊躇いがなかった。

「レイ！　さっきの戦いは何だ！　帰ったら特訓だ！　魔晶石を回収して帰るぞ！」

最初、レイはアシュレイの言葉が理解できなかった。彼女のあの眼は明らかに見限るという意思を表していたからだ。

「まだ、一緒にいてくれるのか。こんなに情けない男でも……」

「二度とごめんだからな、こんなことは！　次はきちんと戦ってもらうぞ。私の横に立っていたいなら覚悟を決めろ！」

彼女はその言葉を発した直後、自分の言葉の意味に気付き、愕然とする。

（横に立っていたいならだと……私は何を言っているんだ？　レイと一緒にいると調子が狂う……）

それでも態度には全く表さず、黙って立ち上がると、彼の傷の具合を見た。

「大した傷はないな。耳は痛いだろうが、赤く腫れているだけだ。肩は防具のおかげでなんともないはずだ。しかし、あの一撃でも傷すら付かないとは……」

彼は礼を言った後、彼女にケガがないか尋ねるが、「リザードマン如きの攻撃でケガを負うようなヘマはしない」と言った後、ベテランらしくきびきびと指示を出していく。

「立てるなら、魔晶石を取って、ここから離れるぞ。血の臭いに誘われて、別の魔物が寄ってくるかもしれないからな」

彼は疲れた体を槍で支えて立ち上がった。


二人はリザードマン七匹から魔晶石を採取する。

アシュレイはリザードマンの心臓辺りに手を当て、何か呟くように念じる。すると、その手が輝き出し、リザードマンの体から直径一セメル程の緑色の宝玉がゆっくりと浮き上がってきた。

（僕にできるのか？　しかし、やってみるしかない）

彼は覚悟を決め、白目をむいて死んでいるリザードマンの胸に手を当てる。

その姿を見ると、槍で突き刺した感覚が蘇《よみがえ》り、生き物を殺したという罪悪感が湧き上がり、同時に嘔吐感が襲ってきた。

（殺してしまった……これで良かったのか？　自分が生きていくためとはいえ……）

無理やり嘔吐感を抑え込むと、日本での常識、十八年間生きてきた常識を捨てることを決意する。

（駄目だ。ここは日本じゃないんだ。自分の常識に囚われると自分だけじゃなく、周りの人にも被害が及ぶ……実際、アシュレイの命を危うくしたんだ……強くならないと……）


レイは気持ちを切り替え、魔晶石を取り出すことに専念することにした。

冷たいリザードマンの死体、彼には元から冷たかったのか、死んで冷たくなったのかは分からなかったが、その冷たい死体に手を当てて念じ始めた。すると、翳した手から柔らかい光が漏れてくる。

徐々に光は強くなり、直径一セメルの緑の宝玉が浮き上がってきた。

「できた！」と彼は思わず声に出していた。

二人で手分けして、七匹分の魔晶石を回収した。リザードマンは皮以外に有用な部分はなく、その皮も鱗状であるため、加工がしにくく需要が少ない。このため、アシュレイはリザードマンの死体を放置することに決めていた。

レイは精神的な疲れを感じながら、前を歩くアシュレイの後ろを歩いていく。

湖の岸に辿り着いたが、漁師のコーダーの迎えが来るまでまだ二時間近くあった。アシュレイは自分の体を見ながら、「リザードマンの血で汚れた。鎧と剣を洗うから、見張りを頼む」と言って、湖の畔《ほとり》に向かおうとした。

レイは槍で戦っていたため、ほとんど返り血は浴びていない。ここに至ってようやくアシュレイが返り血で赤く染まっていることに気付いた。

（僕が情けない戦いをしたから、アシュレイがこんなに返り血を浴びることになったんだ……）

アシュレイの戦闘スタイルでは仕方がないことなのだが、その時のレイには分かっていなかった。そして、自分のせいだと思い込み、自分にできることはないかと思いを巡らす。

「清浄魔法できれいにできるけど……体は無理だけど、剣と鎧だけなら……」

レイの提案に、「魔力は温存しておくべきだ。剣と鎧だけだから、すぐに終わる」と断るが、「魔力はほとんど使わないんだ。それに血の臭いは魔物を呼ぶんだろう？　それならできるだけきれいにしておいた方がいい。いや、そうさせて欲しい」

レイは先ほどの失態を少しでも挽回したいと、頭を下げて頼み込む。彼女もそれならということで、彼に任せることにした。

彼が清浄魔法をイメージすると、三色の光——青、金、銀色の光——が彼女の体を包んでいく。二十秒ほどで光が弱まり、彼女の体に付いていた血や汚れはきれいになくなっていた。

彼女はその光景を目の当たりにし、目を丸くして驚く。

「本当にきれいになるのだな……この魔法を教えるだけでも食っていけるぞ！　これから一生、お前に頼みたいくらいだ。い、いや何でもない……」

彼はその最後の言葉に「えっ？」と驚き、言葉に詰まった。二人の間に気まずい空気が漂う。

その気まずさを振り払うようにレイが口を開いた。

「さっきは本当にごめん。自分に向かってくる魔物を見たのは初めてなんだ。リザードマンがドラゴンのように思えるくらい恐ろしかった……」

彼の眼には涙が浮かんでいた。それは恐怖を思い出したことから流れたものではなく、不甲斐ない自分に対する悔し涙だった。

「もう二度とあんなことはしない！　誓うよ。君にあんな眼で見られるくらいなら……」

アシュレイは悔し涙を流すレイの姿を見ながら、昔のことを思い出していた。

（本当に記憶を失っているのだな。確かに初めて魔物と一対一で戦った時は恐ろしかった……あれは八歳の時、初めて小鬼《ゴブリン》と戦った時だった。そう思えばレイの恐怖は分からないでもない……ふっ、我ながらこいつに甘いとつくづく思う……）

小さく笑みを浮かべるが、すぐに真剣な表情に切り替える。

「もう言うな。明日からも討伐依頼を受ける。いいな。それももっと強い魔物だ」

彼は大きく頷き、話題を変える。

「分かった。でも、もっと強くなるために魔法の練習がしたい。どこかでできないか。できれば人目に付かないところで……」

アシュレイは首を傾げながら、「街の外の森の中なら人目には付かないと思うが……なぜ、人目に付かないところなのだ？」と理由を尋ねた。

彼は言葉を選ぶかのように慎重に話し始めた。

「僕の魔法は一般的じゃない気がするんだ。清浄魔法も収納魔法もあれだけ驚かれた。もし気が付かないうちに、変な魔法を使ってしまうと悪目立ちしてしまう。そんなことになりたくないんだ……変かな？」

「なるほど。それもそうだな。依頼の帰りにどこか目立たないところを探そう」

その時、彼は自分の右耳が痛むことを思い出し、アシュレイに「治療の魔法ってどんな物か知っている？」と尋ねる。

「治癒魔法は光、水、木の精霊の力を借りると聞いたことはあるが、詳しくは知らない……前に光の治癒魔法で治してもらったことがあるが、傷口に手を翳して光に包まれているうちに治っていたから、よく分からないな」

彼はやはりそうかと思い、自分の耳に手を翳し、細胞の活性化をイメージして魔法を掛けてみた。自分ではよく見えないが、光が患部を包んでいるようで、徐々に暖かくなり、痛みが消えていく。

「治っているかな？　ちょっと見てくれないか」

驚きの表情で見ていたアシュレイは、慌てて彼の耳を確認する。

「治っている。治癒魔法も使えるのか……聖騎士の可能性がますます高くなってきたな……」

彼女は独り言のようにそう呟くが、耳元であったため、レイにもしっかり聞こえていた。

「どういうこと？　聖騎士だから光属性か……だからといって……」

「噂でしか聞いたことはないが、聖騎士は攻撃魔法より、治癒魔法を得意とするそうだ。まあ、弓の代わりに馬上から〝光の矢〟を撃ち出すそうだが、それほど多く使うという噂は聞かない」

彼はなぜなんだろうと考えるが、情報が少な過ぎ、答えが思いつかない。

（魔法と剣は両立しにくいのか？　そんな設定にした覚えはないんだけど……）

彼の設定では、火の魔法を使う魔法剣士や、風の魔法を使うエルフの戦士などがいるはずだった。

「もしかして、魔法を使う魔法剣士とかってあんまりいない？」

「そうだな。いないことはないが、両方とも一流以上の腕を持った魔道剣術士というのはあまり聞いたことがないな。魔法は杖などの魔道具の補助がないと、使用回数が極端に少なくなるらしいから、魔術師が護身程度に剣を使うくらいだと思うが。但し、エルフは別のようだがな」

（何となく分かった気がする。この世界の魔法はイメージが大事だ。イメージが不明瞭だと燃費が悪いから、魔力の消費量が多くなる。それを防ぐには効率を上げる道具、杖なんかの魔道具でカバーするから魔法剣士が少ないんだ。魔法の効率を上げる武器を持たない限り、両立は難しいんだろう。まあ、エルフのように特定の属性に才能があれば燃費の問題は解決するが……余計に魔法の練習には気を遣う必要があるな）

そんなことを話していると、あっという間に二時間が経ち、コーダーが迎えにやってきた。彼は既にリザードマンを倒し終わったと聞き、猫耳をピーンと立てて驚いていた。

「もう、倒してしまったんですか？　それじゃ、船に乗って下さい」

ラットレー村に戻ると、キアラン村長のところに行き、魔晶石を見せて、依頼が完了したことを告げる。村長も若い二人が僅か三時間ほどで討伐を終えるとは思っていなかったようで、丸い眼を更に丸くして驚いていた。

村長に依頼完了を確認してもらうとモルトンの街に戻るため、ラットレー村を出発する。時刻はまだ午後二時と早い時間であり、このまま街に戻っても午後三時前にはギルドに着いてしまう。このため、レイが言っていた魔法の練習をするための場所探しを行うことにした。街の近くまで街道を進むと、アシュレイが「この辺りなら大丈夫そうだな」と言って、街の東側にある森の中に入っていく。

馬を引き十分ほど歩くと、窪地になった場所を見つけた。

「ここでいいと思う。アシュレイ、悪いけど見張りを頼めないか」

彼女はすぐに了解し、窪地の上の方に向かった。

それを確認すると、どのような訓練が必要か考え始めた。

(さて、どの魔法の練習をするかな。とにかく、アシュレイの足を引っ張らないように確実に使える魔法に集中すべきだろう。そのためには、光属性を極めることと、奇襲用に土や木属性を練習した方がいい。まずは光属性から……)

彼はリザードマンに投げつけた〝光の槍〟を召喚する。

窪地の斜面に向かって投げつけるが、イメージよりスピードが遅く、威力が思ったほど出ない。

(光の槍の大きさはいいとして、問題はスピードと威力だな。スピードを上げるにはどうすればいいんだろう?……待てよ、そもそも光の槍にする必要があるのか? ビーム兵器の定番はビーム砲やレーザー銃だろう。わざわざ槍の形にする必要はないんじゃないか?)

彼は光の精霊に集まるように命じ、その集まった光を瞬時に撃ち出すことにした。

彼は左手を前に突き出し、光を集め始めるが、なかなか集束しない。一分ほど掛けてようやく光を集めた後、前方に向かって勢いよく撃ち出した。

眩い光が走ったかと思うと、雷のような〝バリバリ〟という音が鳴り響き、斜面に小さな穴が開く。

(集束し過ぎて空気を切り裂く時に音が出たのかな？　ほとんど銃と同じ扱いで使えるけど、集束させるまでに時間が掛かるのが弱点か。もう少し威力を抑えれば、時間が短くなるんだろうか)

何度か試行錯誤を繰り返すが、威力を抑えると発動せず、一分ほどの集束時間が必要であることが分かった。

(レーザー銃というより、雷《いかずち》だな。射程はどの程度なのかは分からないけど、五十メルトくらいは飛びそうだ。狙えるかどうかは別だが……これ以上の改善は難しいだろうな。光の矢で追尾《ホーミング》ができないか試してみるか)

彼は長さ三十セメルほどの光の矢を作り出し、斜面に向かって撃ち出してみる。光の槍よりスピードはあるものの、普通の矢と同じ程度の速度しか出ていない。

(イメージに左右されるのか？　槍は槍投げのスピード、矢は弓のスピード、雷は光のスピード……もう少し工夫のしようがありそうだ……)

再び光の矢を作り出し、今度は追尾機能をイメージする。

矢というより、ミサイルをイメージしたため、初速は遅くなったものの、徐々に加速していく感じで終速は速くなっていた。矢をイメージした場合より、射程が伸びる感じはあるが、狭い窪地ということもあり、実際のところはどうなっているのか分からない。

肝心の追尾《ホーミング》については、多少軌道を変えられるが、追尾といえるほどの機動性はなかった。

(追尾は改善の余地があるな。それにしても〝光〟を集めて槍や矢にするのは、物理的にどういう感じなんだろう。光の精霊が集まって硬くなるイメージなんだろうか? 良く分からないな……)

そんなことを考えながら、再び光の矢を発現しようとした時、急に眩暈《めまい》を起こし、その場にしゃがみ込んでしまった。


アシュレイは斜面の上から彼の魔法を見ていた。そして、その異常さに言葉を失っていた。

(今まで見た最高の魔術師、サルトゥースのエルフの魔術師でもこれほど連続で発動しなかった。最初の光の槍、その後の雷《いかずち》の連発、そして軌道を変える光の矢……あの雷で狙われたら、避けようがない。それにあの光の矢も防ぐのはかなり骨が折れそうだ……それにしても、あれほど短い時間で撃ち出せるとは……彼は本当に人間なのだろうか?)

彼女はそこまで考えた時、この三日間で何度自分は驚いたのだろうと思った。そして、自然に笑みがこぼれる。

(本当に面白い男と出会ったものだ。ここしばらくは不愉快なことが多かったから、そろそろこの町を出ようと思っていたのだが、これで退屈せずに済みそうだ)

そんなことを考えながら、周囲を警戒していたが、彼が魔力切れで倒れそうになった姿を見て、慌てて斜面を駆け降りる。

(魔力切れか? 記憶を失って限界が分からなくなっていたのか? それとも強くなるため、限界近くまで自分を酷使したのか……私の言葉で強くなりたいと思ってくれたのなら……）

魔術師に聞いた話では極限まで魔力を使うと命に関わることがあるという話だった。大規模な魔法を行う場合、限界を超えた魔力の使用で何人もの魔術師が命を落としたという話も聞いている。

慌てて駆け寄り、「大丈夫か？　かなり魔力を使っていたから、心配していたのだが……」と肩を抱く。

心配顔の彼女に対し、レイは「大丈夫。少しフラフラしただけだから」とすぐに立ち上がった。

アシュレイは自分の迂闊さを呪いながら、レイが記憶を失っていることを改めて肝に銘じた。


レイが発動する魔法は非常に効率がいい。それは左手にある魔法陣の効果なのだが、魔法に疎い二人はそのことに気付いていなかった。

魔法は術者の魔力と引き換えに、精霊の力を術者のイメージに沿った形に変えることにより発動する。精霊は高度な知能を持たない存在であり、術者のイメージをより的確に伝えるためには、精霊が理解しやすくする必要がある。

精霊をコンピュータと考えると理解しやすいかもしれない。

コンピュータ＝〝精霊〟を思ったように動かすには、〝プログラム＝〝イメージ〟が必要になる。

このコンピュータ＝〝精霊〟には、プログラムが常駐していないため、一からプログラミング＝〝イメージを呪文により伝える〟必要がある。

うまくプログラミングできない場合は、無駄に処理時間＝〝魔力〟が必要となる。

プログラミングを簡略化するにはどうするか。

最初からアプリケーションソフト＝〝魔法陣〟を組み込んでおけばいい。

レイの左手にある魔法陣は、八つの属性にそれぞれ対応できるアプリケーションソフトであり、彼の現代人としてのイメージ力とその魔法陣の汎用性が相まって、彼の魔法効率は通常の魔術師の数倍に達していた。


二人は森を出て街に向かった。

レイは魔力切れに近い状態でかなり疲れているように見えるが、それ以外に異常は見られない。

正門をくぐり、ギルドに着くと時刻は午後四時を過ぎていた。

アシュレイがレイを支えながら、カウンターに行き、二人で完了の報告を行う。

七つの魔晶石をカウンターに出し、報酬の七十クローナと魔晶石分である十四クローナを受け取った。

憔悴したレイを見た冒険者たちのうち、彼が初依頼だと知っている者は依頼に失敗したか、かなり苦戦したのだろうと勝手に想像していた。

また、彼のことを知らない者は豪華なプレートメイルを纏った大の男が、汚れも付けずに女戦士に寄り掛かっている姿を見て、あざけりの視線を向けていた。

ギルドの中では、「リザードマン七匹であのざまかよ」、「女に助けてもらったんじゃないのか」などという陰口が聞かれるが、二人はそれに構わず、宿に戻った。

宿に戻る頃になると、レイは何とか一人で歩けるようになったが、

(魔力切れはきつい……ああ、魔力の数値化を否定しなければ良かった。確か、魔力や生命力がデジタル値で分かるのはおかしいし、極限状態になれば、それを超えることもあり得るからって、わざと設定しなかったんだよな……魔力ゲージが欲しいよ……)

彼は夕食もそこそこに、倒れ込むように眠りに就いた。

アシュレイはレイを部屋に連れ帰った後、再び食堂に戻り、一人酒を飲み始めた。

(今日はいろいろあり過ぎて頭がおかしくなりそうだ。彼との関係はこれからどうすべきなのだろうか……)

リザードマン戦の最初のレイの対応に失望し、見限るつもりでいた。もちろん、命の恩人に対し、彼が独り立ちできるところまでは面倒を見るつもりだったが、最初に思ったような、ときめくような思いは一気に冷めていた。

その後、何とか戦えたものの、それでもその思いが変わることはなかったはずだった。

だが、彼と話している時に何気なく放った言葉「私の横に立っていたいなら……」で、一気に訳が分からなくなった。

その後の彼の謝罪と必死に魔法を打ち込む姿を見て、再び彼に対する評価が変わった。

(私と一緒にいたいためと思いたいが、聞くに聞けない話だな……本当のところはどうなのだ?……出逢ってから、まだ二日しか経っていない。しかし、この気持ちは何なのだろう?)

アシュレイは自分の気持ちを持て余し、いつもより飲む酒の量が少し多かった。

翌朝、レイはすっきりとした目覚めで朝を迎える。

（魔力切れの次の日がどうなるのか心配だったけど、杞憂《きゆう》だったみたいだ）

今日も天気はよく、夜明けと共に木窓の隙間から差し込む朝日を受けて目覚めたため、そのまま装備を着けて裏庭に向かった。

珍しくアシュレイはおらず、一人で素振りを繰り返す。三十分ほど一人で素振りをしていると、眠たげな眼をしたアシュレイが現れた。

「おはよう、今日は遅いな。もしかして、昨日心配を掛け過ぎて眠れなかったとか？」

アシュレイは少しばつが悪そうな顔で首を横に振る。

「いや、少し飲み過ぎただけだ。汗を流せばすぐに眠気も消える。体が暖まったら、模擬戦でもやるか？」

十分ほど経ち、木剣と木の棒で模擬戦が始まった。やはり槍の方が相性はいいのか、昨日より更に様になっていた。

「やはり、槍の方がうまいな。槍術のスキルレベルはいくつになったのだ？」

「スキルが見れないんだ……なぜなのか分からないけど……」

「まあ、気にすることはない。手合わせした感じだと、二十から三十といったところだろう。充分兵士としてやっていけるレベルだ」

傭兵であるアシュレイに太鼓判を押され、彼は少し気が楽になる。

（今日も魔物討伐の依頼を受けるはずだ。その前にお世辞であっても気が楽になる。今日は無様なところを見せないように頑張ろう）

三十分ほど二人で汗を流し、今日も午前八時にギルドの入口をくぐった。

昨日と同様、掲示板には人だかりができている。彼はどんな依頼を受けるつもりか気になり、アシュレイに尋ねると、「今日は大物を狙う」と言って、依頼票を見せてきた。

「昨日行ったラットレー村の近くで灰色熊《グリズリー》が出たそうだ。そいつを狙うつもりだ。もしかしたら、今日はラットレー村で泊りになるかもしれない」

彼はなぜ泊りになるのか疑問に思い、理由を尋ねた。

「灰色熊の行動範囲は広い。湖で分断されているから、移動距離も長くなるしな。今から行って、運が良ければ手掛かりくらいは見つかるくらいだと思っておいた方がいい」

彼はそんなものかと思うが、マタギの話を思い出し、納得した。

（そう言えばマタギは何日も山に入るって聞いたことがある。それも犬を連れていてもだ。なら、追跡手段のない僕たちが一日で熊を見つけられると思う方が間違いなんだろう）

この手の知識に疎い彼は勘違いしていた。この世界の魔物と違い、日本の熊は基本的には臆病な生き物だ。だが、この世界の魔物や野獣の類は積極的に人を襲うし、逃げ隠れすることは少ない。

猟犬がいなくても魔物を狩れるのは、向こうから勝手に襲ってくるからであって、この世界の冒険者たちが猟犬以上に索敵能力に優れているからではない。

灰色熊討伐の依頼票は、〝ドラメニー湖及びクルーニー湖周辺の灰色熊の討伐：報酬一匹、百クローナ〟とあり、かなりの報酬額だった。

彼はこれだけいい報酬なのに、なぜ残っているのか気になり、再びアシュレイに尋ねてみる。彼女の答えは、灰色熊は五級相当の魔物、つまり一対一では五級冒険者が必要な魔物であり、中堅どころの六級程度の冒険者でも三、四人は必要になる。仮に駆け出しの七、八級が受けるとすると六から八人くらいとなる。それだけの人数で二日掛ければ、百クローナの報酬ではあまりうまみがなく、更に灰色熊の防御力は高く、弓での攻撃があまり効かないことから、同程度の報酬ならもっと防御力の低い魔物や獣を狙う方が安全で割がいい。

それなら、なぜ報酬が上がらないのかと聞いてみると、リザードマン退治と同じ理由、単純にそれ以上出せないという答えが返ってきた。

ラットレー村の規模であれば、一回当たり百クローナの報酬が限界であり、更に灰色熊のような大型の野獣を駆逐しても、すぐに同程度の魔物か野獣が入り込んでくるため、金が続かなくなるそうだ。

（なるほど、依頼が減ってきたら、自然と討伐に来てくれる。それまでに被害が出なければ御の字で、被害が出そうになったら、止むなく報酬を上げるという構図なのか）

二人は依頼票を手に受付カウンターに向かった。

昨日のレイの姿を見ていた冒険者たちから、冷ややかな眼で見られるが、アシュレイはそれを無視して、カウンターに座る。

受付はレイの登録を行ってくれたエセルで、心配そうな顔で、

「失礼かと思いますが、アシュレイ様はともかく、レイ様には少し荷が重いのではありませんか？　昨日もかなりお疲れのようでしたし、もう少し簡単な依頼の方が……」

アシュレイはその言葉を途中で遮り、「大丈夫だ。心配してくれるのはありがたいが、レイも納得している。早く受付してくれないか」と言って、やや不機嫌そうに自分のオーブを差し出した。

エセルはそれ以上何も言うことができず、受付作業を黙って行う。

受付が終わるとアシュレイはすぐに立ち上がり、レイはエセルが心配してくれていることに礼を言ってから、アシュレイの後を追って、ギルドを出て行った。

残されたエセルは後ろ姿を眺めながら、不安を覚えていた。

(本当に大丈夫なのかしら？　彼女が判断ミスを犯すとは思えないけど、昨日の状態を見る限り、無事に帰ってこれると思えないわ……)

彼女は二人が出ていった入口をもう一度見た後、すぐに受付作業に没頭していった。


レイとアシュレイの二人は、再び馬を借り、ラットレー村に向かった。

昨日と同じ工程を繰り返し、キアラン村長から情報を仕入れるが、特に手掛かりとなる情報はなかった。アシュレイはとりあえず近くの森に向かおうと歩き始める。

レイが歩き始めたアシュレイを「ちょっと考えたことがあるんだけど、いいかな……」と呼び止め、思いついたことを話し始めた。

彼は昨日のリザードマンとの戦闘現場に向かうことを提案した。

理由は灰色熊の鼻がどの程度いいのかは分からないが、あれほどの血の臭いを嗅げば、リザードマンの死体を食いに行くのではないか。仮に行っていなくても、近寄ってくる可能性があるのではないかと。

「そうかもしれないが、逆に別の肉食系の魔物が潜んでいる可能性もある。うーん、灰色熊以上の魔物がいるとは思えないから、その方法でいってみるか」

再び村長の家を訪ね、昨日と同じように向こう岸に渡してもらう。

帰りに魔法で合図をするから、それを見たら迎えに来て欲しいと伝え、森の中に入っていった。

午前十時に昨日のリザードマンとの戦闘現場に到着した。

リザードマンの死体はすべて食い荒らされ、その中には大型の魔物の噛《か》み跡らしきものもあった。

「どうやら既にここに来ていたようだな。リザードマンの死体の内臓だけ喰らって、硬い皮に覆われた肉はそのまま残している。まだ、この辺りに潜んでいる可能性が高いな……」

二人は熊の足跡を見つけ、慎重に追跡を開始する。熊は水辺に行ったり、森の奥に戻ったりと迷走しているが、どうやら、水辺近くにいるようだった。

アシュレイは剣を引き抜き、足音に注意しながら、「気を抜くなよ」と注意を促す。

「この辺りにいそうだ。魔法で先制攻撃を掛けてくれ。奴は見た目以上に足が速い。二発目は欲張らなくていいからな」

レイは頷き、槍を構えアシュレイの後ろを足元に注意しながら歩いていく。

十分ほどすると、湖岸で水を飲んでいる巨大な熊を発見した。

灰色がかった茶色の毛皮に覆われたその熊は、彼らから二十メルト程度離れた位置におり、体長三メルト以上の大物だった。まだ距離はあったが、匂いで気付いたのか、低い咆哮と共に後ろ足で立ち上がった。そして、再び頭を下げ、突進の体勢に入ろうとしていた。

レイはすかさず昨日練習した光の矢の魔法を発動した。

白く眩い光の矢が灰色熊の顔に向かって加速しながら飛んでいく。

熊はそれほど脅威とは思っていないのか、煩わしげに首を振って避けようとしただけで、突進を止めることはなかった。

光の矢はその顔に目掛けて、急速に軌道を変えていく。

全くのまぐれ当たりなのだろうが、光の矢は熊の右目に深々と突き刺さっていた。矢は長さの半分、二十センチほど入り込み、砕け散るように爆《は》ぜて消滅した。

灰色熊はつんのめるように倒れた後、四肢を激しく痙攣《けいれん》させる。数秒間の痙攣が治まると今度は固まったように動かなくなった。矢の先端が脳に達し、即死したようだ。

彼は「えっ？　終わり？」と声を上げ、アシュレイの方を見る。

（クリティカルヒットってやつか……それにしても実戦で……ビギナーズラックかもしれない……）

彼女も唖然とし、そして何か物足りなさを感じつつも、灰色熊が再び起き上がってこないか警戒していた。

「どうやら、本当に死んでいるようだな。眼を狙ったのか？……しかし、これでは訓練にならないな……ところで、魔力切れの方は大丈夫なのか？」

苦笑しながら聞いてくる彼女に対し、

「顔は狙ったんだけどね……魔力切れは大丈夫みたいだ。昨日は雷の魔法を何発も撃っていたから、魔力が切れたんだと思う。この光の矢なら二、三十発は撃てる気がする」

アシュレイは呆れたように首を振りながらも、慎重に灰色熊に近づき、魔晶石の回収に入る。

レイは熊が擬態を取っている可能性を考え、いつでもサポートに入れる体勢で彼女を見守っていた。慎重に確認するものの、やはり灰色熊は息絶えていたようで無事直径三セメルほどの大きめの魔晶石を回収した。

あまりに早く依頼が達成できたため、帰りの船が来るまで時間が空いてしまう。レイは迎えを呼ぶため、火属性魔法を試してみることにした。花火をイメージして、火の玉を打ち上げた後、空中で爆発する魔法をイメージしていく。

（火の玉を打ち上げてから、上空で爆発するようにしたいけど、どうやってやればいい？　火薬はイメージしても精霊が付いていけそうにないし……空気の玉も一緒に打ち上げたら……火で熱せられて膨張しないかな……うーん、それだといきなり爆発するかも。難しいことは考えずに空中で爆発するイメージでやってみるか）

彼は考えるのを諦め、火の精霊に理解できるように、できるだけ鮮明な花火のイメージを思い浮かべる。

二十秒ほどで左手に火の玉が形成され、それを打ち上げるように手を振り上げると、その火の玉は上空に向かって、ヒュルヒュルと昇っていく。そして、木の高さより高くなったところで〝パン〟と弾け、市販品の打ち上げ花火くらいの大きさに広がった。

昼間の明るい時間ということもあり、火の花はきれいに見えないが、上空には白い煙の雲が浮かんでいる。

(できたけど、思ったより貧相だな。狼煙代わりにちょうどいいかもしれないけど……)

彼はもう少し大きな花火を想像していたため、満足できなかった。

だが、横で見ていたアシュレイは驚きを隠せなかった。

(今のは何だ? てっきり普通の〝火球《ファイアボール》〟を打ち上げるのかと思ったが、音まで出せるとは……夜襲でうまく使えば、敵に混乱を与えられるぞ……)

彼女は傭兵時代を思い出し、この初めて見る魔法の有効性にすぐに気付く。

「今の魔法は何なのだ? それもオリジナルなのか?」

アシュレイの真剣な表情に気付かず、はにかむようにうまくいかなかったことを告げる。

「ああ、気付いてもらうには音があった方がいいかと思って。それにしてはちょっとしょぼかったな。もう少し大きく火が開くはずだったんだけど……」

レイの軽い口調に対し、アシュレイは真面目な表情を崩さなかった。

「今の魔法もあまり見せない方がいい。かなり珍しいし、奇襲攻撃に使える。軍に知られると厄介なことになるかもしれない」

その言葉に彼は絶句する。

（ただの花火のつもりだったんだけど……爆発系の魔法はないのか？　よく考えてからじゃないとオリジナル魔法は使えないな）

しばらくするとコーダーの船が迎えにやってきた。

「さっきのは何だったんですか？　初めて見ましたけど」

レイは苦笑いしながら、「魔法が失敗したんだ」と言い訳をする。アシュレイは話題を変えるため、明るい口調で熊の運搬の話を始めた。

「灰色熊を倒した。目を撃ち抜いたから、ほとんど傷がないし、運ぶのを手伝ってくれれば手間賃を弾むぞ」

その言葉にコーダーは「もう倒したんですか！」と驚き、すぐに「一時間待っていてもらえますか！　みんなを呼んできますから」と言って、大急ぎで村に戻っていった。

約束より早く、四十分ほどで漁師たちは岸にやってきた。

灰色熊は一トン近い重さがあり、かなり苦戦したが、無事に村に到着した。村長に完了報告を行い、灰色熊を引き取ってくれるか聞いてみた。

「灰色熊ですか……大物ですし、金貨一枚、百クローナでいかがですか？」

レイには相場が分からないのでアシュレイに「任せるよ」と言って傍観する。

アシュレイはしばし考えた後、「それで頼む」と了承する。手伝ってくれた漁師たちに銀貨二十枚、二十クローナを支払い、村を後にした。

思ったより早く依頼が完了し、昨日と同じ森の中で魔法の訓練を行うことにした。

レイは、アシュレイから、「魔力切れにならないように注意してくれよ」と釘を刺される。

彼も「昨日みたいな連発はやらないよ」と笑いながら、魔法の練習を始めた。

（今日は木と土の魔法を練習しよう……）

木属性の魔法で木の根を武器にできないかと考えていた。

（木の根を急速に成長させ、下から突き上げる。先端を硬くすれば、槍代わりにならないだろうか……）

レイは木の根が成長する姿を思い浮かべる。イメージは植物が生長する姿を、微速度撮影した映像だ。昔、テレビで見た、森の木が成長する姿を撮ったドキュメンタリーの映像を思い浮かべてみた。

彼の足元から、木の根がウネウネと這い出てきたが、思ったようなスピードはなく、触ってみると普通の硬さの柔らかい根だった。

（槍にはできないか……自在に動かせれば、拘束具にできないか。自在に動くイメージか……食虫植物、いや、この世界なら植物系の魔物がいるはずだ。それをイメージすれば……）

彼は再び魔法を発動した。

木の根はさっきと同じように這い出てくるが、スピードは蛇が動く程度で、まだ人を拘束できるほどのスピードには達していない。

（スピードアップか……植物に瞬発力を求めるのが間違っているんだよな。瞬発力？　そうか、〝しなり〟を加えて、それを解放すれば……）

木の根を弓なりにしならせ、その反動を利用する。すると、ピシッという音を立て、鞭のような勢いで根は伸びていった。

（成功だ！　あとは巻き付くような硬さにすることと、その後、急激に硬化させることができれば、かなり有効な魔法になる。特に森の中なら……どの範囲まで有効か確認する必要はあるけど、今日はこれで止めておこう）

次に土属性の魔法で落とし穴ができないか考えてみた。イメージは亀裂。地面を割るイメージを土の精霊に伝える。

（地面に亀裂……地盤が動くイメージ……うわっ！）

地盤が動くイメージを精霊に伝えると亀裂ではなく、地震が発生してしまったのだ。

局所的だが、突き上げるような地震で、魔法を掛けたレイ自身がその振動で尻餅をついてしまう。

見ていたアシュレイもその揺れに驚き、「大丈夫か！」と叫んだ。

レイはバツが悪そうに「大丈夫だ」と答え、土を払いながら、立ち上がった。

（これは意外に使えるかもしれない。どの程度硬い地盤まで使えるのかは分からないけど、相手を転倒させることができれば、その後の展開はかなり有利になる……でも、新しい魔法を試す時は、注意しておかないと怪我をするかもしれないな）

まだ魔力的には行けそうな気がしたが、アシュレイを心配させたくないので、これで止めることにした。

（まだ、三時くらいだから、この後、槍と剣の訓練もできるかな。何にしても早く一人前になりたい）

彼らは街に戻っていった。

レイとアシュレイは完了報告をするため、冒険者ギルドに向かった。

まだ午後三時と冒険者たちが戻ってくるには早い時間であるため、受付カウンターはほとんど空いていた。完了報告は顔見知りのエセルがいいだろうと、彼女のカウンターに向かう。

エセルは、淡々と業務をこなしていくが、心の中では、時間が掛かるはずの灰色熊の討伐が、これほど早く終わったことに驚いていた。そして、彼らのオーブをまじまじと見つめ、あることに気付き、思わず声を上げる。

「レイ様の階級が……七級に上がっています。それよりもレベルが……十に上がっています……たった二日で……」

最後は絶句し、言葉になっていない。レイの隣にいるアシュレイも、驚きの表情で彼を見つめていた。

「階級が三段階上がったのか。レベルも一気に十……そうか、五級相当の灰色熊を一人で倒したから一気に……」

「ひ、一人でですか！　大きな声を出してすみません。ですが、アシュレイ様は本当に手を出されなかったのですか？」

常識人のエセルはその異常さに、いつもの冷静さを失い、思わず大きな声を上げてしまった。すぐにいつもの表情に戻そうとするが、あまりの異常さに引き攣った笑顔しか作れない。

「ああ、私が手を出す前に一人で倒した。どうやって倒したのかは言えないがな」

アシュレイはレイの魔法を隠蔽する必要があると思い出す。このことは、たとえギルド職員のエセルであっても、言うつもりはなかった。

周りが騒がしくなる前に二人は報酬を受け取り、ギルドから早々に立ち去っていく。

宿に戻る途中、彼女は「後でレベルとスキルを教えてくれ」と一言言ったきり、考え事をしながら、黙って先を歩いていく。

（レベルが一だったことが間違いだったのだろうが、こんな話は聞いたことがない……そもそもスキルが確認できないことからして異常なのだが……私の前に初めて現れた時のことと合わせて、神の使いだと言われても信じてしまいそうだ……）

彼女は傭兵団に長く在籍していた経験から、レベルの上昇とスキルの上昇は、ほぼ同じであることを知っている。たとえ実戦経験がなくともスキルが上がるほど訓練をすれば、経験値は溜まり、レベルも上がっていく。

稀に天才と呼ばれる者がいるが、その天才でもスキルが十を超えた辺りからは、スキルとレベルの差はほとんどなくなる。

彼女が知る限り、レベル一から十に最も早く上がった者でも一年は掛かっていた。それがたった二日でレベルが十に上がるなど、人に話せば笑い飛ばされるレベルの話だった。

宿に着くとすぐに部屋に入り、レイのレベルとスキルを確認する。

「レベルは……魔道槍術士の十？　スキルは……やっぱり確認できないな」

「そうか……ここまで急激な上昇は初めて聞いた。レイ、本当に何も心当たりはないのか？　神の啓示とか、そういった何かを」

彼は「うーん」と唸っただけで、言葉を発しない。

（アシュレイに話してしまおうか。ここで気味悪がられるのも困るし……今はまだ無理か……）

十秒ほど考えた振りをして、「どれだけ考えても心当たりはないな」と答えるが、アシュレイはあまり納得していない。だが、それ以上追及することはなかった。

レイはギルドの階級と職業レベルについて、設定を思い出そうとしていた。

（ギルドの階級は〝貢献度〟によって上がるはず。貢献度は自分より高い階級の依頼を受ければ十倍ずつ増えたはずだ。五級なら三階級特進でもおかしくないな……）

レイの場合、前日のリザードマンの分――リザードマンは七級相当――があるため、前日中に九級に上がっていたのだが、魔力切れのため確認していなかった。

高い能力を持つ者が、初めて登録した場合に良く起こることだが、これが起こり得るのは、五級相当以上の実力を持った者だけだ。つまり、彼が五級相当の実力を有していることを示していた。

（職業レベルは経験とスキルの低い方が〝レベル〟として、表示されるんだったな……）

彼の考えた設定では、職業レベルはあくまで剣術士や弓術士などの職業の有効度を表すものであり、経験と技能＝スキルの低い方が〝レベル〟として表示されるというものだった。これは経験だけあっても、適正なスキルがなければ力が発揮できず、逆にスキルだけあっても、経験がなければ力が発揮できないであろうということから、決めた設定だった。

経験を積んだだけのベテランのならず者が、訓練された若い剣士と戦うことを想像すると分かりやすい。正式な訓練を受けた剣士が全くの実戦未経験者であった場合、ならず者が勝つ可能性がある。だが、剣士がある程度の経験を有していた場合はどうだろうか。剣士側が勝つ可能性が高いのではないか。

経験と技能は車の両輪であり、片方だけでは強さが測れないと考え、設定されたものだった。

(魔道槍術士ということは経験がレベル十相当かつ、魔法と槍術もレベル十相当になったということだな。ようやく新兵並みになったということか……二日で新兵並みか、早いのか遅いのか分からないな……アシュレイと模擬戦をやって確かめるか)

だが、彼はなぜアシュレイが驚いていたのか、理解できていなかった。

確かにレベル十は新兵相当の数値だが、二日前に登録した時はレベルが一しかなかった。全くの素人を、曲がりなりにも戦場に立てる新兵に仕立て上げるにはどんなに早くても一ヶ月は掛かる。それも十未満の〝本当の新兵にする〟のにだ。

彼の十というレベルは、数ヶ月以上の訓練を終え、初陣を経た兵士と同じレベルに当たる。それが僅か二日で、そのレベルに達したということは異常以外の何ものでもない。

アシュレイは本当にそれだけの腕になっているのか気になっていた。

そして、二人は急に顔を見合わせ、「確認しよう！」と声を合わせて言い、裏庭に向かった。

裏庭で模擬戦を始めたが、レイの動きは今朝と大して変わらなかった。彼は朝の自分と大して動きが変わらないことに安堵していた。

（戦闘経験は死線を潜り抜けないといけないということだな。ゲームの世界じゃないんだから、数字が絶対じゃないんだ……訓練での動きと実戦での動きが違うことは、昨日嫌と言うほど思い知らされた……逆に言えば、今でも新兵並みの強さだが、もっと強くなれる余地があるってことだ。数字は気にしないでおこう）

一方、アシュレイは戸惑っていた。

（レベルが急激に上がったにもかかわらず、動きがそれほど変わっていない。訓練と実戦が違うとはいえ、このレベルまで来ればそう大差はないはずなのだが……記憶喪失の影響なのだろうか？どちらにしてもレイの場合は、レベルを気にしても仕方がないな）

二人は別々の理由でレベルに拘る必要はないと、結論付けた。

その後、夕食まで軽く手合わせしていた。

五　危機

翌日から、討伐系の依頼を積極的に受けていった。

岩猪や大牙猿などの獣系の他に、キノコの魔物フォングス、全長三メルトの巨大なヒルであるジャイアントリーチの討伐も受けていた。

そして、その討伐の時にもできるだけ魔法を使わないようにして、槍と剣の技能向上と接近戦での経験を上げることに努めていた。その結果、七日後にはレベルは十三に上がっていた。

魔法も毎日研究を重ね、光の魔法である〝閃光〟や、水と土の複合魔法の〝泥沼〟などのオリジナル魔法も増やしていた。

二人はいつも行動を共にしており、周囲も二人がいつも一緒にいることを、違和感なく当たり前のことと思うようになっていた。

レイが冒険者になってから、十日後の四月十二日、傭兵ギルドからアシュレイに連絡が入った。

傭兵の裏切りに対する賠償金が確定したということで、ギルドに顔を出すようにとの連絡だった。

翌日、アシュレイはレイと共にギルドに向かった。

二人はいつもより遅い時間に宿を出て、普段通りの会話を楽しみながら傭兵ギルドに向かいっていた。

「ところで決めたのか？　ギルドからの謝礼だが」

「ああ、やっぱり現金にするよ。ギルドの提示する額を貰うことにする」

その時、後ろから突然声を掛けられる。

「アシュレイ、元気そうじゃないか」

振り返ると、腰に曲刀《シミター》を下げた三十代前半の冒険者風の男が立っていた。

その男は黒髪を後ろで縛り、浅黒い肌でジプシーのような彫りの深い顔をした、如何にも女性にもてそうな男だった。

アシュレイは一瞬、嫌な顔をしてから振り返り、「久しぶりだな、セロン。先を急ぐから、これで失礼する」とだけ話し先を急ごうとした。

「そんなつれないことを言うなよ。俺とお前の仲じゃないか……」

その言葉を遮るように、

「誤解を招くような言い方をしないでもらおうか。お前と私の関係は、ただ同じ街にいる冒険者同士というだけだ。レイ、行くぞ！」

彼女は不機嫌そうな表情を隠そうともせず、レイの腕を引っ張るようにして、その場を立ち去ろうとした。しかし、セロンと呼ばれた男は更に絡んできた。

「そいつがお前の〝男〟なのか？　随分いい所のお坊ちゃんをたらし込んだようだが。まあいい、そのうち、嫌でも俺の女にしてやるからな」

セロンはそう言い放ってから、彼らのもとを立ち去っていった。

レイはどう言っていいのか分からなかったが、

「今のは誰なんだ？　何だか感じの悪い人だったけど……」

アシュレイは心底嫌そうな顔をして、

「奴はセロンという四級の冒険者だ。腕は悪くないのだが、性格がな……なぜか知らんが、言い寄ってくる。ああいう男は嫌いだ。何度もきっぱりと断っているのだが……未だにしつこく付きまとってくる」

レイはセロンがストーカーか何かだと理解した。

（四級冒険者ってことは、かなりの実力者なんだろう。アシュレイが〝腕は悪くない〟と言うことは、かなりの使い手なんだろうな）

「レイも気を付けておけ。あいつは非合法スレスレのことを、平気でやる奴だからな」

彼は厄介な男に付きまとわれているんだと、同情していた。

（まあ、いくらなんでもオーブがあるから、犯罪行為は仕掛けてこないだろう。いざとなれば、この街から出ていけばいいだけだから……）

この時、あまり深刻に考えなかった。警察組織が整備されている日本でも、ストーカーによる被害が後を絶たないというのに……。

気分は沈んだが、しばらく歩くと傭兵ギルドに着いた。

カトラー支部長に面会を申し込むと、五分ほどで支部長室に通された。

「時間が掛かって済まなかった。ようやく、君への賠償金が確定した。千クローナだ。顧客《クライアント》ではなく、ギルドに登録している傭兵ということでフォンスの本部が渋ったんだ。済まないな……」

カトラーはラクス王国の王都フォンスにあるラクス本部との交渉がうまくいかなかったことをアシュレイに謝罪する。

「いえ、私にも油断がなかったとは言えませんから、構いません」

「そう言ってもらえると助かる……盗賊の懸賞金と装備類の買取額は合わせて千五百クローナだ。こちらはモルトン支部の裁量範囲だからな、少しだけ色を付けておいたぞ」

アシュレイは支部長に礼を言い、金貨の入った革袋を受け取る。

支部長はレイの方を向き、「ところでレイ殿、ギルドからの謝礼の件だが、要望は決まったのだろうか？」と話を振る。

「できれば現金でお願いしたいのですが……」

支部長は「了解した」と大きく頷き、

「可能な限り渡せるよう本部に掛け合おう。済まないが、十日ほど時間を貰うことになる」

話が終わり、部屋から出ていこうとした時、支部長から、

「レイ殿は傭兵になる気はないのかな。冒険者ギルドに登録しているなら、手続きは簡単だが」

「今のところ、人間相手より魔物や獣相手の方がいいので……すみません」

彼は軽く頭を下げて、部屋を出ていく。

（さすがに〝人殺し〟は無理だ。自分を守るためならまだしも、職業にできるほど〝殺す〟ことに

は慣れていない。それに人はできるだけ傷つけたくない……）

彼は強くなりたいと思っていたし、日本の常識を捨てることを心に誓っていたが、人を殺す、人に武器を向けることに躊躇いを感じずにはいられなかった。

傭兵ギルドに行ったため、時間が中途半端になるだろうと、今日は元々依頼を受ける予定にしていなかった。しかし、思いのほか早く用事が済んだため、時間を持て余すことになった。

レイは特に思いつくことがなかったが、アシュレイが、「時間があるな。なら、街でも散策するか。その前に、物騒だからこの金を預かってくれないか」と言い、金の入った革袋を差し出した。

レイは「分かったよ」と言って人影の少ないところに行き、アイテムボックスに革袋を入れる。

（確かに安全だけど、一々隠れて出し入れしないといけないのがネックだな）

その後、二人はのんびりと街を散策していく。

アシュレイもこの街に一年間以上住んでいたが、積極的に散策したことはなかったようで、彼に説明しながらも、時々感心したような表情で街の中を歩いていく。

街の中心部である丘の上の住宅地に向かうと、そこには南側の商業地区とは違う小さな商店が軒を連ねていた。狭い路地には住民相手の食料品店や、服や小物などの生活用品を売っている雑貨屋が多い。

威勢のいい魚屋の親父の声、きれいに並べられた色とりどりの野菜、おいしそうな匂いを漂わせるパン屋など、ただ歩いているだけだが、二人は充分に楽しんでいた。

（よく考えるとデート？　えっ？　初デート？？？　一気に緊張してきた……）

レイは今まで女性と付き合ったことがなく、もちろんデートなどしたこともなかった。

（どうしたらいいんだろう？　普通にしていたらいい？　アシュレイはどう思っているんだろう？）

レイがそんなことを考えているとは露知らず、アシュレイは急に顔が赤くなった彼を見て、「どうした？」と尋ねる。それに対し、彼は首を振るだけで言葉にならなかった。

その様子を心配した彼女が顔を近づけてくると、更に彼の顔は赤くなっていく。

彼は「大丈夫、何でもないから」と言った後、話題を変えるように風車を指差した。

「前から気になっていたんだけど、あのでっかい風車は何のためにあるんだい？」

「ああ、あれか。あれは水を汲み上げているそうだ。丘の上に水を汲み上げ、街に飲み水を供給していると聞いた」

丘の上の男爵の屋敷の裏に大きな貯水槽があり、そこを水源にして各地区へ水を供給しているそうだ。ちなみに下水道も整備されており、ヨーロッパ風の町の割に臭いがないのだが、彼はそのことに気付いていなかった。

その後、ゆっくりとした足取りで商業地区に向かう。

レイが武器屋に行きたいと言ったためだが、特に買うべき物がないアシュレイには彼が武器屋に行きたい理由が分からない。

「お前も私も武器は充分だと思うが、なぜわざわざ武器屋に行くのだ？」

レイは普通に歩いていると変に意識してしまうため、共通の話題がある武器屋に行けばいいと思っただけだ。強いて言うなら、折角ファンタジーな世界に来たのだから、ゲームによく出てくるような武器屋に行ってみたかっただけだ。つまり、大した理由はなかったのだ。

（ただ見たいだけなんだけど、武器が見たいからっていうのも変かな？　適当な理由を言っておくか）

そう考え、不思議がるアシュレイに少しわざとらしく説明していく。

「今使っている槍は良過ぎて、腕が上がったのか分からないんだ。普通の槍で依頼を受けてもいいかなと思ったんだけど……」

「そういうことか。いろいろな武器を経験しておくのもよいかもしれないな。ただ、無駄遣いのような気もしないでもないがな」

アシュレイも消極的な賛成といった感じだが武器屋に行くことに同意する。

武器屋に入ると、中には様々な剣や槍、斧、棍棒などが並んでいた。鉄と油、革などの臭いが充満する店内で、彼は興味深そうにそれらを見ていった。

（こういった物を見ると、本当にファンタジーな世界に来たと思う。博物館にあるみたいな手入れの仕方じゃなく、実戦用に油の引かれた刃物は、見ているだけでも心が躍る。これで殺し合いがなければ本当にいいんだけど……）

店の奥から、四十代半ばの如何にも鍛冶師《かじし》といった、がっしりとした人間の男性が出てきた。

「何を探しているんだ？　言ってくれれば見繕うぞ」

レイはただ見たかっただけですとは言えず、「槍を見せてもらえますか。このくらいの長さの物を」と言って、手に持った彼の槍アルブムコルヌを見せる。

鍛冶師であるモリス・シェリダンは、その槍を見ながら、「修理でも必要なのか？」と聞くが、すぐにレイの槍がかなりの業物だと気付き、「うん？　ちょっとその槍を見せてくれないか」と言ってきた。レイは仕方がないなという表情で、モリスに槍を手渡す。

「うっわ！　何だ、この重さは！　お前さん、本当にこれを使えるのか？」

彼の槍、アルブムコルヌは鎧であるニクスウェスティスと同様に重量軽減の魔法陣が描かれており、彼が持つ限り普通の槍と同じ重さで使える。だが、実際には通常の槍の数倍の重さ十五kg《キグラン》もの重量があった。

「ええ、使えますけど。できれば、軽い槍がいいんで、普通の槍を見せて欲しいんですが」

モリスはアルブムコルヌを返すと、奥から穂先が二十セメルほどのショートスピアと呼ばれる槍を持ってくる。

レイはそれを受け取ると、軽く振った。

(使っている槍と同じくらいの重さだな。重量軽減の魔法が相当効いているってことなんだろうな。今日は冷やかしだけにして、買うのは止めよう)

彼は、「今日は見にきただけですから」と言って、槍を返す。

モリスは、名残惜しそうにアルブムコルヌを見つめてから、

「その槍の手入れが必要なら、俺のところに持ってきてくれ。いや、俺にやらせてくれ」

「構わないけど……今度頼みますね」

二人はそのままモリスの店を出た。

残された彼は放心したように出ていった二人のことを考えていた。

（あの槍は業物なんていうレベルじゃねぇ。〝神槍〟ってやつだ……しかし、あの若者は何者なんだ？　一緒にいたのはアシュレイだったが……）

彼は鍛冶師になって三十年以上経つが、彼が見た最も素晴らしい武器だった。彼は「次はじっくりと触らせて欲しいものだ」と独り言を呟いていた。


街を散策した翌日、二人は依頼を受けるために朝早くからギルド支部に来ていた。

朝から空は厚い雲に覆われており、今のところ雨は降りそうにないものの、明日には完全に崩れるだろうと、周りの冒険者たちが話している。

アシュレイは、掲示板を見ながら、「今日一日で終わるものにしよう。雨が降りそうだから巨大蛙《ジャイアントトード》がよさそうだ」と依頼票を手に取る。

レイは理由が分からず「巨大蛙？　何でそれにするんだい？」と首を傾げる。

アシュレイは「レイには分からないか」と呟き、説明する。

「こいつは臆病でな、なかなか、湖から出てこないのだ。だが、この時期の雨が降りそうな日に限ってはなぜか森の中に現れる。そして、こいつらは繁殖力が強い。だから、狩れる時に狩って欲しいと、この時期には特に報酬が上がるのだ」

レイは「なるほど」と頷く。

巨大蛙は体長一・五メルトほどの巨大なガマガエルで、長い舌と体表面から噴き出す麻痺性の毒が主な攻撃手段である。基本的にはおとなしい魔物なのだが、春から夏にかけて、一気に増殖するため、春にできるだけ数を減らしておくようにと、この時期は常に依頼が出ていた。

二人はその依頼票を持ち、受付に向かうが、そこで昨日出会ったセロンという男と再び顔を合わせる。

「何だ、同じ蛙退治か。どうだ、一緒にやらないか？」

セロンはアシュレイにそう話し掛ける。

「いや、レイと二人で充分だ。私たちには構わないでくれないか」

彼女はそう言って、セロンから離れようとした。

セロンはアシュレイの腕を取り、

「恥ずかしがらなくてもいいんだぜ。そんな生白い男より、俺と一緒の方が楽しいぜ。他の奴らも待っているから早く行くぞ」

アシュレイは掴んでいる手を乱暴に振り払い、セロンを睨みつける。

「私に触るな！　何度も言わせるな。私はレイと行くと言っているのだ！」

その声に、ギルド内は一瞬、沈黙に支配された。

セロンを見て、やれやれと思っている者もいるが、なんとなくセロンに同情的な雰囲気が漂っていた。

（何だこの空気は？　明らかにアシュレイに非はないだろう。なぜなんだ？）

レイはこの雰囲気が理解できず、戸惑うが、これ以上ここにいても良いことはないと、アシュレイの腕を取って、「早く行こう」とギルドから連れ出す。

その姿を憎々しげにセロンは見送っていた。

（舐めた真似を……あの女《アマ》、親父のハミッシュと同じで、俺を見下していやがる。俺に靡《なび》けば許してやろうと思ったが、俺を無視して、他の男を咥《くわ》え込みやがった……くそっ、どこまでも俺のことを馬鹿にしやがる。いいだろう、俺を馬鹿にした罰を与えてやろうじゃないか……）

アシュレイも知らないことだが、セロンは十年前、彼女の父ハミッシュ・マーカットに挑み、惨敗していた。

それは、彼が最も自信に充ち溢れていた時期、彼がまだ一級冒険者になる夢を捨てていない時期だった。そして、ラクス王国でも有数の剣の使い手であるハミッシュに挑んだ。だが、結果は完敗で模擬戦とはいえ、完膚《かんぷ》なきまで叩きのめされていた。

模擬戦の最後にハミッシュに言われた言葉「己を知れ」が、彼の人生を変えた。

ハミッシュはまだまだ、ひよっこのセロンに対し、肥大した自尊心を捨てろと言っただけだが、彼はそれを「お前は取るに足らない奴だ」と解釈した。

プライドをズタズタにされたセロンは、それから大いに荒れ、一緒にいた仲間たちも次第に彼から離れていった。そして、四級まで上がったところで、比較的小さな町である、ここモルトンにやってきた。ここなら、自分が〝一番〟でいられると思ったからだ。

一年前、アシュレイがこの街にやってきたのは偶然だが、その時からセロンは彼女をものにすることで、ハミッシュに意趣返しをしようと考えていた。

何度か非合法すれすれの罠を張るが、悉《ことごと》く彼女に回避される。そして、自分ではない男＝レイとコンビを組んでいると知った後は、更にその偏執的な想いを強くしていった。

レイとアシュレイは、モルトンから南に五キメルほど行ったところにある、ターバイド湖に向かっていた。

アシュレイはまだ機嫌が悪いようだが、彼はそのことを忘れさせようと、今日の依頼に関係する話題、巨大蛙について話を振った。

「なあ、その巨大蛙の弱点を教えてくれないか。それと毒以外の注意点も」

レイがいつになく必死になって話し掛けてくることに、最初は戸惑ったものの、それが自分を気遣ってくれているのだと気付くと、少しだけ気分が良くなった。さっきまでの暗い表情からやや明るい表情になり、魔物について説明を始めた。

「弱点というか、奴らは皮が薄くて、剣や槍に対してほとんど防御力がない。特に腹は簡単に切り裂ける。注意する点は舌だ。思った以上に長いのだ。一・五メルト程度の体なのだが、舌はその倍以上に伸びてくる。厄介なことに舌だけは丈夫で、生半可な斬撃では切り裂けない……」

そんなことを話しながら、一時間半ほどでターバイド湖に到着した。白樺のような木に囲まれた美しい湖で、周囲が五キメルほどあり、中央には小さな島が見える。

二人は美しい景色を楽しむことなく、周囲を警戒しながら慎重に巨大蛙を探す。

水辺を三十分ほど歩くと、グォーグォーという低い鳴き声が聞こえてきた。

「見つけたぞ。二、三匹はいそうだ」

アシュレイは剣を引き抜き、レイも槍を構える。

突然、草叢から黒い大きな影が飛び上がった。巨大蛙が彼らに向かって、飛び掛かるように跳ねてきたのだった。

二人は申し合わせたわけでもないが、左右にきれいに避け、蛙はその間を弧を描くように跳んでいく。そして、彼らから三メルトくらいの位置に着地した。

「挟み撃ちにするぞ！　先に攻撃を掛ける！」

アシュレイはそう叫ぶと、方向転換をしている蛙に向かって、一気に距離を詰め、その背中に剣を突き立てた。蛙はダメージを負っているはずだが、痛みを感じていないのか、鳴き声も上げずに、毒液を飛ばし始める。

その攻撃を予想していたアシュレイは剣を引き抜き、後ろに飛んで再び距離を取った。

レイはその姿を見て、次は自分の番だと、彼女の反対側から槍を突き立てた。

槍で攻撃するが、蛙の毒液はほとんど届かず、彼はのそのそと動く蛙に数度、槍を突き立ててから、アシュレイが行ったように一旦距離を取る。

思った以上に体力があるのか、蛙はダメージをものともしていない。ぬらぬらとした体皮から血を流しながらも、二人のどちらに攻撃を掛けようかとでもいうように、きょろきょろと目を動かしている。

レイはアシュレイに目配せした後、蛙の後ろに回るように横に移動する。

蛙はその動きに釣られ、彼の方に猛烈なスピードで舌を伸ばした。レイは慌ててその舌を槍で弾くが、弾力性のある舌はほとんど軌道を変えずに彼に向かって伸びてくる。

（やば！）

その舌の攻撃を避けるため、体を投げ出すように蛙の横に飛び込んだ。

飛び込みながら、彼は槍が蛙に届くと判断し、その勢いを利用しながら、蛙の柔らかい横腹を槍で切り裂く。蛙の腹はほとんど何の抵抗もなく切り裂け、遂に痛みを感じたのか、弾けるように跳ねて、その場から逃げ出した。

アシュレイはその飛び上がるタイミングを見逃さず、走り込むようにして、伸びた蛙の左後ろ脚を斬り落とす。

片足になった蛙は跳ねることができず、ズリズリと這うようにして逃げようとするが、二人は毒液にだけ注意しながら止めを刺した。

「ようやく一匹か。毒は大丈夫だったか？」

アシュレイがそう尋ねるが、彼は「問題ない」と答え、魔晶石を回収する。

（レイも大分慣れたようだな。後は慢心にだけ注意しておけばよいだろう）

その後、二匹の巨大蛙を倒し、見通しのいい湖畔《こはん》で昼食を摂ることにした。

湖を見下ろす少し小高い場所を見つけ、倒木に座って弁当を広げる。

湖には水鳥がのんびりと浮かんでおり、巨大な毒蛙がいるとは思えないほど、平和な風景が広がっている。

「これで天気が良ければ、最高にいい景色なんだろうな……」

彼は誰に言うでもなく、一人そう呟いていた。

「景色か……そんなふうに考えたことはないな。森を見ても敵がいるのか、いないのかしか興味がないからな。お前はよく〝ここの景色がきれい〟だとか、〝夕焼けが美しい〟とか言うが、どういった環境で育ったのだ？　私のような傭兵でなくとも、騎士の家ならそんなことを言っている余裕はないはずだが……」

彼は少し照れながら、「ああ、そうだね」と答えるが、

「でも、ここが美しい場所だと君も思わないか。この神秘的な美しさ、水の女神が現れてもおかしくないと思うんだけどな……」

レイは自然豊かなこの土地に愛着を持ち始めていた。まだ半月もここに住んでいないのだが、街を出て森を歩くことがとても楽しいと感じていた。

いずれはこの土地を離れ、日本に帰る方法を探しに旅に出なければならないと分かっていても、どうしてもそう思ってしまう。

そんなのんびりとした休憩時間を過ごしたが、まだ街に帰るには時間も早く、巨大蛙も狩れそうだったので、あと二時間ほど狩りを続けることにした。レイは準備をしながら、ふと湖の方に目を向けた。湖の中央にある島に向かう小舟が偶然彼の目に入った。

（何をしに行くんだろう？　漁師の船でもなさそうだけど……）

その小舟を見つめていると、アシュレイが、「準備は終わったか」と言ってきた。

彼は湖から視線を外し、湖畔に戻るため、荷物を拾い上げる。そして、再び湖に視線を向けると、小舟から飛んでいく火の玉が見えた。

「アシュレイ、あれを！　あの船から火の魔法が……何を狙っているんだ？」

彼女が湖に視線を向けた時には、既に火の玉は消えており、小舟は島から遠ざかるように向きを変えていた。

「何のことだ？　何かあったのか？」

アシュレイは何があったのか分からず、レイにそう聞くが、彼も一瞬の出来事であり、「いや、何でもない……でも、あの島には何かいるのかな？」と独り言のように呟きながら、湖畔に向かって歩き始めた。

湖畔で昼食を摂った後、レイとアシュレイは再び湖畔に戻っていた。

巨大蛙を探すため、ターバイド湖の湖畔を歩いていると、二人は蛙の鳴き声が先ほどより大きくなっていることに気付く。

一度立ち止まり、二人で顔を見合わせ、周囲を見回すが、特に異状はなかった。再び湖畔を歩き始めた。

突然、水辺の葦のような草が大きく揺れ始めた。二人が何事かと周囲を見回していると、セロンと彼のパーティが水辺の方から姿を現した。

武器を構えた彼らに、セロンは驚いた顔をするが、「何だ、ここで狩っていたのか。俺たちは充分仕留めたから帰るわ。ゆっくり楽しんでいけよ。はっはっはっ！」とそれだけ言うと、上機嫌でその場を後にする。だが、その言葉とは裏腹にかなり早足で去っていくことに、二人は首を傾げていた。

「何だったんだろう？　妙に機嫌がよさそうだったけど？」

「そうだな。まあ、訳が分からないのはいつものことだ。気にするな。それより、蛙たちの様子がおかしい。警戒を怠るな」

二人は更に騒がしくなった周囲を警戒しながら、湖岸を歩いていく。

蛙たちの鳴き声が急に大きくなり、水辺でバシャバシャと跳ねる音も激しくなった。

「嫌な予感がする。一旦、湖から離れるぞ！」

硬い表情でアシュレイがそう言った瞬間、数匹の蛙が彼らに向かって一斉に飛び跳ねる。

二人は飛んでくる蛙たちを避けるのに精一杯で、攻撃を加える余裕はなかった。蛙たちから逃れるため、周囲を見渡してルートを探すが、彼らに向かってきた以外にも、数十匹にも及ぶ巨大蛙が、滅茶苦茶に飛び跳ねていた。周りを囲まれた二人は、動くに動けなくなった。

蛙たちは彼らを無視して〝ゲコゲコ〟と鳴きながら跳ね回り、木や仲間同士でぶつかっているものもいる。

明らかに常軌を逸した行動だが、彼らを襲ってくる様子もなく、何かに怯えてパニックになっているようにも見える。

レイはその状況に危機感を覚えるが、どうすべきか分からない。

「周りを囲まれている！　アシュレイ、どうしたらいい」

「落ち着け！　私たちを襲ってくるつもりはないようだ。何かから逃げているようだが……あ、あれは！」

彼女が驚きの声を上げ、レイが彼女の視線の先に目をやると、そこには巨大な蛇、複数の頭を持つ、多頭蛇竜《ヒドラ》と呼ばれる魔物が鎌首を持ち上げていた。

そのヒドラは五つの鎌首を三メルト近い高さにまで持ち上げ、赤く縦長の瞳孔を持つ瞳で彼らを見つめていた。

「ヒドラだ……レイ、すぐに逃げるぞ！　奴は三級相当の魔物だ。二人では倒せない。引くぞ！」

「無理だ！　周りは蛙たちで溢れているんだ。逃げようと思ったら、奴らに巻き込まれて、毒にやられてしまう」

二人の周りには巨大蛙たちがパニックになりながら、逃げ惑っていた。

レイの言う通り、逃げるためにはその中を突っ切らなければならないが、パニック状態の蛙たちは常時麻痺毒を飛ばしているため、下手に動くと毒にやられる可能性があった。

更に悪いことに、ヒドラはターゲットを蛙から二人に切り替えたようで五対の赤い瞳を輝かせながら、急速に接近してきた。ヒドラはその巨体にもかかわらず、人の全力疾走ほどの速度を出しながら、地面を滑るように這い進んでくる。

「奴を抑える！　魔法で援護を頼む！」

アシュレイは焦りを感じさせる声でそう叫ぶと、愛剣を上段に構えて彼の前に飛び出していく。

「一分、一分だけ時間を稼いでくれ！」

レイはアシュレイ一人を前線に出すことに躊躇いを感じたが、生き残るためには自分が使える最強の攻撃魔法〝雷《いかずち》〟を使うしかないと考えた。彼は光の精霊を左手に集めながら、じりじりと後退する。

一方、アシュレイもこの状況を打開するためには、レイの魔法しかないと考えていた。

時間を稼ぐために五つの首を持つ巨大な蛇に接近し、左右に軽快に動きながら、翻弄《ほんろう》しようとしていた。ヒドラの五つの首はそれぞれタイミングをずらしつつ、彼女に向かって次々と襲い掛かる。

真ん中の首が上から覆い被さるように攻撃を掛け、それを回避しても、すぐ右の首が彼女を飲み込もうと口を大きく開けて襲い掛かる。左端の首は地面を這うように足に喰らいつこうとし、一番右の首も同じように襲い掛かってくる。見事な連携で襲い掛かってくるため、アシュレイは剣を振るう暇もなく、ただ、回避に専念するしかない。

十数度の攻撃を何とか避け続けたが、絶え間ない動きに息が上がり、動きに精彩を欠き始めていた。

「まだか！　もう限界だ！」

焦りを含んだアシュレイの声が森に響く。レイの合図がそれに応えた。

「もう少し！　よし、右に跳んでくれ！」

レイの合図で思いっきり右に跳んだ。そのすぐ横をバリバリという音を立てながら、雷光が通過する。雷《いかずち》はヒドラの真ん中の首の付け根に見事命中した。音が消えると一抱えほどある太い首はほとんど千切れていた。

「やった！」とレイが喜んだのも束の間、ヒドラの首は見る見るうちに再生していく。

まるで動画を巻き戻しで見ているようだった。僅か数十秒で完全な状態に復元していた。

「そんな……アシュレイ！　ヒドラの弱点は！　どこかに弱点はないのか！」

彼のその叫びに、

「分からん！　ともかく、無限に再生できるわけではないはずだ。手を緩めずに攻め続け、隙を見て逃げるしかない！」

その言葉に、レイの中に絶望が広がっていく。

（こっちは一度攻撃を食らえば、動けなくなる……それなのに敵はあっさり再生してしまうなんて……逃げるにしても、あの速度では必ず追いつかれる……でも、何もせずに諦めるのは嫌だ。動けるうちは何としてでも……）

打開する手を思いつかぬまま、二人はヒドラに向かって攻撃を加え続ける。ヒドラを攻撃しながら、レイは頭の片隅でこの状況をどう打開すべきか考えていた。

（〝木の呪縛〟で足止めをする……駄目だ、あの巨体だと一瞬で木の根は引き千切られる……ヒドラの弱点は何だったか……水系の魔物だから、炎だったような気がする……でも、これも駄目だ。火の魔法で一気に奴を焼き殺すほどの魔法を僕は使えない……再生する前に全部の首を斬り落とせば何とかなるかもしれないけど、これも無理だ……再生できないようにするには……）

彼はヒドラの攻撃を巧みに避けながら、あることを思いつく。

（再生が水の魔法に関係しているなら、炎で傷を与えれば、再生速度は遅くなるんじゃないか。ア

シュレイたちを助けた時、槍に光を纏わせていたと言っていたから、同じように炎を纏わせられないか……やるしかない）

レイは右手で槍を持ち、ヒドラの攻撃を避けながら、左手に火の精霊たちを集めていく。

数秒で左手に炎ができ始めたので、そのまま槍に移すイメージを思い描きながら、両手で槍を持つと、穂先が赤く輝き始めた。

「よし、成功だ！　アシュレイ！　攻撃は僕がやる。そっちは牽制に専念してくれ！」

アシュレイには一瞬何のことか分からなかったが、彼の槍を見て、瞬時に理解した。

（いつの間に槍に魔法を掛けたんだ……赤いということは火属性を付加したのか……これなら、何とかなるかもしれない……）

彼女はそのままヒドラを牽制するように、前後に大きく動きながら、攻撃を加える。だが、その斬撃はダメージを与えるというより、自分の方に攻撃が向くように、手数を多くすることを目的としていた。

アシュレイの動きにヒドラは釣られ、五つの首が一斉に彼女に向かって動く。

レイはその隙を見逃さず、静かにヒドラの右側に回ると、最も右の首に槍を叩きつける勢いで振り抜いた。

炎の魔法が掛けられた槍の穂先は、ヒドラの硬い鱗を斬り裂き、その首は半ばまで断ち切られた。

そして、倒れるように力無く地面に落ちていった。

ヒドラはその攻撃に怒り、残った四対の目を赤く光らせながら、レイの方に向きを変える。しかし、彼に斬り裂かれた首だけは地面に横たわったまま動かなかった。更にいつまで経っても、先ほどのような急速な再生は始まらなかった。

「いけるぞ！　魔力は持ちそうか！　あと二つくらい首を使えなくすれば、逃げるチャンスが生まれる！」

アシュレイはヒドラの首が再生してこないことに歓喜し、大声で叫ぶが、それでも牽制の攻撃は続けていた。

ヒドラは小刻みに動くアシュレイと、ダメージを与えてくるレイのどちらに攻撃を向けようか悩むように首を左右に揺らしている。

「もう一度行く！　アシュレイ、援護を！」

「分かった！　だが、無理はするなよ！」

勝利の目が出てきたことで二人の声に力が戻る。

アシュレイは再び左側の首に愛剣を叩きつけた。だが、その場に残ることなく、ヒドラの攻撃が来ることを予想し、左に跳ぶようにして体を投げ出していく。体術に優れた彼女は体勢を崩すことなく剣を構え直し、追撃してきた首に突きを放つ。

レイは自分の方に向いている中央と右側の首を睨みながら、アシュレイの攻撃が終わった直後に渾身の突きを右側の頭に叩き込んだ。ヒドラは首を振って避けようとするが、左右に張り出した十字型の刃に顔面を斬り裂かれる。その首は痛みのためか〝シャー〟という蛇のような威嚇の声を発した後、鎌首を高く持ち上げた。そして、攻撃のチャンスを窺うかのように長い舌をチロチロ出して彼を睨みつけていく。

右の首を斬り裂いた直後、伸びきった彼の体に中央の首が襲い掛かってきた。槍を引き戻していては間に合わないと、槍を半回転させ、石突《いしづき》部分でその首を迎え撃った。中央の首は自らの勢いが災いし、口の中に槍が深々と刺さった。

のた打ち回る中央の首に槍が奪われそうになるが、レイはバックステップで何とか距離を取る。

中央の首は痛みに悶えていたが、すぐに再生したのか、右の首と同じように鎌首を持ち上げ、彼に攻撃を掛けようと体勢を整えていく。

(魔法が掛かっていないところで攻撃しても、すぐに回復してしまう。一つずつ無力化していかないとこっちのスタミナが切れてしまう……)

一方、アシュレイは彼の動きに勝機を見出せるのではないかと考えていた。

(一段と動きに切れが出ている。初めて会った時ほどではないが、午前中より〝読み〟が冴えている……レイ一人なら何とかなるかもしれない……)

それとは裏腹に自分の無力さに焦りを感じ始めていた。

(……自分がいなければ……さきほどの渾身の一撃ですら、ほとんど効いてない……鱗の硬さと回復力……レイの魔力が切れる前に倒せるのだろうか……逃げることを考えずに、断ち切ることだけに専念すれば、私の一撃でも……)

アシュレイにしては珍しく冷静さを欠いていた。比較的安全な巨大蛙狩りに来たはずが、このような危険な状況になり、負い目を感じていたのだ。

（事前に情報を集めるのは基本中の基本。それなのに……それを怠った私の責任だ……レイということが楽しくて、舞い上がっていたのかもしれない……なんとしても、あいつだけでも逃がさなくては……）

アシュレイは、自分の方に向かってくる一番左の首に向けて、渾身の一撃を繰り出そうと、全神経をその首に向けた。ヒドラの首が上から勢いよく伸びてくるが、彼女は愛剣を担ぐように構えたまま、何かを待つように微動だにしなかった。

その首が彼女を咥えようとした瞬間、軽く左にステップし、渾身の力を込めて剣を振り降ろす。剣はヒドラの頭のすぐ後ろを斬り裂き、その首は口を開けたまま、ゴトリと地面に落ちた。

「よし！」

彼女が歓喜の表情を見せた瞬間、もう一つの首が彼女の右太ももを咥え込んでいた。

そして、女性にしては大柄な体を軽々と持ち上げると、子供が人形を弄ぶかのように、地面に叩きつける。

レイはアシュレイの「ああっ！」という悲鳴を聞き、視線を僅かに向ける。そこには右足を咥え込まれ、地面に叩きつけられた彼女の姿があった。

「アシュレイ！」

彼はすぐに助けに向かおうとするが、二本の首が彼の行く手を塞いだ。

「どけ！」

彼は怒りを込めた叫びを上げながら、槍で中央の首を刺し貫こうとした。だが、冷静さを失った彼の一撃はヒドラの首に届くことなく、更にはダメージを負った右側の首までもが、彼の横から体当たりを掛けてきた。

右の首の攻撃を予想していなかったため、その体当たりをもろに食らった。彼は三メルトほど吹き飛ばされ、白樺の木に背中から激突する。

衝撃で肺の中の空気はすべて吐き出され、更に強い痛みで意識が飛びそうになる。しかし、アシュレイを助けるために何とか堪え、槍を杖にして立ち上がった。そして再びヒドラに立ち向かっていく。

「アシュレイを離せ！」と叫びながら、彼女を咥えている左側の首に突きを放った。怒りに理性が失われそうになるが、必死にそれを抑えつけようとしていた。

（駄目だ。冷静になれ。まだ、アシュレイが死ぬと決まったわけじゃない。僕の槍の攻撃は奴に効くんだ。一つずつ倒していけば……）

再び槍に魔力を込めると、穂先は輝きを取り戻す。更に魔力を強く込めると倍以上の長さに伸びた。その時、彼にはヒドラの目が一瞬怯んだように見えていた。

その怯んだ瞬間を逃さず、レイは一気にヒドラに接近し、槍を縦横に振るい始めた。もし、その光景を見ている者がいれば、赤く輝く槍を風車のように回しながら、巨大な蛇を攻撃する伝説の騎士の姿が目に映ったことだろう。

その攻撃は、あれほど斬り裂けなかった硬い鱗を、まるで巨大蛙の柔らかい腹のように、何の抵抗もなく斬り裂いた。

レイはアシュレイを咥えた左側の首を狙い、突きを連続して繰り出し、根元から断ち切っていく。

断ち切られたヒドラの首はアシュレイを咥えたまま、ドスンと音を立てて地面に落ちていった。

すぐにでもアシュレイを助けに行きたかった。

しかし、まだ二本の首が残っていた。その思いを無理やり封じ込め、更にヒドラに攻撃を加えていく。

残った二本の首は大きく口を開け、目の前の強敵に同時に襲い掛かっていく。中央の首が彼を叩きのめそうと、胴体を軸にスイングするように攻撃し、右側の首は大きな口で彼を咥え込もうと、直線的に迫っていく。

レイには怒りに我を忘れているヒドラの攻撃が簡単に予測でき、中央の首の攻撃を身を低くすることでかわすと、残った右側の首が攻撃してくるタイミングに合わせ、冷静にその口に槍を叩き込む。槍は大きく開けた口から脳天に向けて貫通し、その首は数度痙攣した後、動かなくなった。

最後に残った中央の首は自らの敗北を悟り逃げ出そうとするが、力を失った四本の首が邪魔になって、なかなか方向転換ができない。

レイは動きの鈍った最後の首を易々と槍で刎《は》ね飛ばした。

〝勝てた〟と一瞬放心状態になるが、気を失っているアシュレイを助けるため、すぐに駆け寄り、彼女の右足を咥え込むヒドラの口を引き剥がしていく。

革製の大腿甲《キュイス》には、小さな穴が開いていた。僅かながら彼女の足にも大腿甲《キュイス》を貫通した牙が突き刺さったようだ。

素人のレイが見る限りだが、骨折などの大きなケガは見当たらなかった。地面に叩きつけられた時の衝撃で気を失っているだけのように見えたが、息が荒く、顔が不自然に赤くなっていることに気付いた。

（もしかしたら、ヒドラは毒を持っていた？　毒だと治癒魔法が効かないんじゃないか……）

ゲームなどでは〝治癒〟と〝解毒〟の魔法が違うことを思い出し、どうすべきか悩んだ。焦りながらもテレビか何かで見た毒蛇にかまれた時の応急処置を思い出していた。

（毒を吸い出す？　その後は止血するんだっけ？　それと毒消し……確かアシュレイの荷物の中に毒消しのポーションがあったはず……）

彼は彼女の大腿甲《キュイス》を外し、下に履いているズボンの布を切り裂くと、ヒドラの牙が刺さった小さな傷に口を付けて、毒を吸い出していく。数回、吸い出した後、太ももの付け根をロープで縛って止血する。

アシュレイのバックパックから毒消しポーションを取り出し、彼女の口元に持っていくが、意識がないためポーションを飲むことができない。

「アシュレイ！　大丈夫か。これを飲んでくれ……」

彼はポーションを口に含むと、彼女の口を開き、口移しで飲ませていく。

一本分を飲ませ終えたが毒消しが効くのか判断がつかない。この後どうしようかと途方に暮れる。

（魔法か……毒消しだと水属性の魔法なんだろうな。どうイメージすればいいんだ……）

一、二分様子を見てもアシュレイの状況は改善しない。
ヒドラの毒で苦しむアシュレイを助けるため、水属性魔法での毒消しに挑むことに決めた。

(毒を消す……血液中の毒の成分を水の精霊に浄化してもらう……浄化のイメージが難しい……毒の成分を無害な成分まで分解してもらうというのはどうだろう？　魔力は足りるのだろうか……いや、ぶっ倒れてもやってやる！)

彼は左手に水の精霊を集めるようにイメージし、精霊の力が溜まったところで、アシュレイの右足に当てる。左手から青い光が彼女の体に流れ込み、何かが起こっていることだけは分かる。

確信は持てないものの、今はやるしかないと、毒が回ることを防ぐために縛ったロープを外し、更に左手を彼女の全身を巡らせるように動かしていく。

一分ほど魔法を掛け続けていくと、苦悶に歪《ゆが》んだ彼女の表情が僅かに緩んだように感じられた。レイは魔力切れギリギリまで魔法を掛け続けた後、彼女の様子を見ていた。

(さっきより楽そうな表情になったけど、毒が消えたのか判断がつかない。モルトンの街に行けば、治癒師だか治療師だかがいる。意識が戻らなくても、連れて帰らないと命に関わるかも……)

十分間様子を見ることにし、その間にヒドラの魔晶石を回収することにした。

既に魔力切れの症状が出始め、体がふらつく中、ヒドラの胴体に手を当て、魔晶石を取り出す。魔晶石は直径五セメルほどで水色に輝いていた。

「でっかいな。さすがにあれだけの強さだと、こんなに大きいのか……」

その魔晶石を見ながら、思わずそう口に出してしまった。そして、今更ながら、ヒドラとの死闘を思い出し、冷汗を流していた。

（さっきは危なかった。リザードマンの時のようなパニックは起こさなかったけど、これはアシュレイがいてくれたからだ。もし、一人だったら……死んでいたかもしれない……）

急速に蘇る死の恐怖に一瞬怯えの表情を見せるが、すぐに表情を引き締める。

（大丈夫だ。あの強敵、ヒドラに勝てたんだ。自信を持ってもいいはず……でも、アシュレイが捕まったのは解せない。いつもの動きなら、アクシデントがない限り、捕まることはなかったと思うんだけど……）

魔晶石を回収し荷物をまとめながらアシュレイの様子を見ているが、一向に目覚める様子がない。地面に叩きつけられた時に頭を打っている可能性もあり、不用意に動かしていいものか判断に迷うが、このままここで一夜を明かすわけにはいかないと、彼は街に戻ることを決意した。

二人分の荷物を収納魔法《アイテムボックス》に入れ、意識を失っている彼女を槍に座らせるように背負う。幸い、荷物はすべてアイテムボックスに入ったため、放棄する必要はなかった。

彼は重量軽減のため、彼女の鎧を外そうか悩むが、できるだけ早く移動することと、途中で魔物に襲われることを考え、そのまま彼女を背負い、森の中を歩き始めた。

時刻は午後二時過ぎ、大柄なアシュレイを背負い、魔力切れでふらつく体に鞭を打ちながら、森の中を進んでいく。

（何も出てくるなよ。この状況じゃ、雑魚でも対応できないぞ……）

ターバイド湖の湖畔を抜け、丘陵地帯の森に入った。曇り空の下、四月の涼しい風を受けているが、さすがに人一人背負っての移動はかなりきつい。

安全な街道までは湖畔から四キメル以上ある。一時間ほど掛けて、なんとか一キメルほど進んだが、疲労と腕の痺れのため、休憩を取るしかなかった。

大きな木にもたれかかるように座り、荒い息を整えていく。

横に座らせたアシュレイは、未だ意識が戻る気配はなく、早く街に連れて帰りたいという気持ちだけが強くなり、焦りが更に大きくなる。

（今は三時ぐらいか……まだまだ街は遠い。門は午後八時まで開いているけど、それまでに辿り着けるのか……そんなことより、早く治癒師に見せないとアシュレイが……）

十分ほど休憩した後、再び彼女を背負い、森の中を歩いていく。時折、獣の鳴く声が聞こえるが、今のところ近づいてくる気配はなかった。

時々休憩を入れながら、更に二時間ほど移動するが、未だ森を抜けることすらできない。

午後五時を過ぎた辺りで、深い森は闇に包まれ始め、足元が覚束なくなってきた。

（拙いぞ。道は何とか分かるけど、あと三十分もしないうちに真っ暗になる。そうなったら歩くことなんてできない……まだ、半分近く距離は残っているはず。どうしよう……）

日帰りの予定であったため、照明器具は持っておらず、両手が塞がっているため、落ちている木の枝を松明代わりにすることもできない。

夜目も利かず、暗闇を歩く危険は彼のような初心者でも容易に想像できた。

(困った時の魔法か……光属性魔法で簡単に光は作れるんだろうけど、それだと魔物を呼び寄せることにならないか？　身体能力向上系で暗視能力を付けるというのもありなんだろうけど……)

彼はリスクを減らすため、暗視能力を自分に付与できないかと考えた。

イメージは暗視ゴーグルで弱い光を増幅するというものだが、直接自分の眼にその能力を付与する安全な方法が思いつかない。

(ゴーグルでもあれば、それに付与できるのに……自分の眼を改造するのはちょっと怖い。失敗した時のことを思うと、今試すのは無理だ)

彼は光の玉を飛ばす方法で、明かりを確保することにした。イメージは人魂。レイがそうイメージすると、二つの光の玉が現れた。彼は自分の足元近くとその先を飛ぶように調整し、再び歩き始めた。

更に一時間。既に周りは完全に暗闇に包まれていた。曇天の厚い雲に阻まれているため、空に月はなく、光の玉がなければ、ほとんど何も見えなかっただろう。

彼の体力も限界に近づき、僅かしか使用しないとはいえ、光の玉の魔法により、魔力も限界に近づきつつあった。

徐々に重くなっていく足に、彼の焦りが更に大きくなっていく。

未だ目覚めぬアシュレイの様子も気になるが、息は規則正しく、その点だけが安心材料となっていた。

(早く街に帰らないと……アシュレイの容態が安定しているうちに……あとどのくらいなんだろう

……）

彼の時間感覚は暗闇と疲労のため、狂いが生じていた。一時間歩いたと思っていても、それは三十分であったり、十分しか休憩していないと思っていても二十分だったりと、彼が思うより距離は稼げていなかった。

（この世界に来た時にアシュレイに出会っていなければ、今頃どうなっていたのか分からない。その恩を返すためにも、何としても街に着かなければ……恩を返すとかはどうでもいい。彼女を死なせたくないんだ。絶対に……）

疲れた体に鞭を打ち、足を前に出していく。

もうどのくらい歩いたのか、本当にこの方向でいいのかすら判断できない。

もし、このタイミングで魔物や野獣、いや、野犬程度に襲われただけでも、二人はその命を散らしていただろう。それほどまでに、彼の消耗は激しかった。

結果的には、彼の歩む方向は正しかった。前方のやや上方に、うっすらと明かりが見え始めてきた。彼はその明かりを見つけると、歩みを速くする。

（良かった……モルトンの街だ。あと少し、あと少しだ……）

近づいていくと、それはモルトンの街の明かりに間違いなく、最初に見えたのは男爵の屋敷の明かりだったようだ。

（もう少し、あと、五百メルトくらい。門が閉まる前に……早く……）

彼は走るように足を進める。だが、それは彼の思いだけであり、疲れ切った体はその思いに応えてくれない。

午後七時三十分。

通用門のみ開いた正門にようやく辿り着いた。門を守る守衛はただならぬレイの様子に慌てて近寄ってきた。

「大丈夫か？　オーブを見せろ。確認したら、人を呼んでやる。おい、聞こえているか」

レイは荒い息のまま、自分のオーブとアシュレイのオーブを守衛に差し出す。

「はぁはぁ。ち、治癒師のところに、つ、連れていきたいんですが、はぁはぁ、どこに行ったら、いいんでしょうか？」

荒い息が混じる疲れ切った声でそう聞くと、守衛は冒険者ギルドの近くに治癒師の診療所があると教えた。

それを聞いたレイはすぐにギルドのある南地区に向かって歩き始める。後ろでは守衛が、何か叫んでいるが、彼の耳にはその言葉が入っていなかった。

モルトンの警備兵であるバート・フレッカーは、この日は偶然正門の警備に当たっていた。

今日の勤務は遅番で、午後八時の閉門で終わるが、閉門の三十分前に奇妙な男が走り込んできたことから予定が変わった。

最初、その男が見えた時、足元を照らす不思議な光の魔法を使い、白い鎧を着ていることだけが見て取れた。徐々に近づくにつれ、後ろ手に槍を持ちながら、誰かを背負っているのが見えてきた。

彼はそのただならぬ様子に、人を呼ぶと声を掛けるが、その男はオーブを見せながら、焦りつつも丁寧な口調で行き先だけを確認する。その言葉には自分で運ぶという強い意思が見られた。

「冒険者ギルドの支部は分かるな。その裏手側を五十メルトほど進めば、エステル・ビニスティというエルフがやっている診療所がある。もう閉まっているかもしれんが、俺が付いていってやる。ちょっと待ってろ」

彼は背負われている女傭兵が、以前、男爵の護衛をしていたアシュレイ・マーカットであることを見て取り、同僚たちに事情を話し、彼らに同行しようと思っていた。だが、その白い鎧を着た男は話も聞かずに、そのままフラフラと南地区の方に歩いていく。

「待てって！　一緒に行ってやるから……」

仕方なく彼は、「済まない。奴を追いかけるから後を頼む」と同僚に言うと、男を追って走っていく。すぐに追いつき、その男に手を貸しながら診療所に足早に向かった。

レイは一秒でも早くアシュレイを治癒師に見せようと、正門で聞いた場所に向かって必死に足を動かしていた。後ろから門にいた兵士が追いかけてくるが、オーブも確認したはずだと後ろを振り向くことすらしなかった。

「ようやく追いついたぜ。俺はバートだ。案内してやるから、付いてこい。って、お前さん、まだ歩けるか？」

その守衛は三十前くらいの人間の男で、口調は軽いが、真剣な眼差しでレイを見ている。

レイは首を横に振り、「大丈夫です。はぁはぁ。は、早くしないと……」と言って足を止めない。

バートは「大丈夫って、感じじゃないが……」と呆れながら、診療所に向かった。

ギルド支部の裏手に入り、ようやく診療所に到着したが、バートが言っていた通り、診療所は既に閉まっていた。

バートは、「ちょっとここで待っていろ」と言った後、裏口の方に向かう。

じりじりとした思いで、一、二分待っていると、ようやく入口が開き、バートとその横に若い女性――エルフらしい特徴の女性――が立っていた。

その女性――エステル・ビニスティはアシュレイの様子がおかしいことに気付き、すぐに診療所に入るよう促す。

「何があったのかは分からないけど、すぐに入りなさい！」

診療所の中は日本の病院といった雰囲気ではなく、待合室と治療用のベッドが三台ある診察室だけの質素な作りだった。

エステルはベッドの一つにアシュレイを寝かせるようレイに指示を出すと、すぐに治療の準備を始める。手を忙しく動かしながらも、レイに何があったのかを尋ねる。

「何があったの？　ただのケガじゃなさそうだけど……毒？　何の毒かしら？」

レイは荒い息を鎮めながら、「ヒ、ヒドラに噛まれました。頭も打っています……助けて下さい……」と言って縋りつくように頭を下げる。

エステルはヒドラと聞き、「ヒドラ⁉　いつのこと！　噛まれたのはいつ！」と口調が焦ったものに変わった。

「昼過ぎです。ターバイド湖で昼過ぎに……」

「昼過ぎ……手遅れかも……うん？　何か治療はした？」

その〝手遅れ〟という言葉にレイの中に絶望が広がっていく。

エステルは時間が経ち過ぎていることから、既に手遅れではないかと思ったが、アシュレイの顔色が思ったより悪くないことから、何か治療を行ったのではないかと望みをかける。

「毒を吸い出して、持っていた毒消しを飲ませました。一応、毒消しの魔法も掛けてみたんですが、初めて使ったんで効いているのか分からないんです……」

「毒消しの魔法？　あなたも治癒師？　そんなことはいいわ。〝解毒〟の魔法を掛けてみるわ。あなたは疲れているようだから、そこに横になっていなさい。バート、あなたもご苦労様だったわね」

エステルはアシュレイの様子を見ながら、解毒の魔法の呪文を唱える。徐々に彼女の右手に青と緑の光が集まり、その手をアシュレイの胸に当てた。

レイはその様子を見ながら、

（大丈夫なのか……手遅れって言っていたけど……）
二、三十秒ほど手を翳すと、アシュレイの顔色が土色からやや赤みを増してきたように見える。
彼はその様子に少しだけ安堵するが、このエルフの女性が下す診断結果を聞くまでは安心できないと目を離せないでいた。

「何とか命を取り留めたと思うわ」

その言葉にレイは、張り詰めていた気持ちが一気に抜け、へたり込んでしまう。

「ありがとうございました。本当に……うっ、ありがとう……」

彼はへたり込みながら感謝の言葉を口にすると、アシュレイが助かったという事実に涙が止まらない。エステルはその姿を見て、〝この二人の関係は？〟と思いながら、横にいるバートを見るが、彼も知らないようで、〝さあ〟と首を横に振る。

それよりも、ヒドラという強力な魔物に挑んだ無謀さに一言言わずにはいられなかった。

「ヒドラを相手にするなんて、何て無茶なことを……それも専用の毒消しも持たずになんて、死に行くようなものよ」

「ひっく、急に襲い掛かられたんです。そ、そんな情報はなかったのに……」

泣きながら、レイは今日あった出来事をエステルとバートに語っていく。

二人でヒドラを倒したという話を聞き驚くが、更に不完全ながらも毒消しの魔法を考え出し、森の中を人一人背負って五キメルもの距離を歩いてきた彼に対して、二人は畏敬の念すら抱いていた。

エステルは長命種のエルフということで見た目は二十代半ばに過ぎない。だが、実際には百歳を超えたベテランの治癒師だ。

彼女は長く、このモルトンの街に住んでいるため、冒険者や傭兵たちとも付き合いがあり、大体の実力は見抜ける自信があった。だが、目の前で泣いている白い鎧を着た男の実力だけは、全く分からなかった。

（今の話が本当なら、凄いことよ。魔術師の支援もなく、たった二人でヒドラを倒し、その上、猛毒のヒドラの毒を浄化できる……私でも薬草の助けを借りなければ、いえ、助けを借りたとしても、ここまで連れて帰れた自信はないわ。話が本当ならだけど……）

そこまで考えたところで、レイが疲れ果てていることに気付いた。

「この人はここで預かるわ。明日の朝、もう一度来なさい」

レイは「ここにいてはいけないでしょうか」と彼女に聞くが、「あなたは魔力切れ寸前でしょ。宿でゆっくり休みなさい」と言われ、渋々頷き、「よろしくお願いします」と言って立ち上がった。

横で見ていたバートは、

（今の話が本当なら、セロンの奴が一枚噛んでいるんじゃないか？　だが、ヒドラの情報は俺たち警備兵ですら聞いていない。その情報をどうやって手に入れたんだ？　まあいい。セロンは気に入らん奴だが、証拠がない。もし、奴がこいつらを嵌めようとしたのなら、驚くことになるだろうな）

バートはふらつくレイに肩を貸し、

「宿まで送ろう。だが、良くやった。お前さんが頑張ったから、アシュレイは生き残れた。今日はゆっくり休め」

レイは肩を貸してくれるバートに礼を言った後、

「バートさん、ヒドラの話は当分誰にも言わずにいてもらえませんか。どうも、たちの悪い人に嵌められた気がするんです……」

バートはその言葉に驚くが、「分かった。誰にも言わない。エステルにもそう伝える」と約束した。

宿に戻ると、女将のビアンカが心配そうに「大丈夫なの？　アシュレイは？」と声を掛けてきた。

疲れ切ったレイに代わり、バートが、「アシュレイはエステルの診療所にいる。どうやら大物と戦ったみたいだ」と答え、

「アシュレイを背負って街まで戻ってきたから、かなり疲れている。部屋に連れていってやってくれ」

レイは主人のレスターとビアンカに肩を借り、三階の自分の部屋に戻った。

バートはレイのことを考えながら、

（面白い奴だな。ヒドラと死闘を繰り広げたのに、自慢一つしない。それに本気で女《アシュレイ》のことを心配している。セロンの奴が噛んでいるなら、一泡吹かせるのにちょうどいいかもしれん……）


ヒドラと戦っている途中から意識を失っていたアシュレイは見知らぬベッドで目を覚ましたことに驚く。

「ここは？　レイは？　レイはどこだ！」

パニックになりそうになりながら、起き上がろうとした彼女に、治癒師のエステルが声を掛ける。

「大丈夫？　急に起き上がっちゃ駄目だよ。彼はあなたをここに連れてきてから、宿に帰らせたわ。看病したそうだったけど、彼も疲れていたから……」

目を覚ましたばかりの彼女は、まだ状況を把握できておらず、頭を振りながら、

「ヒ、ヒドラはどうした……助かったのか……ここは？　今は何時だ？」

「何とか倒したそうよ。あなたはヒドラに噛まれて、毒で意識を失ったの。今は朝の六時くらいか

しら」

まだ、頭がはっきりとしないアシュレイは、治癒師であるエステルの姿を認識し、ようやく自分たちが助かったことを悟る。

「エステル？　どうやってここまで……」

「彼、レイ君だったかしら？　彼があなたに毒消しを飲ませて、それから解毒の魔法も使ったそうよ。それでも危なそうだからって、あなたを背負って、ターバイド湖から運んできたの」

「一人で背負って、あの距離を……どうやらまたレイに助けられたようだ……」

ようやく事情を呑み込めたアシュレイは、エステルに次々と質問をしていく。

エステルは分かる範囲で答えるものの、「詳しいことは分からないわ。もうすぐレイ君が来ると思うから、あとは彼に聞いて」と言って、自分の仕事に戻っていった。

六　告発

翌朝、レイはいつもより遅い時間――午前七時頃――に目覚めるが、昨夜、宿に戻ってきてからの記憶がなかった。レスターとビアンカに部屋に連れてきてもらったところまではなんとなく覚えているが、ベッドに倒れ込むとすぐに意識を失っていたのだ。

（うっ、酷い筋肉痛だ。それにまだ頭が重い。さすがに体力も魔力も限界だったみたいだ……この体の持ち主が鍛えてくれていたおかげだけど、昨日は本当に大変だったな……それにしても腹が減った……）

レイは朝食を食べに食堂に向かった。

食堂ではビアンカが、「もう起きても大丈夫？　朝食なら取っておくわよ」と心配そうに声を掛け、レスターも心配そうに黙って見ていた。

レイは昨日のことに礼を言うと、急いで朝食を食べ始めた。

（アシュレイは大丈夫なんだろうか。昨日の治癒師のエルフ、エステルさんだっけ？　エステルさんは大丈夫と言っていたけど、朝飯を食べたらすぐに診療所に行こう）

急いで食事を摂った後、すぐにエステルの診療所に向かった。

早足で歩きながら、昨日のことを考えていた。

（なぜヒドラが出てきたんだろう？　もし、危険があるなら、アシュレイが知っていたはずだ。蛙たちの動きもおかしかった。そう、セロンたちが現れる前後から……それにあの島に火の魔法を撃ち込んだ奴がいる。それも何か関係しているんじゃないか……）

ある仮説が頭に浮かぶが、証拠がないことと、アシュレイに確認しなければならないことがあるため、今は考えないことにした。

診療所に着くと、エステルが「もう起きているわよ。まだ、本調子ではないけれど、歩いても大丈夫よ」と笑顔で迎え入れる。

レイは頭を下げつつも、アシュレイのことが心配で急いでベッドに向かった。

アシュレイは窓の方を向いて、ベッドに腰を掛けていた。横から見る彼女の姿はいつものような自信に満ち溢れたものではなく、どことなく儚げな感じがした。

レイはその様子に「お早う。起きても大丈夫？」と明るく声を掛ける。

アシュレイは彼の方に向きを変えると、「済まなかった」と言って深々と頭を下げた。

「昨日は私に油断があった。たかが巨大蛙を狩るだけだと……ヒドラについては情報収集という基本中の基本を怠った。それなのに、お前は私を……」

彼女にしては珍しく、最後は消え入るような声になる。

レイは彼女を励ますように、

「でも、良かったよ。一時はどうしようかと途方に暮れたんだ。あと、荷物は全部持ってきているから、安心して……」

アシュレイはその言葉に被せるように、「ありがとう。これで二度目だな、命を助けられたのは。この恩は……」と言うが、レイはその言葉を遮った。

「なあ、助かったんだし、貸し借りっていうのは止めようよ。あんまり、そういう仲になりたくないんだ。僕もリザードマンの時に失敗した。それを助けてくれたのは君だし……それより、もしかしたら昨日は死ぬ気だったんじゃないのか？　いつものアシュレイの動きなら、ヒドラに捕まるはずはないと思うんだ」

彼女は眼を伏せて、静かに告白を始めた。

「ああ、あの時、自分は無力だ、だが、何としてもレイだけは逃がさなければと思っていた。それが逆に迷惑を掛けることになるとは……」

「一緒にやっていこうって言ったのに、それはないんじゃないか。確かにまだ信頼されるほどの腕じゃないけど。少しは信用してくれても……いや、これからはアシュレイがそんなことを思わなくなるように強くなるよ。それと、これからもよろしく……」

何となく照れくさそうにそう言うと、彼女に背を向ける。

そして、再び振り向き、話題を変えた。

「体調が戻るまでゆっくりしよう。急いで何かを成し遂げなきゃいけないわけでもないし、この間みたいにのんびり街を散策するのもいいんじゃないか。今日は駄目だけどね」

レイの言葉にアシュレイは「そうだな」と小さく頷く。

（それもいいかもしれない。傭兵、冒険者、私はずっと戦い続けていた。レイに逢えたのは何かの啓示なのかもしれない。だが……）

　レイの優しい言葉に柔らかい笑みを浮かべるが、すぐに毅然とした表情に変わる。

「今回のことはしっかりと落とし前をつけておくべきだ。どう考えてもセロンたちが一枚噛んでいる」

「そうだね。でも、証拠は？　僕が見た小舟も、セロンたちが乗っていたという証拠はないし、たまたま、帰る時に蛙たちが騒ぎ出したという可能性もあるよ」

　そこまで考えていなかったアシュレイは「うっ」と言って言葉に詰まる。

「そう言われると辛いが……だが、ヒドラがターバイド湖に出るなどという情報は少なくとも冒険者ギルドは掴んでいなかった。それをどこかで手に入れ、私たちが蛙退治を受けた時を見計らって使えば……」

「セロンが僕たちを殺そうとする動機がない。あったとしても、下手な方法だとオーブでばれるから、そんな直接的な方法は取らないいんじゃないか？」

　レイはそう言いながらも、セロンたちを疑っていた。

　だが、物証がないことと、動機が見えないことから、告発まではできないと考えていた。

（これで奴が手控えてくれれば、特にどうこうするつもりはない。でも、ああいう性格の人間は絶対にまた何かやってくるはずだ。できれば先手を打って、ボロを出させたいんだけど……）

　アシュレイも彼と同じように、何とかよい方法がないか考えていた。

「ギルドには報告する必要がある。幸いソロウ支部長は信頼できる人だ。レイのことをある程度話しておいた方がいいと思うのだが、どうだろうか」

レイは自分のことを知られることが得策なのか考えるが、彼女が信頼できるという話に賭けてみようと思った。

「分かった。ヒドラを倒した話をする必要があるし、支部長の胸だけに留めておいてもらえるならその方がいいと思う。それに君が信頼できると言うなら僕も信じる」

彼はそう言った後、話題を変えるように、おどけるような口調で「何にせよ。歩けるなら、ギルドに報告に行こう。ヒドラの魔晶石がいくらになるかも知りたいしね」と笑う。

アシュレイは金額よりもレイのレベルが気になった。

「ところでレベルは上がったのか？　ヒドラを倒せばかなり上がるはずだが……」

そう言いながら、自分のレベルも確認してみる。

（レベル四十二か。二つ上がっているな。もうそろそろ四十一に上がると思っていたが、一気に二つも……子供の頃にレベル六から八に上がった時以来だ。本当にヒドラを倒したのだな……）

一方、レイも自分のレベルを確認していた。

（レベル二十？　七つも上がっている……確かに魔法も槍も使ったけど、こんなに上がるものなのか？　これで一般兵並みか。この異常に早いレベルアップはこの世界に飛ばされてきたことと関係あるのかな？　もしかしたら、成長力アップとかいう〝チート〟なのかも……）

「レベルは二十に上がっていたよ。一気に七つも」と彼が恥ずかしそうに言うと、自分のレベルが二つ上がっていることからあり得るとは思っていたが、「二十か……つくづく非常識だな」と呆れた表情で笑った。

「普通、このくらいのレベルの時って、一つ上がるのにどのくらい掛かるんだい？」

彼が真剣な表情に変えてそう聞くと、

「そうだな。冒険者のことは正直分からないが、傭兵なら一回の戦闘で二つ上がることもある。だが、一気に三以上上がるという話は聞いたことがない。普通はレベルを三上げるのに実戦、それもかなりの激戦をこなしても三ヶ月は掛かるはずだ」

「ということは、実戦を含めて半年分のレベルアップを一気にやってしまったということか……あんまり人に言えないな」

「そうだな。あんまり無茶なことをすると、エセル嬢辺りから人外認定をされるぞ。ふっふっ、冗談だがな」

彼女は少し気が楽になったのか、珍しく冗談を交え、笑い声も出てきた。

エステルがその笑い声を聞き付け、病室に入ってきた。

「もうすっかり元気ね。やっぱり、レイ君が一番の薬かしら？　そうそう、治療費は半金貨一枚よ。いつでもいいから忘れないでね」

この世界の治療は治癒魔法を使ったものと、薬を使ったものに分けられる。治癒魔法を使えるものは少なく、薬草は冒険者が採取してくるため、いずれの方法も費用が高くなる。

エステルが請求した半金貨一枚、つまり五十クローナ＝五万円という金額も、ヒドラの毒という非常に強力な毒の解毒の割には安く、普通であればその十倍の金貨五枚と言われても、文句は言えない。

当然、この世界には健康保険制度がないため、全額個人負担であり、一般市民は滅多に治療を受けることはない。

二人は治療費を支払った後、すぐ近くということで、ギルドに向かうことにした。

午前九時ということもあり、ギルド内は比較的閑散としている。

特に今日は天気が崩れるという予報も出されていることから、いつもより更に少ないようだ。

二人はまず巨大蛙の討伐依頼の完了を報告する。

一匹当たり十五クローナの報酬であり、三個の魔晶石と合わせて、六十クローナの報酬を受けた。

そして、ヒドラに関する報告を行うため、支部長に面会を申し込む。

「昨日、ターバイド湖でヒドラに遭遇しました。その件で支部長に報告したいのですが……」

しばらくすると、支部長室に通される。

中には鋭い目付きの五十がらみの男性が椅子に座って待っていた。彼はユアン・ソロウという元三級冒険者で、数年前にケガのため引退し、ここモルトンの支部長に就任していた。

「ヒドラが出ただと。それもターバイド湖でか……その報告はギルドには来ていないな。ターバイド湖は危険地域に指定するか……」

ソロウ支部長は薄く目を開けて、彼らを睨みつけるように見ながら、そう呟く。

レイはその視線にブルッと震え、

（何か〝その筋〟の人みたいで怖いな。勝手にしゃべると怒鳴られそうだし……ある意味ヒドラよ
り恐ろしいかも……）

レイが支部長の姿に萎縮していると、アシュレイが堂々と話を始めていた。

「危険地域の指定は不要です。ここにいるレイが倒しましたから」

その言葉に支部長は目をカッと開き、

「ほう、証拠はあるのか。魔晶石を見せてみろ」

レイは内心怯えながらも、腰の革袋から大きな水色の魔晶石を取り出す。

「これがヒドラの魔晶石です。どうぞ……」

机の上に魔晶石を置くと、素早く手を引いた。まるで動物に噛まれないように手を引くような感
じで。その姿に支部長は更にレイを睨みつけるが、横ではアシュレイが面白そうに微笑んでいた。

支部長はその魔晶石を手に取り、繁々と眺めながら、

「確かに三級の魔晶石だな。水色か。水属性の三級、この辺りならヒドラで間違いない。後で鑑定
するが、お前たちの報告に間違いはないようだ。本当にお前たち二人で倒したのか」

その問いにレイが、「二人で倒しました……」と答えたところで、アシュレイがそれを遮り、「ほ
とんどレイが一人で倒しました。私は足手まといでしたから」と言葉を引き継ぐ。

支部長はニヤリと笑いながら、

「ほう、ついこの間、登録したばかりの新人だったはずだが、ヒドラを倒したのか。何を隠してい

る？」

彼女は他言無用に願うと断った上で、レイが男爵を助けた話と、彼の持つ武器、アルブムコルヌ、ニクスウェスティスの話をする。そして、彼が魔法を自由に扱える話をすると、支部長の表情は次第に硬くなっていった。そして、セロンの話になると、更に表情が硬くなる。

「その話はここだけの話として聞いておく。確かにセロンたちが、何かしたという証拠はない。オーブを調べるにしても、確かな証拠が必要だ」

二人はやはりという顔をするが、悔しいものは悔しいと苦い表情になる。

「ヒドラの魔晶石はとりあえず預からせてもらう。引き取り価格は追って連絡する。問題ないか」

二人は顔を見合わせてから頷いた。


支部長との面談も終わり、二人はギルドを後にしようとしたが、待合スペースでセロンたちが待ち受けていた。

「何か大変だったみたいだな」

セロンが笑いながらそう言うと、アシュレイが怒りに打ち震えながら、何か言い出そうとしていた。レイはそれを手で押し止め、

「いや、稼がせていただきましたよ。あなたたちのおかげでいい目を見させてもらいました」

レイが笑いながらそう言うと、セロンは憎々しげに睨み付ける。

「ほう、満身創痍で閉門間際に、駆け込んできたって聞いたがな。大して稼いでいないんだろう？」

「間違いじゃないですか？　巨大蛙如きを相手に、満身創痍になるはずないじゃないですか。ターバイド湖は、蛙で溢れていますから、今は陸上の魔物も減っていますしね。ところで、誰に聞いたんですか、そんなデマ？」

「……守衛の奴らだ。酒場で話題にしていたのを偶然聞いた。何でもヒドラと戦ったとか何とか言っていたぞ。どうやって逃げてきたんだ？」

そこでレイは内心でほくそ笑んでいた。

（よし、掛かったぞ！　もう少し嵌めてやる……言葉遊びは僕の方が得意なはずだ……）

「ヒドラですか……そんなデマを？　守衛がですか？　ところで、昨日は帰るのが早かったですね。相当稼いだんでしょうね」

「ふん、確かにヒドラと言っていたぞ。俺たちのことはどうでもいいだろう。狩りたいだけ狩って、飽きたから帰った。それだけだ」

「確か、昨日の昼過ぎ、〝俺たちは充分稼いだから帰るわ〟と言っていた気がするんですが。ちょっと、支部長を呼んできてもらえますか？」

彼はセロンが何気なく言った「ヒドラ」という言葉を聞き、セロンが今回仕組んだことだと確信した。そして、ギルドの中で告発するため、支部長を呼びにやらせたのだった。

すぐに、支部長は現れ、「何事か」と聞いてきた。

レイは「セロンさんが変なことを言うんですよ。私たちがヒドラと戦ったと。それを守衛から聞いた、それも酒場で聞いたと言うんです」と真面目な表情で訴える。

セロンは「それがどうした」と鼻で笑い、

「警備隊の奴らが出入りする酒場にはしょっちゅう行くんだ。あいつらは声がでかいから、いろんな話が聞こえてくるんだよ」

まだ、余裕の表情のセロンだったが、レイの次の言葉でその余裕を失う。

「確かに昨日守衛の方に助けていただきました。ですが、その方は宿まで僕に付き添ってくれたので酒場に行っている時間はなかったはずです。それにヒドラと戦ったと知っているのは支部長を含めて三人しかいません。その全員に話さないよう口止めしているんですよ。どうして知っているんですか。もう一つ、昨日の昼過ぎに〝蛙は充分仕留めた〟と言っていましたが、何匹仕留めたんですか。四級のセロンさんなら、十や二十は仕留めているんでしょうね。教えて下さい」

セロンは自分が失言したことにようやく気付く。そして、どうやって切り抜けようかと考えながら、

「守衛に言っていないっていうのは勘違いじゃないのか？　確かに俺は聞いた。それに俺たちが何匹魔物を倒そうが、お前の知ったことじゃないだろう」と言い逃れようとした。

「そうですか。支部長、守衛の方に確認してもらってもいいですか。理由は……」

レイはここで言葉を切り、セロンを睨みつけながら、声を大きくして告発した。

「四級冒険者のセロンを冒険者ギルドの義務違反、仲間である冒険者の謀殺、必要な情報の隠蔽で告発します！　彼らについての懸念は先ほどお伝えした通りです。支部長」

ギルド内は一瞬、シーンと静まり返る。

そして、ソロウ支部長は眼光鋭くセロンを見つめ、

「分かった。セロン、お前の言い分を聞こう。エセル、昨日のセロンたちのパーティの完了報告を調べてくれ」

エセルは一瞬、呆けるが、すぐにオーブから転送された情報を検索する。

「昨日のセロン様たち五名の討伐結果は、巨大蛙……二匹です……」

エセルは彼女の常識に照らし合わせて見ても、四級と五級で構成された五人のパーティがたった二匹の蛙しか討伐していないことは異常以外の何ものでもないと思った。

そして、ギルドにいる者全員が同じ認識だった。

支部長はセロンに向かって、

「昨日の討伐結果が異常に少ないが、なぜだ？　ああ、調子が悪かったのなら、それでもいいし、答えたくなければ、それでも構わん。だが、まともな答えを返さなければ、オーブを確認する」

セロンは心の中で、自らの失敗をどう挽回するか考えていた。

（くそ、口が滑ったわ。どう言い逃れるかだ……思いつかねぇ……そうか、この手がある）

「昨日は何かやばい感じがしたんだ。虫の知らせって奴だ。そうしたら、偶然ヒドラが俺たちの方に向かってくるのが見えた。その報告についちゃ、昨日するのを忘れていたから、今日報告するつもりだった。だから、こいつらがヒドラと戦ったんだろうと思ったんだ。酒場の話は勘違いだ」

レイはその言葉を聞き、自分が焦り過ぎていたと悔やむ。

（まさか、こんな言い訳が通用するとは思わないけど、物証がないことに違いはないんだ。オーブを確認することができなければ、言い逃れができてしまう……）

レイはまだ食い下がろうと、

「昨日、ターバイド湖ですれ違った時に、そのことを教えてくれなかったのはなぜですか。少なくとも仲間を危機に陥らせた責任はあるはず」

「俺たちと出会った時に言ったはずだ。お前が忘れているんだ。口だけなら何とでも言える。無実の罪で俺たちを告発した落とし前はつけてもらうぞ」

セロンは勝ち誇った顔でそう宣言すると、支部長に向かい、

「ギルドはどうするんだ？　確かに報告を忘れた俺たちに非はある。だが、それが義務違反であるっていうのは言い過ぎじゃないのか。こいつらの言い分が正しいって証拠はどこにあるんだ？」

「だが、お前の言い分が正しいっていう証拠もない。自分が正しいと言うなら、オーブを見せれば済むはずだが、それができんのはなぜだ？」

そこでセロンは強気に出た。

「プライドだ！　俺たち冒険者はプライドで生きている。仲間を見捨てたって言われて〝はいそうですか〟ってオーブを見せられるか！　支部長も分かるだろう！」

ギルド内の雰囲気は、オーブを見せるべきだというものだったが、セロンの言い分にも同意できる部分があるという流れになりつつある。

更にセロンは、「ここまで言われたら、オーブを見せてやる。但し、俺に決闘で勝てたらだ。どうだ、この勝負、受けるか！」と叫んだ。

ここまで黙っていたアシュレイが怒りの声を上げる。

「貴様、そこまで腐っているのか！　その勝負、私が……」

そこまで口にしたところで、レイが彼女の腕を掴んで黙らせ、

「その勝負、僕が受ける！　決闘のルールを知らないから、後で支部長に聞く。詳細は後で連絡するのでどうだ？」

セロンはしてやったりという顔で、

「良いだろう。但し、決闘は十日以内。武器は自分の武器を使用。これ以外の条件は全部決めさせてやる。好きにしろ！」

セロンは意気揚々としてギルドを出ていった。

残されたレイは勢いで決闘を受けたことを後悔していた。

（勢いで言ってしまった……でも、アシュレイが戦うより、魔法が使える僕の方が勝てるチャンスはあるはずだ。……でも、対人戦ができるのか、僕に……）

そんなことを考えていると、横にいるアシュレイが乱暴に自分の方を向かせ、

「なぜ、私にやらせない！　お前では勝てない……私でも勝率は低いのに……」

「ごめん。でも、アシュレイの体調が回復するか分からないし、僕がやった方がチャンスはある……と思う。それにもしアシュレイが勝負をして負けたら、何をされるかと思うと……」

その言葉にアシュレイは少し顔を赤くするが、すぐにそんな状況ではないと思い直す。

その時、ソロウ支部長が、「レイ、アシュレイ。二人とも支部長室に来てくれ」と言って、二人を引き連れ、ギルドの奥に向かう。

支部長室に向かうレイとアシュレイの二人は、それぞれ無言で支部長の後ろを歩いていた。

アシュレイはレイがセロンとの決闘を受けたことに対し、内心怒りに震えていた。

（レイは何を考えているのだ！　確かに私は病み上がりだ。だが、それでも私の方が勝てるチャンスはあるはずだ……〝ルール〟を分かっていないいだと！　ルールなどと競技《あそび》のように考える奴が、セロンに勝てると思っているのか……ヒドラを倒して増長しているのか？……もしそうなら、絶対に止めなければ、レイの命が危うい……）

一方、レイも内心の不安を隠すので精一杯だった。

（アシュレイが勝てる自信がないと言った。ということは間違いなく僕より強い。ルールが分からないから、殺し合いになるのか、模擬戦の延長なのかも分からない……早まったとは思うけど、もし、あそこで僕が声を出さなければ、アシュレイが受けて立っただろう。そうなれば、彼女が負けた時に変な条件、〝自分の女になれ〟とかを付けられる可能性があった……でも、勝てるのか。そもそも〝人間〟と戦えるのか、僕は……）

二人が支部長室に入ると、支部長が憮然とした表情で話し始めた。

「まさか、決闘を受けるとは思わなかったぞ。レイ、お前は分かっていないだろう。自分が何を受けたのかを」

彼は支部長の表情を見て、事の重大さが思った以上だと気付く。

「はい……でも、まず決闘のルールを教えて欲しいんですが……」

支部長の説明は簡潔だった。

特に決め事がなければ、〝何でもあり〟であり、決められていることといえば、立会人を置くこと、相手を殺さないように〝努力〟することくらいとのことだった。

代理人を用意することも可能だが、今回はセロンから〝本人同士〟と宣言されているため、これは使えない。レイは説明を聞いていくに従い、顔面が蒼白になっていく。

（拙いよ……殺さないように〝努力〟といっても、向こうは殺す気満々で来るはずだ。喧嘩すらしたことがない僕が……死ぬかもしれない。いや、殺される……絶対に殺される……）

レイは自らの軽率な判断に今更ながら後悔していた。そして自らの死を予感し、ガタガタと震え始める。そして、何とか止める方法はないかと、支部長に「決闘をキャンセルすることはできるんでしょうか？」と確認するが、

「取り止める方法はない。逃げ出せば自動的に負けを認めることになる。それなら、決闘が始まったところで負けを認めた方がマシだな」

決闘から逃げ出した場合、負けを認めるだけに留まらず、その噂はすぐに広まる。相当遠くの町にでも逃げない限り、冒険者や傭兵としては生きていけなくなる。また、それ以外の職業に就いたとしても、臆病者という烙印を押され、生活しにくくなる。

レイは必死に考えを巡らせていた。

（やらざるを得ないのか……よく考えろ……臆病者と呼ばれても事実だからいいんじゃないか。でも、逃げ出したら、アシュレイが奴《セロン》に挑むだけだ……もう一度、奴の言った条件をよく考えてみ

ろ。言っていたのは十日以内、本人同士、自分の武器を使用の三点だ。場所、立会人、勝敗の条件なんかは僕が決められる。自分の有利な点、奴の不利な点をよく考えろ。何かチャンスがあるはず……）

アシュレイはガタガタと震えるレイを見ながら、

（やはりだ。やはり分かっていなかった……どうする。今からでは最長でも十日しかない。彼の技量向上速度は異常だが、僅か十日ではあのセロンには太刀打ちできない。どうする、レイ……）

そんなことを考えながらレイを見ていると、彼の震えは次第に納まり、徐々に冷静さを取り戻しているように見えた。

レイは心の中で言葉を自分の身近なものに変え、あえて現実感を失くし、無理やり冷静さを保とうとしていた。

（これはゲームで言う〝イベント〟だ。クリアする方法は必ずあるはずだ。まずは盲点がないか確認しよう）

彼はソロウ支部長に向き直り、

「確認したいんですが、魔法の使用は問題ないんですよね？」と確認する。

「ああ、問題はない。だが、一対一だ。呪文の詠唱が終わるまで待ってはくれんぞ」と支部長が答えると、レイは頷き、

「ええ、分かっています。それと、場所は僕が決めてもいいんですよね。どこでもいいんですか？」

と更に尋ねる。

「どこでも問題ない。但し、非常識なほど遠方や、明らかに異常な場所、例えば湖の上で船に乗って戦うなどというのは認められんが」と質問の意図を捉えかねたように首を傾げる。レイは更に質問を続けていく。

「最後に、立会人はどなたでもできるんですか？　資格がいるとか？」

「特に規定はないが、身内や利害関係者は駄目だ。普通は公平な立場の人間が指名される。良くあるのは傭兵ギルドの関係者だな」

レイはそこまで聞いて、考えをまとめ始めた。

（場所は魔法が一番生かせる所、具体的には後で考えよう。立会人は傭兵ギルドのカトラー支部長がよさそうだ。部外者の立入は禁止……日時は十日後……一応、作戦らしき物は思いついた。あとは魔法がどの程度実用に耐えるかを確認する必要があるな……）

彼は支部長に今の考えを確認してもらう。

「立会人はアーロン・カトラー支部長にお願いしようと思います。日程は支部長の予定を確認してからですが、できるだけ遅い時期、両当事者と立会人以外の部外者は立入禁止としたいと思います。場所は追って連絡するのでどうでしょうか？」

支部長は頷くが、「構わないが、両当事者と立会人以外の立入禁止はなぜだ？　普通は見物人が多数押し寄せるが」と首を傾げる。

「僕が緊張するのとセロンが信用できないからです。セロンの意向を受けた見物人が何かしてくることを防ぐためとお考え下さい」と真剣な表情で答える。しかし、支部長は「言っては悪いが、お前程度を相手に奴でもそんなことはしてこないと思うがな」と僅かに呆れた表情を見せる。

「恐らくしてこないでしょう。ですが、こう言っておけば、これからの十日間も手を出しにくいはずです。こっちにちょっかいを出してきたら、その場で反則負けと宣言すると伝えるつもりですから」

支部長は「なるほどな」と頷き、「それでよかろう。アーロンにはこちらから言っておく」と笑顔を見せた。

そして、レイはアシュレイを伴って、ギルドを出ていった。

アシュレイは彼が落ち着きを取り戻したことに気付き、彼の前に回り込んだ。

「勝算はあるのか？　何か手伝うことは。何でも言ってくれ」

その言葉にレイはアシュレイを不安にさせないよう強がりも含め、できるだけ余裕があるように見せようとしていた。

「うん、一応、策は思いついたんだけど、これからの十日間でどこまでできるようになるかが鍵だ。今日はこのまま宿に帰って、昨日の疲れを取りたい。君に荷物も返したいしね」

二人は自分たちの宿、銀鈴亭に戻っていった。

銀鈴亭に戻ると、二歳の娘アリーを抱えながら、女将のビアンカが駆け寄ってきた。

「大丈夫？　何か凄い魔物と戦ったんだって！　もう大丈夫なの！」

アシュレイはその勢いに苦笑しながら、

「大丈夫だ。エステルの治療も受けたし、後はゆっくり体を休めればいいそうだ」

それを聞き、ビアンカもようやく安堵の表情を浮かべる。

レイは荷物を渡すため、一旦アシュレイの部屋に立ち寄った。

彼は彼女の荷物をアイテムボックスから取り出し、床に置いていく。

彼女はその様子を見て、

「しかし、本当に便利な魔法だな。どれだけ入るんだ、そこには？」

「さあ？　今まで一杯まで入れたことがないからね。まだ、入りそうな気はするけど」

ここでアシュレイが表情を引き締め、レイに向き直る。

「もう一度聞きたい。勝算はあるのか。レイが逃げるなら、私も一緒に行く。お前が死ぬところなど見たくはない……」

その真剣な表情に、彼も真剣な表情で応える。

「正直なところ、まだ何とも言えない。でも、逃げるつもりはない」

彼はそう言いながら、

（本当は怖い。死ぬのも、怪我をするのも……日本にいる時の僕なら、間違いなく逃げ出していた。でも、これ以上アシュレイに情けない姿は見せたくない。もし、勝てたら……アシュレイに……いや、今はそんなことを考えている時じゃない）

彼の心の中の葛藤を感じたのか、「レイ」と名を呼び、

「無理はするな。自分の実力以上のことをしようとすると、どこかで齟齬が出る。〝生きてさえいれば、いつでも取り返せる。生き残ることを考えろ〟、これは私の父、歴戦の傭兵が言っていた言葉だ。心に留めておいてくれ」

レイは彼女の部屋を後にし、自分の部屋に戻ると、昨日の疲れと、今朝のセロンの告発、その後の決闘騒ぎで、精神的な疲れが一気に襲ってきた。

(疲れた……昼からは雨が降るって話だから、体を休めながら、魔法でも考えるか……)

昼食を摂った後、再び部屋に戻ったレイは木窓を叩く雨の音をBGMに、ベッドに寝転びながら、セロンのことを考えていた。

(曲刀《シミター》と小盾《バックラー》を使うスピードファイターか……アシュレイの話じゃ、回避が得意で大振りの攻撃はほとんど避けてしまうみたいだ。バックラーは軌道を逸らすだけに使って、その隙を突いて、防御の薄い部分を正確にシミターで斬りつけていく……何かそう言われてもイメージが湧かないなぁ。実戦経験が圧倒的に少ないのが、僕の一番の弱点だな……生き残ることを考えろか……生き残る？　勝つではなく、生き残る……そうか……)

彼はイメージトレーニングでシミターを構えたセロンを思い浮かべるが、シミターでの戦闘を見たことがない彼にはイメージが全く湧かなかった。しかし、アシュレイの言葉がヒントになり、考え方を変えていく。そして、あることを思いつき、明日からの訓練で試してみようと心に決める。

更に魔法についても考察を進めていった。

(開始直後に魔法で奇襲を掛けて、無力化することはできないか……開始直後とはいえ、距離はそれほど離れていないだろう。そうなると、精霊の力を溜める時間はほとんどないと思った方がいい。物理的な攻撃力を捨てて、何か別の方法を考えるか……これが使えるかも……)

彼は思いついた魔法を、部屋の中で試してみた。一応、使えそうだが、実戦の場で使えるようにするため、魔力切れ直前までその練習を行った。

（ふうぅ。何とかなりそうだな。あとは場所をどこにするかだ……傭兵ギルドの訓練場が隔離できるなら一番良いんだけど、無理なら男爵にお願いして、警備隊の訓練場を使わせてもらうしかないな）


アシュレイも降り始めた雨が木窓を叩く音を聞きながら、ベッドに横になっていた。毒は抜けたものの体力の消耗が激しく、常に強気な彼女にしてはネガティブな思考に陥っていた。

（ここまでの失態は十五で戦場に出てから初めてだ。昨日はセロンに嵌められたとはいえ、生き残ろうという考えを捨てていた。レイに言った団長の言葉ではないが、昨日の失態、ヒドラとの戦いをレイに任せた上、街まで自分を運ばせたのは恥ずべきことだ。今までの私なら、二人で生き残ることを考えたはず。どうしてしまったのだ、私は……いや、これからのことを考えろ。レイとセロンの決闘は避け得ないのか。無理だとしたら、レイが生き残るために私に何ができる……駄目だ。思いつかない……気力が湧かないからか、それともレイ《あいつ》のことを考えるからか……）

自分がいつもの冷静な傭兵ではないことには気付いていたが、なぜ考えがまとまらないのか理由が分からなかった。しかし、傍から見れば彼女がごく普通の女性、それも想い人を心配する女性そのものだということにすぐに気付いただろう。

傭兵という男の世界に長くいたためか、それとも団長＝父親という庇護者の下に長くいたためなのかは分からないが、彼女は憧れに似た初恋は経験しているものの、二十三歳という年齢にもかかわらず、自分の中の〝女〟を意識したことはほとんどなかった。

（セロンとの確執は私との間のものだ。レイは私と一緒にいたから巻き込まれたに過ぎない。何としても彼を守る。そのためには……）

彼女は疲れた頭で考えるが、思考はグルグルと堂々巡りし、結局、夕食まで鬱々としたまま、何も思いつかなかった。二人は一緒に夕食を摂るが、レイは明日からのことを考え、アシュレイは彼のことを考えていたため、会話がなかった。

心配したビアンカがいつものように二人をからかうが、普段のような初々しい反応はなかった。ビアンカは余計に心配するものの、掛ける言葉が見つからず、二人はそれぞれの思いを胸に、部屋に戻っていった。

七　特訓

翌朝、雨はまだ残っているものの、雲の切れ間から時折日の光が差し込み、思ったより明るい朝を迎えた。

二人ともいつもの時間に目が覚めたものの、外は弱いとはいえ雨が残っており、朝の訓練は行えなかった。

アシュレイは昨日より顔色もよく、ほとんど普段通りに戻っているように見えるが、レイにはいつものような覇気がないように見えた。彼は昨夜からずっと考え続けていたが、決闘までの僅かな時間をどう使うかについて訓練と実戦、魔法の練習というオーソドックスなものしか思い浮かばなかった。特に対人戦の訓練をどう進めるべきか答えを見つけることができなかった。

(今日は訓練、特に対人戦の訓練をやりたい。でもどうやっていいのか分からない……アシュレイに相談するかしかないか……)

朝食後、レイはアシュレイに相談を持ちかけた。

「訓練、特に対人戦の訓練をやりたいんだけど、どうしたらいい？」

アシュレイは自分との訓練では不十分なのかと、「私とやればいいだろう。私では不満か？」と不満を口にする。

「そうじゃないんだけど……セロンって、アシュレイと違って、スピード系なんだろう？　できれば似たような人と手合わせをして、感触を掴んでおきたいんだ。アシュレイに不満なんてないよ」

自分の考えが至らなかったことに「そ、そうか……そうだな」と戸惑い、やや早口で説明を始めた。

「なら、傭兵ギルドに登録するのが手っ取り早い。ギルドでは訓練の支援もやっているからな。軽装の剣術士との戦い方も教えてくれる」

「やっぱり、傭兵になるしかないか……好むと好まざるとにかかわらず、決闘っていう対人戦をやるんだから、なってもいいんだけど……」

どうも煮え切らないレイの態度に、「傭兵になるのが嫌なのか？　この前も断っていたが」と自らが馴染んでいた世界を否定されたような悲しい気持ちになる。その表情に気付き、レイは頭を掻きながら、どう答えようかと迷い、

「何て言ったらいいんだろう……どうも人を殺すっていうのが……うまく言えないな」

自分の中の常識との乖離《かいり》をどう言えばいいのか、うまく言葉にできない。

（人を殺してはいけないという教育を受け、建前上は軍隊を持たない国に育ったからなぁ。どうしても、人を殺すっていう行為を職業にするのは抵抗があるんだよな……傭兵として育ったアシュレイには言えないことだけど……そうは言っても、僕もこれから人を傷つける、いや、人を殺すために戦うことになる。きれい事を言っている場合じゃない……）

それでも自分が生き残るためには仕方がないと割り切った。

「今日の午前中に登録に行ってくるよ。アシュレイはどうする？」

「私も付いていこう。恐らくその方が早く済むだろう」

二人は装備を整え、小雨が降る街に出ていった。

傭兵ギルドに着き、すぐに登録の手続きを行う。既に冒険者ギルドのオーブを持っているため、基本情報の登録は不要であり、すぐに十級傭兵として登録された。

登録手続きが完了するとすぐにギルドの裏手にある小さな体育館ほどの建物に向かった。

その建物はギルドの訓練場になっており、中は二十m《メルト》×三十m《メルト》ほどの大きさで、傭兵たちが熱心に訓練を行っていた。

(傭兵っていうと何か無頼《ぶらい》な感じがして、訓練なんかしないっていうイメージなんだけど、やっぱり自分の命が懸かるから、真面目に訓練をしているんだな)

二人は訓練場の中に入っていき、アシュレイに教えてもらった師範らしき四十代の獣人にレイは声を掛ける。

その獣人は、腰には細身のサーベルを差しており、引き締まった体に革製の鎧を着けていた。よく見ると、狼人らしく、大きな獣耳を頭につけ、フサフサとした尾を持っていた。だが、振り向いたその顔は厳つく、その鋭い眼光にレイは思わずたじろいでしまう。

「あのぉ、ここで訓練をお願いしたいんですが……」

その獣人は「うん？　何だお前は？」と胡散臭そうに見た後、横にいるアシュレイに気付く。

「アシュレイじゃねぇか。何か大変だったらしいな。もう大丈夫なのか」

「ああ、すっかり大丈夫だ。シャビィ、こいつに稽古をつけてやってくれないか」

シャビィと呼ばれた獣人は、レイを見ながら、

「それは構わんが、こいつは一体誰なんだ？　ああ、噂のお前の〝男〟か……〝鉄壁〟のアシュレイを落とした〝強者《つわもの》〟か……こいつが、ふははっ……うわっ！」

笑っているシャビィの鼻先に、アシュレイの剣が突きつけられる。

「シャビィ、そのでかい耳が飾り物でなければ、私の言ったことは聞こえているはずだな。それともその耳は飾りか？　何なら今すぐ斬り落としてやってもいいぞ。どうする？」

彼女が鋭い目付きで睨みながらそう言うと、シャビィは無理に笑いながら、話題を変える。

「じょ、冗談だ。で、普通にサーベルを教えればいいのか？」

「いや、サーベル相手の訓練をやって欲しい。聞いていないか、あのセロンが決闘をやるのを」

彼女がそう言うと、シャビィは思い出したというように、

「あっ！　そいつが〝レイ〟とかいう奴か。セロンに食って掛かって、決闘を受けたっていう……」

そして、二人が自分を指名した理由に思い当たり、ポンと手を打つ。

「なるほど、分かったぜ、アシュレイ。納得するまで付き合ってやる。俺もあいつが嫌いだからな。あいつは俺たち傭兵を見下してやがる……」

アシュレイはニヤリと笑って、「頼む」とだけ言い、レイは未だにビビリながら、「よろしくお願いします」と頭を下げる。

レイが壁に掛けてある先を丸めた槍を手にすると、シャビィは簡単な解説を加えながら、稽古を

つけ始めた。

「サーベルやシミターはスピードが命だ。サーベルは主に〝突く〟攻撃だが、シミターは〝斬る〟攻撃になる。だが、セロンの場合は少し違う。奴はシミターでも斬るだけじゃなく、突きを入れてもくるからな。まあ、その辺はできるだけ、それらしくやってやるぜ。スピードで負ける気はせんが、攻撃の正確さでは奴の方がかなり上だ。その辺はよく理解しておけよ」

そんなことをしゃべりながら、サーベルの模擬剣で攻撃を加えてくる。

バックステップ、サイドステップなどを織り交ぜ、目まぐるしく動き回るため、レイは攻撃の糸口が掴めない。

シャビィの動きは、爆発的とも言える直線的動きと、流れるような曲線的な動きが混じる。レイにはシャビィの動きが全く予想できず、翻弄され続けていた。

（こんなに厄介なのか！　今なら、リザードマンが直線的で動きが読みやすいっていうのが良く分かる。そうか、僕の腕がまだまだ未熟だから、アシュレイは動きの単調なリザードマン、岩猪《ロックボア》、キノコの魔物《フォングス》、巨大蛙なんかを相手に選んでくれたんだ。今まで自分の実力すら把握していなかったってことか……）

その日は午前中一杯、シャビィの訓練を行うが、レイは一本も有効な攻撃を入れることができなかった。

一方、相手をしたシャビィは最初、ヒドラを倒した話が嘘《うそ》じゃないかと考えたが、一時間、二時間と訓練を重ねるうちに、スポンジが水を吸うようなレイの学習能力に驚いていた。

（こいつは……アシュレイが入れ込むのも分からんでもないな。さすがに十日やそこらではあのセロンに勝てるレベルにはならんだろうが、いい線までいくかもしれん。それに何か隠し玉を持っていそうだしな）

訓練の途中、アシュレイがいなくなったところで、レイは気になっていたことをシャビィに聞いた。

「さっきの〝鉄壁〟のアシュレイって、どういう意味なんですか？」

その問いにシャビィはにやりと笑いながら、「何となくは分かっているんだろ？　それとも本当に分からないのか？」と言うと、レイがはにかんだ顔で分かっているという表情を浮かべる。すると、シャビィが楽しそうに説明を加えた。

「あいつが有名な傭兵団の団長の一人娘っていうのは知っているな。有名な話なんだが、その親父っていうのが、一人娘っていうこともあるんだろうが、大層あいつのことを可愛がってな。あいつに近づく男はいちいち親父の訓練《しごき》を受けなくちゃならなかったそうだ。訓練っていうのは名ばかりで、ほとんど半殺しにされるそうでな、あいつが団にいる時には男は誰も近寄ってこなかったって話だぜ」

ここで一旦話を切り、更に人の悪そうな笑みを浮かべて、

「で、あいつがこの街にやってきてからの話だ。当然、この街には〝怖い〟親父さんはいねぇ。あいつは男っぽいところはあるが、結構いい女だろ。セロンを始め、結構な人数の男が言い寄ったそうだ。だが、あいつはそういう経験がねぇ。だから、それがどういう意味なのか分かっちゃいなかったんだな。どんなにいい男に言い寄られても、全くの朴念仁で、それでついたあだ名が〝鉄壁〟っ

ていうんだ。傭兵や冒険者の間じゃ、誰があいつを落とすかで賭けになっているんだぞ」

レイはもちろんシャビィも知らないことだが、アシュレイのいた傭兵団には女傭兵も少なからずいた。享楽的な女傭兵たちと交流していたにもかかわらず、アシュレイがその手の知識がないのは、その女傭兵たちですら、団長に怯えていたからだ。

普段の団長、ハミッシュは豪放磊落《ごうほうらいらく》で気前も良く、面倒見のいい理想的な傭兵団長なのだが、こと娘のことになると途端に別人になる。

そのことを知る女傭兵たちも、アシュレイに生理の時の対応などの必要な知識を教えるほかは不必要な話は一切しなかった。そのため、凄腕傭兵団という〝鋼鉄製の箱〟に入った箱入り娘、アシュレイが出来上がったのだ。

レイはシャビィの話が何となく想像通りだったので納得し、訓練に戻ろうとしたが、シャビィは更に付け加えた。

「なあ、気を付けろよ。あいつの親父、ハミッシュ・マーカットはラクスでも指折りの傭兵だ。あいつに手を出したら……」

そこまで話したところで、アシュレイが戻ってきた。

「何を話しているのだ？」

熱心に話すシャビィを遠目に見たため、そう聞いてくるが、シャビィはその話題に触れるのはまずいと慌てている。

レイは咄嗟に、「い、いや、セロンのことをね」とどもりながら、手を振っている。

「さっき、シャビィさんもセロンが嫌いって言っていたから、何でなんだろうって。それに冒険者たちでも評価が分かれているみたいで、一方的に嫌われているだけじゃなさそうだから……ね、シャビィさん」

「あ、ああ、セロンの野郎は自分を祭り上げてくれる奴には結構面倒見がいい。だから、若い連中はセロンを信奉する奴も結構いる。だが、ある程度実力が付いた奴らは口だけのセロンを相手にしねぇ。それになぜかは知らんが、奴も傭兵を嫌っているみたいで傭兵の間じゃ、奴の評判は最悪なんだっていう話をしていたんだ。な、レイ」

二人の芝居染みた棒読みに、アシュレイは胡散臭げな目を向けるが、レイの訓練が再開されるとそのことを忘れていった。

シャビィは、レイとアシュレイの関係を考えながら、さっきの話を思い出していた。

(あぶねぇ、あぶねぇ。今までのアシュレイなら、話を聞かれても多分何も問題なかったと思うが、レイのおかげでちょっと色気づいてきたからなぁ。あんな話でもぶちぎれたかもしれねぇ。まあ、それはそれで面白そうなんだがな……)

レイは午後に一旦、いつもの森に行って魔法の練習を行い、午後三時頃、再び傭兵ギルドに戻り訓練を続ける。魔法の練習に付き合ったアシュレイは見たこともない魔法に驚き、これなら勝機はあると目を輝かせていた。

レイはそれから毎日、その日課をこなしていった。

五日目にはシャビィとアシュレイが同時に攻撃する訓練に変えた。

彼は〝勝つ〟ための戦術ではなく、〝生き残る〟ための戦術に重きを置き、二人の攻撃をどう捌《さば》くかに注力する。

シミターは〝斬る〟ことが主体で、重装甲の敵に対しては効果的な攻撃が加えにくいという特徴がある。セロンほどの技量があれば、鎧の隙間を斬り裂くことで充分に対応できるが、基本的には金属鎧を斬り裂くことはできない。

レイの考えた戦術は彼の鎧ニクスウェスティスの高い防御力を最大限生かすというものだ。ニクスウェスティスはフルプレートではないが、胴体と二の腕、太もも、脛はほぼ完全に覆われており、露出する部分は顔の他は首、肘、膝などの可動部分に限られる。

もちろん、腕を上げれば脇が晒されるし、肩当てにも隙間はある。だが、槍で突くことに専念する限り、露出する部分は非常に少ない。レイはセロンのすべての攻撃を避けるか、槍で受けきることは不可能だと考えた。それならば、この頑丈な鎧で受ければ、〝叩きつける〟攻撃が少ない曲刀《シミター》なら、ダメージをほとんどなくせると考えた。

そこで、シャビィとアシュレイの二人の攻撃を槍で捌きながら、捌ききれないと判断した攻撃については鎧の装甲部分で受けるという訓練を始めた。その訓練の初日は鎧で受けきれず、何度も腕や首に斬撃が入り、その度に痛みに転げ回ることになる。

その姿は半人前がボロボロに叩きのめされる姿に似ており、端から見れば滑稽で、周りにいる傭兵たちは、〝何をやっているんだ？〟、〝あの程度の動きでセロンに戦いを挑むのか〟などと笑っていた。だが、アシュレイとシャビィの二人は初めてレイの戦法を聞いた時、その柔軟な考えに驚きを隠せなかった。

実際に戦場に立ったことのある傭兵、それもベテランの傭兵なら、あえて鎧で受けることもある。だが、普通は鎧の防御力を信頼しきれず、回避できなくても武器や盾で受ける選択をすることがほとんどだ。また、鎧の耐久性の問題もあり、鎧で受けることを前提とする戦術というのは普通は思いつかない。

その訓練の初日である五日目はさすがに受けきれずにいたが、翌日の六日目からはほとんど鎧で受けることができるようになっていた。

シャビィの軽い攻撃ではほとんどダメージが入らないが、アシュレイの大型の両手剣では、鎧の上からでもダメージは通る。そのため、翌日以降も体中にあざを作り、人に見られない場所で何度も治癒魔法を掛けていた。

その何度も立ち上がるレイの姿に、傭兵たちも徐々に考え方を改めていく。

彼らにはニクスウェスティスの防御力は分からず、レイが根性で立ち上がっているようにしか見えなかったからだが、師範であるシャビィと手練《てだれ》として知られるアシュレイの二人の攻撃を受け続けても、なお立ち上がる姿に、感動すら覚える者もいたようだった。

七日目、二人からの攻撃を捌くまでには至らないが、致命的なダメージを防ぐことはできるようになる。まだ、自分から攻撃を掛けるには至らない。

八日目、シャビィとの一対一の訓練に戻すと、彼の動きは数日前からは考えられないほど、〝キレ〟

が増していた。夕方にはシャビィに五本に一本は有効な攻撃が入れられるほど、槍の腕を上げていた。

シャビィはここに至り、彼に勝機があるのではないかと思い始めていた。

（俺のサーベルのスキルはセロンには及ばんが、レベルは四十五でそこらの若造とは違う。その俺にこの短時間で、ここまで迫るとはな。こいつの槍術のレベルは恐らく三十を大きく超えているだろう。それにこいつの鎧の防御力があれば、うまくすればセロンに勝てる。だが、まだ何かが足りない気がする……）

レイは訓練の痛みに泣きそうになりながら、八日間の訓練を終えた。

（シャビィさんのサーベルは刃を落としただけの金属製の棒だし、アシュレイの木剣は重量があるしで、そんな物で殴られれば痛いに決まっている。でも、これをやっておかないと魔法が失敗した時に手詰まりになってしまう。それに今後のことを考えたら、やっておいて損はない。そうとでも思わないと、マゾでもない僕にはきつ過ぎる……それにしてもニクスウェスティスって丈夫だよな。全然傷が付いていないし、どうなっているんだろう？）

彼の知らないことだが、彼の鎧、ニクスウェスティスには風属性の重量軽減、金属性の防御力強化の他に、木属性の自動修復機能も付与されていた。大きく破損しさえしなければ、表面の傷程度は着用者の魔力を使って自動的に修復される仕組みになっている。この機能は彼の槍、アルブムコルヌにも付与されているが、詳しい性能を知らない彼はそのことに気付いていなかった。

この技術はドワーフの名工だけが可能としている技術で一般的ではなかった。彼の小説でも〝一応〟設定は考えられていたが、彼はその細かい設定自体を忘れており、ただ丈夫な鎧との印象しかなかった。

決闘の日時は翌々日の午後三時に決まった。場所は傭兵ギルドの訓練場。レイの要望通り、両当事者と立会人のみ、非公開の条件も認められた。

そして、彼が提案した決着の条件、当事者が負けを認める、使用武器を破壊される、立会人が戦闘不能――死亡含む――と判断することも認められた。

（とりあえず、予定通りに進んでいる。時間も頼んでおいた時間にできたから助かった。もし、違う時間だと別の場所にしないといけなかったからな。後はセロンが油断してくれていれば更に助かるんだけど……明日はもう一日、訓練に充てられる。人が少なければ、シャビィさん相手に魔法を使ってみるのもいいかもしれない）

翌日、決闘の前日に当たる朝、レイとアシュレイは普段通り、傭兵ギルドの訓練場に向かう。

道すがらアシュレイが「調子は良さそうだが、自信はどうだ？」と尋ねてきた。レイは「調子は悪くない」と答え、

「アシュレイとシャビィさんにこれだけ稽古をつけてもらったんだ、十日前よりかなり強くなったと思う。でも、まだ勝てる自信は全くないよ……精々、殺されずに済むかなという程度だよ」

アシュレイはその言葉を聞き、少しだけ安堵する。

（自信過剰になっていたら、窘《たしな》めようと思っていたが、これだけ冷静なら明日も何とかなるかもしれない。あとはギラギラとした殺気に怖気づかないことを祈るだけだな……いや、今日の稽古の

時に……）

午前中の稽古を始めようといつもの槍を手にシャビィを待っていると、訓練用のサーベルではなく、真剣を手にしたシャビィが現れた。

「今日はこいつで仕上げをやる。お前の最大の弱点は〝実戦経験のなさ〟だ。特に殺気を伴った相手と殺し合いをしたことがないのが致命的だ」

彼は模擬剣とは違う真剣の輝きを見て、怖気づく。

「でも、そんなものを使ったら、ケガじゃ済まないですよ。鎧に当てても滑ってきたら……グサッと……シャビィさん、いつものにしましょうよ」

そして、アシュレイの方を見るが、彼女も同じ意見なのか、首を横に振り、

「シャビィの言う通りだ。シャビィはセロンと違って〝殺し〟には行かない。だが、それでも〝事故〟は起きる。気合を入れていかないと〝死ぬ〟ぞ」

彼は今更ながらに、抜き身の剣が自分に向くことの恐ろしさに気付く。

（刃物を人に向けてはいけないって教えるのは正しいことだ。あんな物を向けられたら、恐ろしいに決まっている。どうしよう……明日は〝殺す〟つもりで〝あれ〟を向けてくる奴がいるんだ。だから、二人はこんなことを……やるしかない！）

彼は震えそうになる体を無理やり押さえ、黙って槍を構える。それを合図にシャビィが彼に襲い掛かっていった。

見た目は昨日までの模擬剣と同じだが、真剣だと思うと禍々しいオーラのような物を纏っている

ように見える。昨日までの動きとは明らかに異なり、腰が引け、手だけで槍を振るう彼に対し、シャビィは容赦《ようしゃ》なくサーベルを振るう。

「そんなヘロヘロの突きじゃ、牽制にもならん」

そう叫びながら、彼の腕を斬り落とす勢いでサーベルを振ると、レイは本能的に腕を引いて回避するが、その隙だらけの体にシャビィが蹴りを叩き込む。

もろに蹴りを喰らい、数メルト吹き飛ばされる。立ち上がりながら恐怖に打ち勝とうと必死に槍を構えなおす。

（駄目だ。刃が怖い。いつもと同じ風切り音なのに、真剣だと思うと音だけでも斬られそうな気がする。どうすればいいんだ！　分からない……）

彼は槍を構えるものの、積極的に攻撃を掛けることなく、受身に回ってしまう。

「いつものように動いてみろ！　昨日のお前なら、もっとうまく避けていたぞ！　何だ、そのへっぴり腰は！」

シャビィの罵声が訓練場に響くが、レイの動きは精彩を欠いたままだった。

三十分ほど手合わせを行い、一旦休憩に入るが、結局最後までまともに動くことができなかった。

シャビィは昨日感じていた懸念が、これだったと確信した。

（やっぱりそうか。アシュレイも同じことを言っていたな。レイは棍棒以外の武器に対峙したことがないと。どうする。このままでは時間の無駄だ……）

レイは押し黙ったまま、座り込んでいた。

（体が動かない。攻撃の速度や軌道は同じでも〝恐怖〟が先に立ってしまう……どうしよう。解決策が思いつかない……こういう時はベテランに聞くのが一番なんだろうな）

彼は刃物が恐ろしいことを正直にアシュレイとシャビィの二人に告げ、どうすべきか助言を求めた。

それに対し、アシュレイは「場数を踏むしかない」と答えるが、

「と言っても、今からでは時間がなさ過ぎる……どうしたらいい、シャビィ？」

「そうだな……あれを使うか……支部長の許可が要るが……」

その言葉に最初は何のことか分からず「あれとは何だ？」と首を傾げるが、すぐにシャビィの意図に気付く。

「もしかして……本気か？」

「ああ、それも模擬剣じゃなく、真剣を持たせる。下手をしたら、レイが大怪我をするかもしれんが、仕方がないだろう」

レイは二人の話についていけない。

「何の話？　〝あれ〟って何のことだ？」

それに対し、シャビィがいつもの陽気さを隠し、凄みのある顔で答える。

「傭兵ギルドは新人に経験と度胸を付けさせるために、中鬼《オーク》を飼っている。そいつと戦ってもらうって寸法だ。普通は棍棒か、模擬剣しか持たせんが、今回は真剣を持たすがな」

一瞬、何のことか分からず、「えっ？」と言うが、「それって、その中鬼《オーク》と殺し合いをしろってこ

と？　で、でも……」と怯んでしまった。

怯むレイにアシュレイが、

「ここにいるオークは偶《たま》に生け捕りにされる野性のものだ。技量はほとんど持っていない。闇雲に振り回すだけだから、よく見てさえいれば恐れることは何もない。だが、殺すつもりでやらなければ、大怪我をするぞ」

その言葉にレイは頭を抱えてしまった。

（大怪我じゃ、済まないだろう……魔物なら何度も殺し合いをやっている。できるはずだ……）

だがすぐに腹をくくり、「分かった。やってみるよ」と答え、無理やり笑顔を作る。


傭兵の階級は冒険者と同じく十級から始まり一級に至る。昇級は冒険者と異なり実力、すなわちレベルで決まる。更に大きく異なる点は十級から九級に昇級する条件だ。

傭兵は実戦経験が必須条件と考えられていた。そのため、十級から九級に上がる条件は実戦経験、つまり実戦で敵を殺したかどうかということだ。

これは戦乱の世に始まった制度で実戦経験のない者は半人前という、傭兵たちの考えともマッチしていた。このため、この条件は削られることなく、今でも残されていた。しかし、比較的平和な地域では実戦そのものが少ない。

兵士として戦場に行く以外の傭兵の仕事は商隊などの護衛任務が圧倒的に多い。護衛の場合、襲われないことが第一であり、抑止力となる程度の戦力で任務に当たるため、実戦を経験する機会は一般人が思うほど多くない。ほとんどないと言っていいほど少ないのだ。

だが、抑止力が効かないほどの戦力に襲われると、新人は真っ先に死んでしまうため、新たに登録された新人は十級のまま、何年も過ごすことになる。

それを回避するため、傭兵ギルドでは人型の魔物、中鬼《オーク》や小鬼《ゴブリン》などで新人に実戦を経験させるようにしていた。

今回、レイが戦うオークも、そういった事情で確保されているものだった。

シャビィが申請に行ってから、三十分ほど待った。

アシュレイは許可が下りるか心配していたが、レイも十級の新人ということで思ったよりあっさり支部長の許可が下りた。シャビィが先頭になり、訓練場の更に裏手にある倉庫のような建物に向かう。

大きさは訓練場の三分の二ほど、二十メルト×二十メルトの大きさで、中に入ると、畜舎のような獣の臭いが鼻を突く。シャビィは照明の魔道具に明かりを灯すと、地下へ続く階段を慣れた足取りで下りていく。二人もそれに続き、地下に下りると臭いは更に強まり、獣の鳴き声に似た呻き声のような声が聞こえてくるようになる。

地階は地上部より大きく、いくつかの牢があり、その中にはオーク、ゴブリンなどの人型の魔物が十四以上いるようで、彼らが入っていくと叫び声が更に大きくなる。

レイは初めて見るオークの姿を興味深そうに見つめていた。

その姿は二足歩行で身長百八十セメルほどの人型だが、突き出した腹、短い脚、毛深い体毛など見るからに魔物そのものだった。レイに向けたその顔は潰れた鼻、下顎から上に突き出した数セメルの牙、鋭い目付き、そして額にある二セメルほどの小さな角が〝鬼〟という印象を強くする。

（凶悪そうな顔だ……まさに〝鬼〟だよ。こいつと今から戦うのか……せめて、ゴブリンなら……駄目だ、これはシャビィさんが言ったように〝度胸〟をつけるものなんだ。弱いと分かっている相手じゃ駄目なんだ。でも、ほとんど人間の姿なんだよな……）

彼はオークの姿を見ながら、まだ人を殺すために武器を手に取るということに躊躇いを感じていた。いや、頭では自分が生き残るために必要なことだと分かっている。

だが、心はそんなに簡単に〝日本人〟を止めさせてはくれない。染みついた倫理観は一朝一夕で変えられるものではなかった。

ギルド職員が準備をする間に、彼はシャビィに十メルト四方の壁に覆われたスペースに連れていかれる。

「ここでオークと戦ってもらう。入ってきた扉はオークが逃げないよう外から完全に閉鎖される。そして、向こうの扉から奴が出てきたら、その扉も完全に閉鎖される。奴かお前さんが倒れるまで、扉は開けない。俺とアシュレイは上から見ているが、お前が危なくなっても手出しはできねぇ。分かったな」

レイは周りを見回す。等間隔で並ぶ照明の魔道具に照らされたその場所は薄暗く、足元の土は踏み固められ、ところどころ砂が撒かれていた。その場所をよく見てみると、黒く変色しているようにも見える。

（あの場所は血で変色したんだろうな。まるで闘技場で戦う剣闘士だ……生きて出るためには敵を殺すしかない。確かに度胸はつくだろう。だが、本当にこれが正しいことなのか……いや、ここは日本じゃないんだ。前にも覚悟を決めたはずだ。何としてもオークを殺す……）

彼はもう一度周囲を見回す。

自分が入ってきた方の扉、オークが入ってくる扉を順に眺め、そして最後に上を向くと、観客席のような段になった席が見えた。

そして、彼は覚悟を決め、シャビィに頷く。シャビィは彼の肩を軽く叩き、扉から出ていった。

愛槍アルブムコルヌを構え、オークが出てくる扉を睨みつけていた。

ガタンという音の後、扉がギギィーという音を立てながら、ゆっくりと開く。

半ば開いたところで、突然扉が勢い良く開き、片手に長さ一メルトほどの剣を持ったオークが飛び込んできた。

その予想外の展開に「うわぁ！」と言って驚き、体が一瞬硬直する。

（開始の合図も何もなしか！　せめて、開始の言葉くらい掛けて欲しかったよ……）

硬直した一瞬の隙を突き、オークが体当たりをするように接近してくる。重量感のあるオークの突進は脅威を感じさせたが、その攻撃は直線的であり、更に最初に感じていたよりスピードが遅かった。よく見れば充分回避が可能な攻撃だった。

一瞬だけパニックに陥ったが、レイは思ったより冷静にそのことに気付き、オークを牽制するように槍を突き出す。オークは憤怒の表情を浮かべたまま、槍を弾こうと横薙ぎに剣を振るった。レイはその行動を予想していたかのように槍を引き、その攻撃をはぐらかす。

（思った通りだ。怒っているから行動が予想できる。後は体が真剣に対して、どう反応するかだけだ……）

オークは右手に持った剣をその膂力を生かし、軽々と振り回していた。

鋭さはないが、ブォンという風切り音が彼の耳に届き、真剣を向けられているという緊張感が彼を襲う。そして、シャビィが真剣で攻撃してきた時のように腰が引けていく。

だが、〝良く見れば恐れることはない〟というシャビィの言葉を思い出し、オークの方に向き直った。

（シャビィさんやアシュレイのような鋭い音じゃないんだ。よく見ろ、あんなに滅茶苦茶に振っても当たりはしない。当たらなければただの棒だ。落ち着け、落ち着け……）

レイは徐々に冷静さを取り戻していく。落ち着きを取り戻した彼がオークの隙を突くように槍を繰り出すと、その攻撃は面白いように決まる。レイの攻撃が決まる度にオークは怒りの咆哮を上げるが、その姿は見る見る血塗れになっていった。自分の攻撃が当たることで、更にレイの思考はクリアになっていく。

（真剣の恐ろしさが克服できたのかは、よく分からないな。確認するためには鎧で受ける訓練をやるしかないか……）

彼はオークの振るう剣に恐怖を感じなくなっていたため、昨日までやっていた鎧で受ける練習を始めた。槍を逆に持ち、オークに石突きが向かうように構えを変える。オークも危険な穂先が自分に向かっていないことに気付き、がむしゃらに突っ込んでいく。

レイはオークとの距離を調整しながら、オークの剣を鎧で受けるため、わざと隙を作り、攻撃を誘導する。オークはその意図通り、剣を上から斬り下ろした。

分かっていても思わず腰を引いてしまい、中途半端な体勢のまま、その斬撃を胸甲《キュラス》で受けてしまった。

金属同士が激しく打ち合わされる音が闘技場に響き渡る。

オークの力任せの一撃が彼の胸に直撃すると、体勢が不安定であったこととオークの強い膂力のためバランスを崩してしまうが、何とか踏み止まることに成功した。

（こ、怖い……衝撃だけならアシュレイの方が上だけど、やっぱり真剣だと思うと腰が引ける。次はうまく受けきってみせる……）

闘技場の上から見ているアシュレイとシャビィはレイがオークの攻撃を鎧で受け始めたことに驚いていた。

「おい、レイの奴、鎧で受ける練習を始めやがったぞ。あんだけ真剣を怖がっていたのによぉ」

呆れるようなシャビィの声がアシュレイに届くが、彼女はレイの姿を目で追い、ほとんど聞いていない。

「あいつなら、レイならやれると思っていた。あっ！　腕を……大丈夫か？　ギリギリでかわしたのか？　ふっ、お前ならやれると信じている……」

彼女はレイの戦いを見ながら、彼がダメージを負う度に何か呟いているが、それは隣にいるシャビィに言っているわけではなかった。

（こりゃ、レイの奴に相当惚れているな……）

シャビィはレイを見ながらも、アシュレイの様子を面白そうに横目で見ていた。


レイは十分ほどの戦闘で、オークの攻撃をほぼ確実に鎧で受けることができるようになっていた。

（よし、真剣でも模擬剣でも同じに見えるようになった。後はこいつを殺すだけだ。できるのか、僕に……）

十分間、滅茶苦茶に剣を振るっていたオークだったが、さすがに疲れが見え始め、荒い息使いになっている。

レイはオークの攻撃が鈍ってきたことを感じ、槍の穂先をゆっくりとオークに向けた。

オークも穂先が自分の方を向いたのを見て、生命の危機を感じたのか、再び無茶苦茶に剣を振るい始めた。彼は冷静にその動きを見定め、突きを繰り出す構えを取る。

（次の攻撃で殺す。このオークに恨みもないし、殺す理由もないけど、僕はこいつを殺す。覚悟を決めろ！）

彼は剣を振り切り、隙だらけのオークの咽喉《のど》を目掛けて、槍を繰り出した。迷いを振り切ったその槍は、真っ直ぐオークの咽喉に突き刺さった。

グォッという呻き声を上げたオークは血飛沫を上げながら恨みを込めた目をレイに向け、床に沈んだ。

（殺せた……殺した……慣れなければいけないのかもしれないけど、慣れてはいけない気がする。オークもこんなところで死にたくはなかっただろうに……）

彼はしばし黙祷《もくとう》し、オークの冥福を祈る。

（偽善だと分かっている。でも、この気持ちを忘れたくはない。忘れれば、日本に帰れなくなるような気がするから……）

彼が入ってきた扉が開き、シャビィが現れた。

「よくやった。この後はもう一度、さっきと同じ訓練をやるぞ」

シャビィは達観したようなレイの姿を見ながら、

（興奮も恐れも何もないみたいだな。初めての殺しで興奮する奴がほとんどなのにな。本当にさっきと同じ男なのか？　本当に分からない奴だ……）

二人はアシュレイと合流し、再び階段を上がっていった。

訓練場に戻ったシャビィは、再び真剣を持ち、レイと模擬戦を始めた。

先ほどまであれほど真剣を恐れていたレイだが、オークとの戦いで何か掴んだのか、冷静さを失わず、シャビィの攻撃を捌けるまでになっていた。

そして、午後からは考えていた魔法を一度だけ使ってみた。

奇襲を掛けるように魔法を発動すると、シャビィは訳が分からないうちにレイに敗れていた。

「な、何なんだ、今のは？　こいつがうまく行けば勝てる、勝てるぞ、レイ！」

シャビィは興奮気味に叫ぶが、周りに人がいることを思い出し、すぐに興奮を収める。

（今のは何だったんだ？　一度だけなら間違いなく動きが止まる。一度目を外したとしても、レイに魔法を使わせないように気を遣わなけりゃならねぇ。結構きついぜ、セロン……）


時は前日に遡る。

傭兵ギルドの訓練場で背の高い二十代後半の弓術士が訓練を行っていた。その弓術士はおざなりの訓練をしながら、レイの特訓の様子を眺めていた。彼はセロンのパーティメンバーであるアドレーで、アシュレイとシャビィの二人掛かりの攻撃を捌くレイの姿を目の当たりにし驚嘆する。そして、すぐに仲間たちがいる宿に戻ると、リーダーであるセロンにその話を伝えた。

「セロン、油断すると奴に足元をすくわれるぞ、奴の槍は結構厄介だ」

それに対し、セロンはアドレーの忠告を鼻で笑い、相手にしない。

「アシュレイとシャビィの二人掛かりの攻撃を捌いていただと？　まあ、多少は使えるってことか……だが、俺なら二人相手でも圧倒できる。アドレー、お前は俺が負ければいいと思っているんじゃないのか？」

アドレーはセロンのパーティに加わっているが、決して心から信服しているわけではなかった。彼は実家の借金をセロンに肩代わりしてもらっており、もし、セロンが死ねば、その証文は裏社会の人間に渡ると彼に脅されているのだ。

「そんなこと思うわけないだろうが。お前に何かあれば困るのは俺なんだぞ。だからお前が確実に勝てるように奴の様子を見てきたんじゃないか！」

「分かった、分かった。怒鳴らなくてもいいだろう。冗談だ」

軽く手を振り、笑って誤魔化すが、セロンも決して油断しているわけではなかった。

（少なくともヒドラを倒したことは間違いねぇ。奴には何か隠された力がある。守衛の話じゃ、光の魔法を使っていた。それも見たことがねぇ変わった光の魔法を……恐らく、見た目通り落ちぶれた聖騎士なんだろう。魔法を使って奇襲を掛けてくるつもりなんだろうが、使われる前に決めてやるよ……）

八　決闘

決闘の前夜。

レイは夕食の時も、気負いもなく、普通に過ごしているように振る舞っていた。

しかし、部屋に戻り一人になると、頭は明日の決闘のことで一杯だった。自分の命を懸けた戦いをやらなければならない、その恐怖に押し潰されそうだった。

(やれることはすべてやった……でも、明日の夜を迎えられないかもしれないと思うと……こんなところから逃げ出してしまいたい……)

〝コン、コン……〟

考え事に没頭し、気付かなかったが、ドアをノックする音が部屋に響いていた。ドアを開けると、そこには柔らかな笑みを浮かべたアシュレイがいた。

「中に入ってもいいか」

彼は一瞬何事かと思ったが、中に招き入れると、彼女に椅子を勧め、自分はベッドに腰掛けた。

「何か用事でも？」

「いや、今頃恐ろしくなっているのではないかと思ってな。明日はレイの〝初陣〟だ。初陣を前にした戦士は恐怖で眠れなくなると聞いたから」

レイはその言葉に違和感を覚える。

「聞いたことがある？　アシュレイは初陣の時、恐ろしくなかったのか？」

アシュレイはどう言っていいのかと少し考え、

「私の初陣はいきなりだったからな。移動中に襲われて、止むなく戦闘に参加した。だから前日の気持ちというものが、よく分からないのだ……」

レイはアシュレイが自分のことを想って部屋を訪れてくれたことが嬉しかった。しかし、すぐに明日の決闘のことに意識が向き、会話を楽しむ余裕はなかった。

一方のアシュレイも部屋を訪れたものの、どう切り出していいのか悩むかのように黙ったまま、口を開かない。何となく気まずい空気が流れるが、アシュレイが訥々《とつとつ》と話し始めた。

「こういう時に何を言うべきなのか、よく分からないのだ……だが、これだけは言っておきたい……」

レイの手を取り、真っ直ぐに目を見つめる。

「生きていて欲しい。逃げてもいいから生きることを選んで欲しいと……以前の私なら、卑怯者と蔑んだのだろうが、今はお前がいなくなることに耐えられない……」

その真摯な言葉にレイは一瞬言葉を失う。

「分かったよ。殺されそうになったら見栄も外聞も捨てて、武器を置いて命乞いをする。だからアシュレイも約束して欲しい。セロンが挑発してきても決して乗らないと。それだけが心配なんだ……」

「ああ、約束しよう。お前が殺されてもセロンには挑まないと……」

レイは小さく頷き、「決闘が終わったら、君に聞いてもらいたい話がある。明日……終わったら……」と最後は言葉が宙に消えていく。

再び沈黙が部屋を支配した。

レイは目の前にいるアシュレイを見つめながら、心の中で葛藤していた。

(死を前にすると人肌が恋しくなるというのは本当だ。このままアシュレイを抱きしめてしまいたい。でも……明日生き残ったら……何か死亡フラグっぽいけど、生きる目標になる。絶対に生き残る……)

アシュレイはレイの何かを求めるような、それでいて踏み込めないでいる姿に愛おしさを感じていた。

(話したいこととは何だろう？　レイは私のことをどう思っているのだろうか？　私と同じように……明日の夜を無事に迎えられるのだろうか？　もし、レイが死んだら……殺されたら、絶対にセロンを許すことはできない。約束を破っても奴を殺しに行く……)

アシュレイは彼をもう一度見た後、何も言わず、そのまま静かに部屋を出ていった。

残されたレイはその扉を見つめていた。

(生き残ったら、僕が違う世界から来たことを話そう。そして、一緒に旅をしてくれないかと話をしよう……そして……)

彼はアシュレイが来てくれたことで、少しだけ死の恐怖を忘れられた。

そして、明日のことを考えないようにしながら眠りに就いた。


決闘の日の朝。

レイはいつものように朝六時に起床した。木窓を開けると煌くようなまぶしい朝日と共に爽やかな風が部屋に入ってくる。昨夜は思ったよりすんなり眠ることができ、彼の体調はいつもと同じで特に問題はなかった。

彼は大きくあくびをする。

（ふぅわぁー。よく寝たなぁ……体調はいい。昨日の夜のあの緊張感もほとんどなくなっている。あとはこれからの数時間をどう過ごすかだな。体は軽く動かすとしても、あまりハードな訓練をするつもりはないし、魔力を消耗することもしたくない。でも、何かしていないと落ち着かないし……）

そんなことを考えながら、朝の練習の準備をする。日課となっている裏庭での訓練に向かうと、アシュレイは既に素振りを始めていた。

彼女の目はやや赤く、寝不足に見えるが、彼はそのことに気付かない振りをした。

挨拶を交わすと、レイも素振りを始める。

アシュレイが「調子はどうだ？」とぼそりと尋ねると、彼は笑顔で「昨日はよく眠れた。体調はばっちりだよ」と返した。気負いのない答えにアシュレイも笑顔を返す。

（本当に大丈夫そうだな。だが、まだ時間がある。作戦のため、午後三時にしたのは仕方がないが、この待ち時間は辛いな。こういう時は本人より、周りの方がきついのかもしれない……）

レイも同じようなことを考えていた。

（まだ八時間以上ある。今はまだ緊張していないけど、段々、緊張してくるんだろうな。試験の時を思い出す……あの時も直前までドキドキしていたんだっけ？　何か遥か昔の出来事みたいに感じるな……日本にいれば、大学生活が始まっていたんだよなぁ）

朝食を摂った後、午後三時までの時間をどう潰すか、アシュレイと相談する。彼女の意見では、午前中はシャビィと訓練を行い、午後は体を休めるのがいいのではないかとのことだった。レイも特にしたいことがあったわけでもなく、アシュレイの意見に従うことにした。

（のんびりするのも良かったけど、結局、じりじりと緊張感が高まっていくくらいなら、体を動かしておいた方がいいってことか）

傭兵ギルドの訓練場に行くと、いつもより人が多かった。どうやら、レイとセロンの決闘を見物するためのようだ。

（見物人の立入禁止って、ちゃんと伝わっているよな。まあ、カトラー支部長に任せてあるし、気にしないでおこう）

レイとシャビィ、アシュレイが訓練を始めると、周りの視線が彼らに集まっていく。

最初は気になったが、一心不乱に槍を振るうことで、周りの雑音は彼の耳に入らなくなっていった。

午前中はいつもの二対一の模擬戦をこなしていく。さすがにシャビィも今日は真剣を持たず模擬剣であったが、レイは昨日よりも切れのいい動きで二人の攻撃を捌いていく。

実際には二人もレイに気分よく決闘に向かって欲しいため、昨日までより多少手を抜いていた。それでも日に日に強くなる彼に興味は尽きなかった。

シャビィは時折余裕の笑みすら浮かべるレイに、この十日間で変わったものだと感心していた。

（それにしてもよくここまで来たものだ。昨日のオークとの戦いで一皮剥けたかもしれんな。しかし、こいつの槍術のスキルはいくつになったんだ？……今、こいつと真剣に戦ったとして魔法なしでもかなり梃子摺《てこず》るだろう。魔法を使われたら……）

午前中の訓練を終え、昼食を摂った後、セロンとは顔を合わせたくなかったので、二人は十分ほど離れた住宅街に向かった。

丘を登りながら、九十九折《つづらおり》の坂の途中にあるベンチに座り、春の気持ちのいい午後の風を全身に受けていた。二人の間に会話はほとんどないが、レイは緊張や恐怖を不思議なほど感じていなかった。

午後二時の鐘が鳴った。少し早いが二人は傭兵ギルドに入った。まだ、セロンは来ておらず、受付前の待合スペースでのんびりと時間を潰していく。

ふと見上げるとギルドにある時計が午後二時五十分を示していた。アーロン・カトラー支部長が現れるが、未だ現れていないセロンに不満げな様子を見せる。しかし、特に何も言わず、時が来るのを待っていた。

午後三時。革鎧を着けたセロンが、いつものようにパーティメンバーを伴って現れた。

カトラー支部長は不機嫌な顔で、「立会人を待たせるとはいい度胸だな」と言い、

「もう少しで不戦敗にするところだったぞ。まあいい、二人とも条件に変更はないな。なければ、すぐに訓練場に行くぞ」

セロンは支部長の前に立ち、軽い口調で話し始める。

「待ってくれよ、支部長。条件なんだが、見物人を入れてもいいだろ。こいつらが見たいって言うからよ」

支部長は不機嫌そうな表情を更に強め、

「駄目だ。それとも不戦敗にして、再戦の形にするか。それでも良ければ考えてやる」

セロンはやれやれといった感じで肩を竦め、支部長に付いていく。

レイ、セロン、カトラー支部長の三人が訓練場に入ると、ギルド職員が訓練場から人を追い出していく。傭兵たちから抗議の声が上がるが、支部長の一喝ですぐに騒ぎは収まり、傭兵たちは大人しく訓練場を後にした。

関係者だけになったところで、職員たちが開いている扉をすべて閉めていく。最終的には明かり取り用にある上部の窓だけが開いている状態になり、訓練場の床には斜めに入った日の光が影を作っていた。


三十メルト×二十メルトの訓練場に三人の男たちが立っていた。

一人は防具もつけずに中央に立つ強面の男。

一人は薄笑いを浮かべた革鎧の軽戦士。

最後の一人は槍を携えた純白の金属鎧の若い騎士。

異様な組み合せだった。普段は傭兵たちで溢れ、狭さすら感じる訓練場が今日はガランとした感じで、いつもより広く感じられる。

二人の距離はおよそ五メルト。その間に支部長が立ち、勝利条件などの注意事項を淡々と説明していく。セロンは詰まらなそうにそれを聞き流し、レイを挑発するように嘲笑を向けていた。

レイは平常心を保つため、支部長の説明を聞く振りをしながら、それを無視する。

「それでは二人ともいいな。もう一度言っておくが、故意の〝殺し〟は厳禁だからな。俺の制止の声を無視したら、その場で負けにする。いいな」

二人が頷くのを見て、支部長が「始め！」と叫び、後ろに下がった。

レイは支部長の合図の前から、静かに精霊の力を左手に集めていた。

（厳密に言えば反則かもしれないけど、禁止事項に入っていない。こうでもしないと先手を取れない……）

彼は開始の合図と共に、セロンの様子を窺いながら、右手で槍を構え、迎え撃つ体勢を取りつつ、右に移動する。セロンは特に警戒する様子も見せず、無頓着にレイに向かって距離を詰めていく。

開始の合図から二秒ほどで、精霊の力が溜まる。

レイは自分が訓練場の影の部分に入ったタイミングで、セロンに向けて閃光の魔法を放った。

彼の左手からカメラのフラッシュを強力にしたような眩い光が放たれた。訓練場は無音の白い光に包まれ、ゆっくりと光は消えていった。

レイは無警戒のセロンがもろにその光を見たと確信する。

（よし、掛かった！　この隙に攻撃を……なっ！　なぜだ⁉）

レイが攻撃しようとしたその直後、セロンは光が収まる前に彼に肉薄していた。

目潰しが効いたと思い込んでいたレイは、セロンのその動きに意表を突かれ、脇腹を狙ったシミターの斬撃をもろに受けてしまう。

ガンという金属を叩く音が周囲に響く。レイは脇腹に強い衝撃を受け、痛みに目の前が暗くなるが、幸い刃は鎧で防がれており、致命的ダメージは負っていなかった。だが、すぐに二太刀、三太刀と鋭い攻撃が彼の腕に襲い掛かる。その剣速はサーベル使いのシャビィに匹敵し、僅かに回避するタイミングが遅れ、左腕を薄く斬られる。

セロンはそのまま攻撃の手を緩めることなく剣を振り続けた。

シミターの曲線を生かした〝斬る〟攻撃が、左右から絶え間なくレイに襲い掛かっていく。手首を切り落とすような小さい半径の動きや、下から斬り上げるような大きな半径の動きが混じり合い、剣舞のような動きで彼を斬り刻んでいく。

その足捌きは鋭い直線的なものではなく、ダンスのようなゆっくりとした優雅なターンが交えられていた。更に、そのターンに腰の回転が加わり、シミターが〝ヒュッ、ヒュッ〟という高い風切り音を上げて、彼に襲い掛かっていく。そして、鋼の刃が鎧に当たった時に出す、〝ガン、ガン〟という音が訓練場の中に響いていく。

彼の鎧、雪の衣《ニクスウェスティス》の高い防御力と、鎧で受ける訓練の成果により、未だ致命的なダメージは受けていないが、それでも十数回に及ぶ攻撃で十箇所近い傷を負っていた。

（くそっ！　痛い！　このままじゃ拙いぞ……しかし、なぜ閃光が効かなかったんだ？　駄目だ、今はそんなことを考えている時じゃない。斬られたところは無茶苦茶痛いけど、まだ致命的なダメージはないんだ。頭を切り替えろ……鎧で受ければダメージはほとんどない。練習の時を思い出せ……）

二分ほど経ち、ようやく最初の混乱から立ち直った。露出している部分に入っていた攻撃も、分厚い鎧で受けることに成功するようになった。

（行けるぞ！　よし、反撃を……す、隙がない？……避けるので精一杯で反撃に出れない……どれだけ攻撃が続くんだ？）

セロンの攻撃は軽い。だが、その軽さには理由があった。

彼の場合、手数を増やすことで反撃の隙を与えず、ダメージを蓄積させていくスタイルであり、それに伴い一撃に使う体力を最小限に抑えるようにしていた。更に一方的な攻撃は相手の焦りを誘い、焦れた敵が無謀な攻撃を仕掛けてきたところで致命的なカウンターを決める。今までの対戦では圧倒的な力量の差がなければ、この方法で確実に勝利をものにしていた。

セロンはレイが焦り始めていることに勝利を確信する。

（動揺しているな。そうだろう。最初の魔法で決めるつもりが、いきなり攻撃を受け続けているんだ。それも途切れることのない攻撃を……早く焦って起死回生の攻撃を仕掛けてこい！　そうすればカウンターで決めてやるからよ……喉を切り裂けば、支部長が止めようが止めまいが奴は死ぬ。

それも不可抗力を装った攻撃でな）

セロンはレイが光属性の魔法を使うという情報を聞き、魔法で何かを仕掛けてくると考えた。光の矢や光の槍なら回避できる自信があったが、他にどういった魔法があるのか分からなかったため、自分のパーティの魔術師に想定される魔法を確認していたのだ。

さすがにオリジナル魔法の〝閃光〟までは予想できなかったが、顔の前に光の玉を飛ばして注意を逸らしたり、小さな光の針を飛ばしたりして、牽制してくるのではないかというのが魔術師の意見だった。セロンは不自然なレイの動きを見て、すぐに魔法での攻撃があると予想した。その結果、魔法が発動される瞬間に顔を伏せることに成功する。

レイはセロンの余裕のある顔を見て、永遠に攻撃が続くのではないかと焦りが募っていく。

（このまま避け続けても、いつかは腕や顔に致命的な攻撃が入ってしまう。奴のスタミナはどれだけあるんだ？　もう三分以上攻撃を続けているのに、あの余裕な顔は……駄目だ、焦るな。シャビィさんもアシュレイも言っていたじゃないか。自分が苦しい時は敵も苦しい。敵の方が自分より余裕があるように見える時がある。でも、それは錯覚だと……）

彼は二人の言葉を思い出し、冷静さを取り戻す。だが、最初の魔法がかわされたことに一抹の不安も感じていた。

（作戦は奴の攻撃を避けつつ、無理なら鎧で受ける。そして、奴が焦ってきた時にあの魔法を使う。そのためにこの時間を選んだんだ。でも、あの魔法もかわされてしまわないだろうか……）

数分経つと、余裕の笑みを浮かべているセロンも徐々に焦り始める。

（こいつの鎧は何でできているんだ！　俺の攻撃は確かに軽い。だが、これだけの手数を入れれば普通は凹んだり、接続部が壊れたりするはずだ。もう何十発入れていると思っているんだ。くそっ！　いい加減、鬱陶しくなってきたぜ……）

そんなことを考えながらも、セロンは攻撃を続けていく。

同じような攻撃が続くと思われた時、セロンは何の前触れもなく大きく振りかぶり、右上からの斜めに鋭い斬撃を放った。だが、それだけではなかった。斬撃を放った直後、体を捻りながら更に回転したのだ。そして、その回転の力を刃に乗せ、もう一度同じ場所へ叩きつけるような斬撃を打ち込んだ。

その一撃はシミターとは思えぬほどの重さを持った攻撃であり、レイが右の肩当て《スパールダー》でその攻撃を受けると、ハンマーで金属板を殴るような〝ゴン〟という大きな音が訓練場に響く。刃そのものは肩当てで止めたものの、殴られた衝撃はレイの鎖骨にそのまま伝わった。

鎖骨への衝撃で息が止まるほどの激痛が走る。

レイは「痛っ！」と呻き、膝をつきそうになるが、何とか堪え、再び回避に専念する。

（痛い！　軽いって言われていたシミターの攻撃なのに……腕は動く。骨は大丈夫そうだけど拙いぞ、このままじゃ……）

セロンを見ると、さすがに息は上がってきており、余裕の笑みも引き攣ったものになりつつあった。しかし、レイの姿も腕や顔などの露出している部分の他に、鎧の隙間に入り込んだ刃により無数に切り傷が作られ、白い鎧は新雪の上に赤い液体を撒き散らしたような赤い斑点と血が流れた深紅の線で彩られていた。

セロンは肩への一撃に手応えを感じた。

（はぁはぁ……今の一撃はいくらなんでも効いているはずだ。それにあの出血だ。放っておいてもそのうち動けなくなるんだろうが、こっちのスタミナもやばくなってきた。それに奴は最初に切り札を使い切った。ここらで一気に終わらせてやろう……）

セロンは獰猛な笑みを浮かべ、更に手数を増やしていく。

金属同士がぶつかり合う高い音が更に大きく、そして早くなる。

レイは槍で受けることを諦め、避けることと露出部分に当たらないようにすることで精一杯だった。

（セロンは決めに掛かっている。一瞬、一瞬だけでいい、隙を見せてくれれば距離が取れる。一瞬だけでいいんだ……）


セロンの攻撃は決闘が始まってから十分近く続けられていた。

百回を超すセロンの攻撃がようやく終わりを見せるが、攻撃を受け続けたレイの姿は壮絶なものに変わっていた。純白の鎧は赤く染まり、彼が動く度に僅かずつだが砂の上に血が飛び散っていく。

だが、見た目より彼には余裕があった。

（よ、ようやく、一息つくのか……体中が痛い……どれだけ斬られたんだろう？　それにしても日本にいる頃なら、少しのケガでも大騒ぎしていたはずなのに……無駄なことを考えている余裕はない。集中しろ！）

一方、攻撃を続けるセロンだが、大きく肩で息をしており、疲労の色が濃い。

(はぁはぁ。くそっ、亀かこいつは！　頑丈な鎧に身を隠しやがって……それにしてもこんなに攻め続けたのはいつ以来だ？　次で決めてやる)

次の一撃で決めようと先ほどと同じようにレイの肩に大振りの一撃を加えようとした。しかし、蓄積された疲労のためか、前回のような鋭さはなかった。今までに比べ、僅かに振り抜く速度が落ちていた。

レイはその僅かな隙を突いて、よろめくように半歩下がった。距離を取ったことにより、長く続いた攻撃がようやく途切れた。そして、油断なくセロンを見つめ、自分の位置を確認する。

(ふぅー。何とか距離を取ったけど、場所が悪い。それにしても疲れた。うまく動けるか……)

セロンは止めこそ刺し損なったが、それでも心理的には余裕があった。

(外したか……まあいい。もう力も残っていないだろう。一息入れたら、もう一度ラッシュをかけてやる。そんな目で見ても、お前はもう詰んでいるんだよ)

レイはセロンを睨みながら、ゆっくりと横に回り込むように動く。セロンも距離を詰めるタイミングを計りながら、レイの動きに合わせる。

先ほどまでの激しい剣戟の音が急に静かになり、二人が足を運ぶ〝ジャリ、ジャリ〟という音だけが訓練場に響いていた。

西日が差し込む訓練場の中で、二人はゆっくりと円を描いていく。そして、いつ斬り合いが始まってもおかしくない、緊張した空気が彼らを包んでいた。

（この緊張感がきつい。いつ斬り掛かってくるんだ？　もう少し……もう少し我慢しろよ……）

レイの体感時間では数十秒、だが実際には十秒も経っていない時間で、彼が先に光の当たる地面の場所に足を踏み入れた。

そして、すぐにセロンもその場所に足を踏み入れ、二人の足元には二本の長い影が地面に伸びていた。

（よし、行けるぞ！　あとは気付かれないように精霊の力を溜めるだけだ。だが、どうやってやる……こいつの性格を利用するか……）

レイは突然、セロンに話し掛けた。

「それだけの腕があるのに、なぜ上を目指さない？　今の戦いでも結構手を抜いていたんだろ？」

セロンは不意に話し掛けられたが、警戒しながらも話に耳を傾けていた。更にレイの話は続く。

「この鎧の馬鹿げた防御力がなければ、最初の攻撃で負けていたよ。それにそれだけのスタミナ。こっちは今にも膝が笑いそうなのに……それなのに、なぜこんな田舎で燻っているんだ？」

そのレイの問い掛けに、セロンは小馬鹿にしたような表情を作る。

「お前には分からんよ。あの日の屈辱、忘れることなどできん。お前は挫折を味わったことがないのか？　噂じゃ、お前も落ちぶれた騎士なんだろう？　ははっ、そうか、記憶がないって話だったな。じゃ、初めての挫折を味わえ。ふっふっ、だが、安心しろ、もう二度と挫折することはない。なんせ、ここで人生が終わるからな……ふ、ははは！」

〝人生が終わる〟という部分はカトラー支部長に聞こえないよう声を潜め、最後は大きな笑い声を上げていた。

レイは簡単に自分の策に乗ってくるセロンにほくそ笑みそうになるが、油断は禁物と表情を引き締める。

（よし、掛かったぞ。本当に単純な奴だ。これでこの街一番の腕なのか？……駄目だ、他のことを考えては。今は勝つことに集中しろ）

セロンが笑い始めたタイミングで、レイは左手を引くようにして隠し、精霊の力を溜め始める。

セロンは最初、自分の言葉に酔い、その動きを見逃した。だが、目を戻すと左手を不自然な形に構えていることに気付き、「まだ、魔法に頼るのか？　無駄だ！」と叫びながら、シミターを振りかざして一気に距離を詰めていった。

レイは心の中で〝今だ！〟と叫び、闇の魔法を発動した後、更に右手に持った槍をセロンに向けて突き出す。

同時に彼の左手からは漆黒の細長い物体が飛び出すが、それはセロンではなく、彼の足元の地面に向かっていた。

自分に向かってこない魔法に勝利を確信し、セロンの顔に嫌らしい笑みが浮かぶ。

（焦って打ち損ないやがった。詰めの甘い野郎だ。これで勝ちは貰った！　うん、何だ⁉）

レイも心の中で喝采を上げていた。

（命中だ！　あとはどの程度の効果があるかだ……）

レイの狙いは初めからセロンではなかった。正確にはセロンの体ではなかったのだ。

彼の左手から飛び出した闇色の杭は、セロンの影、踏み出した右足の影に突き刺さっていた。影に闇が突き刺さった瞬間、セロンは何かに躓いたように僅かにバランスを崩した。

それが致命的な隙となった。魔法と同時に放たれた槍が、セロンの目の前に迫る。

バランスを崩し不安定な体勢ながら、セロンは抜群の反射神経で、その一撃をシミターで弾いた。

弾かれたレイの槍はセロンの顔を掠めていく。

シミターで右側に弾いたものの、レイの一撃は思いのほか鋭く、その勢いに更に体勢を崩してしまう。転倒を免れるため、セロンは強引に体勢を立て直そうと左足を踏み出した。その結果、彼の両足は揃ってしまい、完全に動きを止めることになった。セロンの戦闘スタイルは動きながら攻撃をかわし、相手を翻弄していくのだが、最も必要とする瞬間に、彼の動きは完全に止まってしまったのだ。

それだけではなかった。レイが放った最初の突きはただの牽制に過ぎなかった。回避されることを予想していたレイは、セロンに弾かれた直後に右手一本で槍を強引に引き戻し、更に魔法を撃ち終えた左手を添え、両手でしっかりと槍を握ると、そのまま体を左に回転させて薙ぎ払う。

セロンはすぐにレイの意図に気付き、咄嗟に左手のバックラーで槍を受け止めようとした。

本来ならバックラーで弾くのだが、動きを止めてしまったため、レイの体の回転力を加えた強力な槍の薙ぎ払いを小さなバックラーで受け止めざるを得なかったのだ。

鋭く重いその一撃は軽々と左腕ごとバックラーを弾き飛ばした。そして、レイの槍アルブムコルヌの十字に張り出した刃は、勢いを弱めることなくセロンの革鎧に突き刺さる。

セロンはグハッと息を吐くような悲鳴を上げた。彼の眼には自らの左脇腹に突き刺さった槍が映っていた。

レイはダメージを与えたと確信するが、すぐに槍を引き抜き、更に畳み掛けるように攻撃に転じていく。その攻撃は大振りを避け、突きを中心とした堅実なものだった。

セロンはシミターとバックラーでレイの槍を捌くが、脇腹を傷つけられ、次第に動きに精彩を欠いていった。

それでもレイは慎重だった。

（相手はベテランの冒険者だ。何を隠し玉に持っているのか知れたものじゃない。支部長が勝ちを宣言するまで、絶対に気を抜くな……）

自らにそう言い聞かせると、距離を取りながら、動きの鈍ったセロンを追い詰めていく。セロンは動く度に走る激痛に徐々に戦意を失っていくが、逆転の一撃を狙っていた。

（早く治療しねぇと死ぬかもしれねぇ。どうする。ちまちまと突きを出してきやがるから、反撃の隙がねぇ……奴を挑発するか。それとも相討ち覚悟で……駄目だ。槍の方が先に当たる。奴を挑発するしかねぇ……）

セロンは痛みを堪えながら、余裕の笑みを浮かべようと努力していた。だが、その顔は苦痛に歪んでいるようにしか見えない。彼はそのことに気付かず、レイを嘲笑するように声を掛ける。

「さっきの魔法は何だ？　卑怯な手を使いやがって、それでも男か？　アシュレイの奴も魔法でどうにかしたのか？　そうなんだろう？」

レイはセロンの表情と、挑発するような言葉を聞き、逆に冷静になっていく。

（セロンは焦り始めている。挑発して隙を作ろうとしているんだ。よし、徹底的にやってやろう……）

レイはセロンの挑発に乗ることなく、逆にできるだけ冷静な口調で、「魔法は使っても問題ないと確認した。それとも何か？　新人相手にハンデを貰わないと勝てないのか？」と返した後、馬鹿にしたような口調に変えて嘲笑する。

「そんなことを言っているから、ベテラン連中から相手にされないんだよ。お山の大将を気取りたいのなら、子供でも相手にしていればいいんだ。まあ、子供もすぐに成長するから、何をやっても駄目か」

レイの辛らつな言葉にセロンが反応する。普段なら乗らないような挑発だが、痛みと焦りで冷静さを欠いたセロンは、自分が触れられたくない話題で挑発されたことにより、一気に激高してしまった。

「ベテラン連中に相手にされないだと！　お山の大将だと！　くそっ！　お前もハミッシュと同じか！　馬鹿にしやがって！　クソッ、クソッ、クソォォオ！」

セロンは怒りにより、先ほどまでの剣舞のような華麗な剣捌きには程遠い、無茶苦茶な動きになっていた。レイは策が成功したことを喜ぶより、〝この程度で逆上するのか？〟と呆れる。だが、油断なく、自分に向けられる攻撃を捌いていく。

レイにとっての好機は唐突に訪れた。怒りに我を忘れたセロンが振り抜いたシミターの勢いに流され自ら動きを止めてしまったのだ。それでもレイは慎重に敵の動きを見極めていた。

（ここだ！　足を奪えば勝ちだ。大振りはいらない）

完全に止まったセロンの足を狙って、コンパクトな突きを放つ。冷静な時のセロンなら軽くかわしたであろうその突きは、あっさりと彼の左の太ももに当たった。鋭い穂先のアルブムコルヌはセロンの革製の防具を易々と突き破っていく。セロンは痛みに悲鳴を上げ、シミターを手放し太ももを押さえて蹲《うずくま》った。

それを見たカトラー支部長がレイの勝利を宣言する。

「勝者、レイ・アークライト！」

支部長の勝利宣言が、三人しかいない訓練場に響き渡る。

開始から十五分、二人の闘いに決着がついた。


レイは支部長の勝利宣言を信じられない思いで聞いていた。

（勝ったんだよな、僕が……あのセロンに本当に勝ったんだ……）

支部長はそれ以上声を掛けることなく、すぐに入口に走り出した。セロンの出血が思いのほか酷く、ただちに治療が必要だったからだ。

入口で待機していた治癒師は支部長の命令ですぐに駆け込み、倒れているセロンに治癒魔法を掛けていく。動脈が傷ついていたのか、彼の体の下には砂地の地面であるにもかかわらず、大きな血溜まりができていた。当のセロンは大量に出血したためか、それとも敗北による失意のためか、動く気配がなかった。治癒師がギルド職員に担架の手配を頼むと、すぐに別の職員たちが現れ、セロンを運び出す。

それと入れ替わるように、アシュレイが訓練場に入ってきた。

レイの無事な姿を見て、「勝ったのか？」と安堵した表情で尋ね、「本当に勝ったのだな？」と信じられないという表情で確認する。

だが、すぐに血塗れの鎧であることに気付き、「ケガは……体は大丈夫か！」とレイの腕を支えるように掴んだ。

「大きなケガはしていないけど、結構痛いんだ……すみません、こっちもお願いします」

レイは治癒師を呼び、顔や腕に付いた傷、鎖骨の痛みを治療してもらう。

鎧の隙間から斬り裂かれた場所もあるが、さすがに傭兵ギルド専属の治癒師であり、この程度の傷なら鎧の上からでも治療ができるようで鎧を外すことなく魔法を掛けていく。

カトラー支部長が二人に近づき、「おめでとう。お前の勝ちだ」とレイに右手を差し出した。

レイはその手を取り、恥ずかしそうに「ありがとうございました」と頭を下げ、アシュレイにも「勝てたよ、ありがとう」と笑顔を見せる。

アシュレイがうんうんと頷いていると、支部長がどう聞いたらいいものかと悩むように、「差し支えがなければ教えて欲しい」と声を掛ける。

「これは元傭兵としての興味だ。勝敗には関係ない」

レイは未だに生き残れたことが実感できず、「何についてでしょうか？」と呆けたように聞き返した。

「まず、お前の魔法だが、呪文を詠唱していないように見えた。無詠唱は高度な技術だが、それが使えるということなのか？」

レイはアシュレイの方を見て、話していいのかと目で確認する。

彼女は小さく頷く。

「内密にしてもらえるなら、それでよければお話しします」

支部長は頷き、先を促す。

レイはどう答えようか悩みながら、「詠唱なしというか、心の中で唱えているって感じですね」と小声で答えると、支部長はその答えに「そうか」とだけ口にし、僅かに沈黙した。

「……発声なしで魔法を使えるのか……あまり人前でやらない方がいいだろう。無詠唱は高位の魔術師しか使えないと聞いたことがある。無用なトラブルを避けたいなら、人前では適当な呪文を呟くようにした方がいいぞ」

レイが頷くと、更に質問を続ける。

「もう一つ聞きたい。セロンの動きが突然おかしくなっただろう。あの時、お前の魔法はあいつに当らなかったはずだ。それなのに動きがおかしくなった。なぜだ？　何をやったんだ？」

「あれはセロンの影に闇の魔法を打ち込んだんです。闇の杭を作って、それを影に打ち込むと、なぜか本体もその影響を受けるようなんです。原理は分かりません。偶然、気がついたので……闇の魔法自体、大手を振って使えないですし、今回のは呪いのような感じで効く魔法なんで、あまり知られたくないんです」

支部長には理解できなかったが、闇属性の魔法ならあり得ると納得する。

「分かった。詳細は誰にも話さん。ユアンにも魔法でセロンの動きを押さえたとしか、言わないでおこう。ああ、結果についてはこちらから伝えておく。もちろん、セロンの身柄もこちらで確保しておくから、安心していい」

支部長は盟友であるユアン・ソロウ冒険者ギルド支部長にすら秘密にすると約束した。

二人は支部長に礼を言い、その場を後にした。

レイの闇属性魔法は、〝影縫い〟と言われる魔法で、ゲームかコミックにあった忍者の技をヒントに考え出したものだ。

影は実体がなく、本来なら動きを止めることはできないのだが、闇属性魔法の特徴である精神に作用することを拡大解釈して編み出した。

決闘が決まった日の午後、失敗覚悟で自分に掛けてみたところ、何となく動きを阻害されるような感じがした。その後、アシュレイと共に使い方をいろいろ試し、発動条件や効果などを検証していった。その結果、影の濃さと大きさによって効果が変わることを発見し、影が長くなる時間、夕方頃を決闘の時間に指定した。そして西からの日差しが差し込む場所として傭兵ギルドの訓練場を決闘場所に選んだのだ。

オリジナル魔法を使うつもりで見物人をシャットアウトしたが、もし、見物人がいれば、この〝影縫い〟は使えなかった。光神教のアザロ司教に知られると厄介なことになると懸念したのだ。

そして、今日は幸運にも天気が良かったため使えたのだが、天気が悪ければ、この魔法は使えない。その場合はすべての窓を閉め切り、閃光の魔法で目潰しをするつもりでいたが、セロンに閃光の魔法を読まれていたため、もし天気が悪かったらと思うと、レイは今更ながらに今回の勝利が僥倖《ぎょうこう》に恵まれただけだと恐怖を感じてしまう。

（天気が良くてよかった。もし曇りや雨だったら、勝てなかったかもしれない……まさに天に感謝だ）

外にいた傭兵たちにも結果が伝えられ、大きな歓声が上がった。

セロンは傭兵たちによほど嫌われたらしく、訓練場を出たレイの肩を何人もの傭兵が叩いていった。レイはようやく終わった決闘に、精神的に疲れ果て、

（終わった……疲れた……今日はこれで帰ろう……）

そんな思いとは裏腹に、彼はアシュレイと共に傭兵たちに引っ張っていかれる。

どうやら、シャビィが祝勝会をやると言ったようで、そのまま傭兵たちの溜まり場になっている酒場に〝拉致〟されたのだった。彼としては、鎧や鎧下についた血をきれいにしたかったが、血に汚れた鎧姿のまま酒場に入っていった。

（せめて着替えくらいさせて欲しいな。でも言える雰囲気でもないか……）

そして隣では、いつもはあまり表情を変えないアシュレイが珍しく満面の笑みを浮かべている。

そんな彼女を見て、言い出せなかったのだが、ようやく勝利を実感した。

（アシュレイが嬉しそうだし、まあいいか。生まれて初めて〝主役〟になれたって感じかな。こういうのもいいものかもしれない……）

酒場に着いた途端、シャビィが現れ、空いたテーブルの上に立ち、

「よし、主役の登場だ！　みんな、新しい〝英雄〟様の祝勝会だ！　今日は俺とアシュレイの奢りだ、大いに飲んでくれ！　レイ！　お前も座ってないでなんか言え！」

レイはその言葉に顔を赤くし、皆に促されるまま立ち上がる。何を言っていいのか分からなかったので、無言で手を挙げて応えていた。

その後、レイは二十人近い傭兵たちに勧められるまま、酒を飲んでいく。

横にいるアシュレイもいつもよりハイピッチでジョッキを空けているように見えるが、酔っているようには見えない。しかし、彼はすぐにそんなことに気を向ける余裕がなくなっていた。

彼の周りには傭兵たちが集まり、「どうやってあのセロンに勝ったんだ？」とか、「槍を良く見せてくれよ」とか、様々な声が掛かる。

レイは魔法の話を省くが、皆に請われるまま、決闘の様子を話していく。

「始めの声から十分以上、攻められ続けたんだ……二人に稽古をつけてもらったから、何とか避けられたけど、この通り酷いものだった……」

彼は自分の鎧を指差しながら、話を進めていく。

騒いでいた傭兵たちも彼の話が始まると、皆、すぐに聞き入っていった。話が佳境に入ったところで、彼はどう説明しようかと悩む。

（魔法で動きを止めたとは言えないし、攻め疲れたってことにしようか……）

「……開始からかなり時間が経って、さすがのセロンも疲れたみたいで、大振りの攻撃の時に少しだけよろめいたんだ。その時に〝ここで挑発したら逆上するかも〟って思って挑発してみた。そうしたら思った通り逆上して……その後は酷いものだったよ。その前までの華麗な剣捌きが、嘘のような雑な攻撃で……」

彼の話が終わると、再び喧騒が蘇る。

決闘の話が終わると、次は皆の興味の対象、レイとアシュレイの関係に話は進んでいった。

特にレイには、「セロンを倒したことより、アシュレイを〝落とした〟方が凄ぇぞ！」とか、「王都《フォンス》には近寄らない方がいいぞ。セロンなんか目じゃないくらいの大物が待っているからな」などという言葉が掛けられ、皆に笑われていた。

いつもはそういう言葉に反発するアシュレイも、今日は恥ずかしげに顔を伏せているだけだった。からかわれる度に顔を赤くするレイと恥ずかしそうにするアシュレイの姿に、傭兵たちは更に盛り上がっていった。

レイは、このまま酔い潰れる気がしたので、意識があるうちにアシュレイとシャビィに礼を言った。

「二人ともありがとう。二人に鍛えてもらわなかったら、今頃、死んでいたかもしれない。本当にありがとう」

シャビィは照れくさそうに「俺も楽しかったから気にするな」と笑っている。

一方、アシュレイは「今回のことはお前の実力だ。多少の手助けはしたが、あくまで手助けに過ぎん。なあ、シャビィ」と真剣な表情で頷く。

シャビィも少し真面目な顔になり、

「そうだな。最初は〝こいつは駄目だ〟と思ったが、すぐに考えを改めたな。記憶を失っている奴に聞くことじゃないが、お前さん、どんな人生を送ってきたんだろうな。普通の戦士なら思いつかないぞ、あんな戦い方」

レイは答えようがないと、笑って誤魔化しているが、

（本当に心苦しいな。すべて告白してしまいたい。でも、言えば、この関係がどうなるのか……アシュレイには言うつもりだったけど、こうなると余計なことを言わない方がいいのかもしれない。でも、それは騙しているみたいで……）

午後四時前に始まった宴会は、午後七時頃に一旦お開きになる。

主役であるレイが予想通り、完全に酔い潰れてしまったからだ。もちろん、シャビィを含む傭兵たちはまだまだ飲むつもりだ。

アシュレイもかなり酔ってはいたが、彼に肩を貸し、何とか宿に連れて帰ろうとしていた。アシュレイは血がついた鎧を見ながら、

(本当に勝ったのだな。明日の朝を一緒に迎えられるのだな)

そして、昨夜のことを思い出す。

(私に聞いてもらいたい話があると言っていたが、今日は無理だな……しかし、何度も戦場に立ったが、仲間が生き残ってくれたことが、こんなに嬉しかったことはない。これから先、こいつと一緒に、いつまでも一緒に過ごすことができたら……誰かが言っていたが、フォンスには一度行かなくてはいけないな。団長に話をしにいかなくては……)

午後八時、二人の定宿である銀鈴亭に到着した。

女将のビアンカは今日の決闘の結果を冒険者や傭兵たちから既に聞いており、心配はしてなかったが、血に塗れた鎧姿のレイを見て、本当に激戦だったのだと改めて驚いていた。

「彼は大丈夫なの？　血塗れだけど……」

酔い潰れたレイに代わり、アシュレイが答える。

「ああ、大丈夫だ。既に治療は終わっているから……だが、心配してくれて、ありがとう……」

その言葉にビアンカが、

「あら、また更に進展したのかしら？　でも、酔い潰れた男を襲っちゃ駄目よ。彼は初めてっぽいから、ちゃんと意識がある時にしなさい。ふふふ……」

酔っているアシュレイは最初、その言葉の意味が分からなかったが、すぐに意味に気付く。

そして、酔って赤い顔を更に紅潮させ、

「そんなことはしない！　ちゃんと……いや、装備を外したらすぐに部屋を出ていく。本当だからな！」

ビアンカは笑いながら、「明日の朝はゆっくりでも大丈夫よ」と言って、厨房に向かった。

アシュレイはレイを引き摺るように階段を上り、彼を部屋に連れていこうと考えるが、すぐに、

（この状態では鍵が閉められないいな。無用心だし、私の部屋に連れていくか……私は床に寝ればいいし……）

レイの装備をすべて外し、着替えさせた後、自分のベッドに彼を寝かせる。

（本当に無防備だな。ゆっくり休んでくれ……眠くなってきた……私も寝るとするか……）

アシュレイは自分の装備を外し、野宿用の毛布を取り出し、壁を背にして眠りに就いた。


翌朝、レイは自分の部屋で目覚めたと思った。

（うっ、頭が痛い。これが二日酔いって奴か……気持ち悪い……どうやって帰ってきたんだろう？昨日、酒場で楽しく飲んでいたところまでは覚えているんだけど……誰が運んでくれたんだろう？アシュレイかな？……とりあえずトイレに行こう……）

彼はベッドから起き上がろうとした時、自分の装備が外されていることに気付く。そして、着替えまでしていることに疑問を持つが、それ以上深く考えることはなかった。

（装備も外されているし、着替えも……それどころじゃない……気持ち悪い……）

彼は重い体を無理やり起こし、ベッドから立ち上がろうとした。そして、壁を背に寝ているアシュレイの姿を見て、固まってしまった。

（あ、アシュレイ？　どうして僕の部屋に……うん？　僕の部屋じゃない？　もしかして……アシュレイの部屋……）

レイはアシュレイの部屋に寝ていたという事実に驚き、二日酔いの気分の悪さを一瞬忘れてしまう。彼が起きた気配を感じ、アシュレイが目を覚ました。

彼女は眠そうな目を擦り、あくびをしながら、

「おはよう。気分はどうだ？　かなり飲んでいたから、まだ寝ていてもいいぞ」

レイはそれに答えることができず、固まっていた。

それを気分が悪いと勘違いしたアシュレイは、「どうした？　気分が悪いのか？　水を貰ってきた方がいいか？」と心配そうな顔をする。そこでようやく再起動したレイは、「ここはアシュレイの部屋だよね。どうして……」と口にした。

「ああ、お前の部屋に連れていこうとしたのだが、鍵を閉められないだろうと私の部屋に連れてきた。私は野営には慣れているから、床で寝ても問題ない。うん？　どうした？」

「……着替えもアシュレイがしてくれたのか……」

「ああ、そうだが、何か問題でもあったか？」

レイはその言葉を聞き、狼狽《ろうばい》していた。着替えさせてもらったこともそうだが、自分が記憶を失った後、何を話したか思い出せず、変なことを口走っていないか気になっていた。

しかし、すぐに吐き気がぶり返してきたため、アシュレイに聞く前にトイレに駆け込んでいった。

九　告白

トイレに駆け込んだ後、レイは二日酔いの気分の悪さに辟易としていた。

（何とかならないのか、この気持ち悪さは……解毒の魔法は使えないかな？　確か二日酔いは、何とかアルデヒドが作用するとかって、テレビで言っていたような気がするから、効くと思うんだけど……）

彼はエルフの治癒師、エステルの解毒の魔法を思い出していた。

（確か、青と緑の光だったはずだから、水と木の属性のはずだ。水で浄化して、木で毒消しを作るイメージかな？　やってみるか……）

血液の中にある毒性の物質アセトアルデヒドを浄化し、その毒性で弱った体を回復させるイメージを付け加える。精霊の力を自らの体に向けると、彼の体に青い光と緑の光が交差するようにまとわり付いていった。

三十秒ほどで上から下まで光が通過し、魔法は唐突に終わった。

（これでいいのかな？　あんまり楽になった気がしないけど……まあ、アシュレイもすぐには回復しなかったし、仕方がないか。これからは飲み過ぎには気を付けよう……）

ラクス王国を含め、飲酒に関する法律がある国はほとんどない。

年齢についても特に制限がないが、誰でも初めての飲酒というものはある。制限なく飲める状況――貧しい農村などでは二日酔いになれるほどの飲酒ができるわけではない――にあれば、大抵、彼と同じような失敗をする。もちろん、アシュレイのような〝うわばみ〟と呼ばれる〝種族〟もいるため、一概に皆同じ失敗をするとは言えないが。

その後、顔を洗いすっきりしたところで、アシュレイの部屋に戻っていく。レイは酒で記憶を失くしたことについては忘れることにしたかったが、昨日何を話したのか気になっていた。

「昨日、酔い潰れてから何かしゃべった？」

「いや、完全に潰れていたからな。しゃべるどころの話ではなかったな」

安堵したところで連れて帰ってきてくれたことに礼を言うと、彼女は、「こんなのはお安い御用だ。こっちはターバイド湖から運んでもらったのだ。酒場からここまでなど大したことはない」と笑う。

レイは恥ずかしさを誤魔化すため、自分の鎧に清浄の魔法を掛ける。乾ききった血は落ちにくいのかと思ったが、布である鎧下も含め、きれいに汚れを落とすことができた。気が付くと、先ほどまでの気持ち悪さがほとんど消えていた。

（解毒の魔法が効いたのか……これが日本で使えたら、きっと重宝がられるんだろうな）

気分が良くなってきたため、二人で食堂に向かった。

出迎えてくれたビアンカは、「あら、早いわね。気分はどう？」とレイに声を掛けた後、アシュレイの耳元で、「昨日はどうしたの？　襲った？」と小声でささやく。

アシュレイは予想通りの言葉に、「何もない！」とだけ答え、テーブルに向かう。レイもからかわれるのが分かっていたので、早足でアシュレイの後を追った。

二人に逃げられたビアンカは、「もう少し楽しみたかったのに」と声に出して言った後、二人に朝食を運ぶため、厨房に入っていった。

レイは今日の予定について、話を始めた。

「今日、何か予定はある？　なければ、どこかでゆっくり話をしたいんだけど……」

「予定はないが……そうだな、天気もいいし、風車の下にでも行ってみるか？　あそこなら、ほとんど人は来ないし、見晴らしもいい」


二人は朝食を摂った後、念のため装備を整え、丘に向かった。

丘の中腹にある銀鈴亭から、頂上にある風車までは大した距離はなく、歩いても二十分ほどだ。

二人は春の気持ちのいい風を受け、のんびりと坂道を登っていく。住宅街に差し掛かると、窓から洗濯物を干す主婦たちの姿が見え、道には小さな子供たちが駆け回っていた。昨日の自分の決闘とは全く無縁の平和な風景にレイは目を奪われていた。

丘の上は男爵邸が中央に、それを囲むように東西に一台ずつと北側に二台ある大きな風車――オランダにあるような大きな四枚の羽根のついた建物――はグォーグォーという低い音を立てながら、ゆっくりと回っていた。

二人は西側にある風車に向かった。

風車の周りは広場になっており、二人はその小さな草叢に腰を下ろす。丘の上は風が少しだけ強く、風が吹き抜ける度に風車の回る音が大きくなる。だが、それ以外の音は風が草を揺らす音しか聞こえてこない。

二人はのんびりと空を眺めていた。レイはどう切り出そうかと考えるが、いい言葉が見つからない。

（どう話し始めたらいいんだろう。こうなったら真正面からぶつかるしかないか……）

彼はアシュレイの方に向き直り、居住まいを正す。

「話したいことなんだけど、どう言っていいのか分からない。それにあまりに突飛な話で、信じてもらえないかもしれない。でも、この話は君だけにはしておかないと……」

アシュレイは何のことか分からないが、口を出さずに黙って聞いている。

「僕はこの世界、トリア大陸の人間じゃないんだ。もしかしたら、この体はこの世界の人の物かもしれない。でも、心は別の世界、地球という世界の日本と呼ばれる国から来たんだ……」

彼は自分が日本の学生で、突然この世界に魂だけが飛ばされてきたこと、この世界を題材にした小説を書いていたこと、そのため、この世界のことを少しは知っていること、記憶の一部がまだ封印されていること、元の世界に戻る方法を探したいことなどを思いつくまま話していく。

アシュレイは彼の話を聞き、最初はとても信じられる話ではないと思った。だが、彼のいつにない真剣な表情に最後まで黙って聞くことにした。

（レイは何を言っているのだ？　別の世界から魂だけが飛ばされてきた？　全く訳が分からない……物語を書いていた学者の卵だと……こんな荒唐無稽な話は初めて聞いた。だが、レイのあの顔はふざけているわけでもなさそうだ……元の世界に帰る方法を探したいだと……帰ってしまうのか？……私はどうすればいいのだ……）

彼女は感情の整理が付かぬまま、黙って空を見上げていた。

レイは更に話を続けていく。

「僕は元の世界に帰りたいと思っていた。でも、今はよく分からない。それは……君と出会ったから……」

ここで、レイはアシュレイの目を見つめ、「アシュレイ」と言ってから、

「僕と一緒に旅に出てくれないか。帰るかどうかは分からないけど、その方法も探しておきたい。もっと気になるのは、なぜ僕がこの世界に来たのか、それを知りたいんだ。それにまだ記憶が全部戻っていない。これも何か意味があるような気がして……旅に出れば分かるような気がするんだ……一緒に来てくれないか」

彼は真剣な表情で黙って彼女を見つめている。

「私もお前と一緒にいたい。ここモルトンは気に入っている街だが、ここにいなければならない理由もない……レイ、一緒に行かせてくれ。だが……」

彼女はどう切り出そうか迷うように、言葉を切った後、

「一つだけ聞かせてくれ。お前にとって私は何だ？　戦士として、仲間として、友として、一緒にいて欲しいのか？　それとも……女としてか……」

最後の言葉は消え入るような小声になり、レイにははっきりと聞こえなかった。それでも、何となく察し、どう答えようか迷う。

（恥ずかしいことを言っているのに、更にこれ以上……アシュレイも勇気を振り絞っている感じだし、それに生き残ったら、自分の気持ちに素直になろうと決めていたんだ。素直に告白しろ！　レイ！）

彼は勇気を振り絞る。

「聞いて欲しい。僕は君のことが好きだ。もちろん一緒に仕事をする仲間としても好きだと思っているけど、それ以上に女性として意識していると思う。恥ずかしいけど、僕には恋愛の経験がない。片思いならあるけど、あれは憧れだった気がするし……」

そこでその相手が誰のことだったのか、思い出せず、言葉が途切れた。

（片思い？　憧れ？　誰のことだ？　顔が浮かんできそうなんだけど、思い出せない……これも記憶の封印の一部なんだろうか……）

アシュレイは黙った彼を見つめる。彼はそのことに気付き、すぐに話を続けていく。

「……だから、〝愛している〟っていう気持ちが正直、よく分かっていないんだ。でも、これがその気持ちだと僕は思う……ごめん、もっと気の利いたことが言えればいいんだけど……」

アシュレイは少しうるんだ眼をして、

「いや、充分に分かった。これからもよろしく頼む。私も正直なところ、吟遊詩人たちが詠うような恋物語はよく分からない。だが、お前を自分より大切だと思う気持ちがあることは確かだ……それと、私のことはアッシュと呼んで欲しい。家族は、父も、そして亡くなった母様もそう呼んでくれたから……」

二人の間に沈黙が訪れる。

レイは静かにアシュレイの横に移動し、彼女の肩を抱く。

そして、彼女の顔を見つめて、「アッシュ、これからもよろしく」と言い、彼女に口づけをした。


二人は草叢に寝転がりながら、それぞれの生い立ちなどを話していった。

アシュレイはレイの話す日本の話を興味深く聞き、彼が人を殺すことに躊躇いがある理由を理解した。レイもアシュレイの生い立ち、有名な傭兵団の団長の一人娘として生まれたこと、小さい時に母親を失くしたこと、物心ついた時には既に剣を握っていたこと、同じ世代の友達が少なかったことなどを聞いていく。

アシュレイは彼にいろいろと質問していった。

「ニホンには傭兵はいないのか？　冒険者は？」

「多分、こっちの世界で言う〝傭兵〟も〝冒険者〟もいないと思う。そもそも魔物はいないし、危険な野生動物もほとんどいないから」

「平和なのだな。行ってみたいものだ、そのニホンという国に。馬よりも早い〝ジドウシャ〟、飛竜より早く飛べる〝ヒコウキ〟……」

アシュレイは想像もできない世界に心をときめかせていた。そして、更に質問は続いた。

「……ところでお前の言う〝ぱそこん〟というのがよく分からないのだが？」

「ああ、パソコンね。パソコンは……」

二人は話に夢中になり、気付くと日が陰り始めていた。まだまだ話し足りないが、仕方なく、宿に戻ることにした。

宿に戻りながらもいろいろな話をした。

彼が学生――アシュレイにとっては学生=学者の卵――だと思い出し、「レイは何の学者になるつもりだったんだ？」と感心する。

レイは少し気恥ずかしさを感じながら、「日本じゃ、大学に行っても全員が学者になるわけじゃないんだ。まあ、僕の場合、歴史を学ぼうと思っていたけど……」と自分のやりたかったことを話す。

歴史と聞いてもピンとこないアシュレイは、「歴史？　ああ、昔のことを調べる学問か……」と呟き、「正直、何の役に立つんだ？　昔のことを調べても仕方がない気がするのだが……」

レイは「そんなことはないよ」と否定し、

「昔の人の失敗を知っていれば、同じ間違いをしなくて済むし、大事な学問なんだぞ、歴史は」

「そうなのか、よく分からないが……そういえば、学術都市のドクトゥスを知っているか？　そこにも行くつもりか？」

「学術都市か……調べ物をするために一度は行くんだろうな」

「そうか……レイと一緒にいれば世界中を旅することになりそうだな。楽しみだ」

そんなことを話しながら、坂道を下りていく。

宿に戻ると、いつものようにビアンカに、「あら、朝からずっと一緒だったの？　本当に仲がいいわね。今日から二人部屋にする？」といつものようにからかったつもりだった。だが、二人の反応は彼女の予想を裏切った。

「アッシュ、どうする？」

「そうだな。今日は別々でもいいのではないか」

二人に素で返され驚くが、すぐに本当に二人の仲が進展したのだと気付いた。そして、心の中では友人であるアシュレイの恋が成就したことを我がことのように喜んでいた。

「そう言えば、さっき冒険者ギルドから伝言があったわよ。明日の午前中にギルドに顔を出して欲しいそうよ」

二人は顔を見合わせ、セロンの件だと思い出す。

（セロンのことだ！　そういえば忘れていた……僕が告発したんだっけ？）

レイはセロンとの決闘が終わったことで、すべてが終わったような気になっていたのだ。そして、アシュレイに告白することで頭が一杯になり、セロンを告発したことをすっかり忘れていた。

アシュレイもレイが無事であったことから、あまり気にしていなかった。特に今日は彼との時間が楽しく、ギルドに行くことを失念していた。

二人は明日の朝一番にギルドに行くことに決め、食堂に向かった。

二人は夕食を摂りながら、今後のことを話し合った。レイは自分の考えを話し始めた。

「これからのことなんだけど、旅に出るとして、行ってみたいところがいくつかあるんだ」

アシュレイが先を促すと、

「まずは小説の舞台になっていた冒険者の国、ペリクリトル。ここに行ったら、どうして僕がここに飛ばされたのかが分かるような気がするんだ。他には昼にも話が出た学術都市かな。もう一つ気になるのが、ルークス聖王国。正直、ここにはあまり行きたくないんだけど、僕の装備を見る限り、何らかの関係があることは間違いないんだ」

アシュレイは地図を思い出しながら、

「そうか……地理的にはペリクリトルに行ってから、ドクトゥスへ。それから商業都市アウレラに行って船でルークスに入るのが一般的なルートになるな」

「なるほどね……だけど、もう少し僕が強くなる必要があるかな。どう思う？」

「そうだな。強さの点では問題ないが、経験だろうな、問題は。ここでもう少し依頼を受けて経験を積んだ方がいいだろう」

レイとアシュレイはヒドラとの戦いから、冒険者ギルドの依頼を受けていなかったため、レイの階級は七級のままだった。三級相当のヒドラを倒したが、ギルドに討伐依頼がなく、ギルドへの貢献の面からは評価されないため、昇級していない。

七級は駆け出しを卒業した一人前の冒険者といえる階級だが、レイの場合、自分の級より格上のリザードマンや灰色熊といった魔物を倒して級を上げたため、純粋な経験の面でいえば、まだまだ駆け出しと変わらない。

更にレイは野宿、野営といったことをしたことがなく、長い旅に出るには不安があった。一方、レベルの方はセロンとの戦いで上昇しており、魔道槍術士レベルは二十二に上がっており、そのアンバランスさを解消したいと思っていた。

夕食の後、二人は部屋に戻っていく。

レイは勇気を振り絞って、アシュレイを自分の部屋に誘った。

「アッシュ、ぼ、僕の部屋に来ないか……もう少し一緒にいたいんだ……」

アシュレイは小さく頷き、彼の部屋に入っていった。

二人はいろいろな話をした。

一時間ほど話をした後、話が途切れ、沈黙が二人の間に流れる。レイはベッドに腰掛けているアシュレイの横に座り、口づけをしながら、ベッドに倒れ込んでいった。

二人は互いを求めていった。


翌朝、二人は裸で抱き合いながら、朝を迎えた。

先に目が覚めたのはアシュレイだった。昨夜は激しく愛し合ったため、気だるさが残っていたが、愛する男を見ながら目覚めるという初めての体験に心は躍っていた。

（本当にレイと……夢ではなかったのだ……しかし、初めてなのに三回も……）

顔を赤らめながら、昨夜のことを思い出していると、レイも目覚めたようだ。

彼は間近にあるアシュレイの顔にどぎまぎしながら、「おはよう、アッシュ」と恥ずかしげに声を掛けるが、昨夜のことを急に思い出し、真っ赤になる。

（初めてなのにムードも何もなかった……怒っていないよな……大丈夫だ、笑っている……）

アシュレイは微笑みながら、挨拶を返すが、彼の体の変化に気付く。そして、もじもじと「まだ、足りなかったのか？　朝からするというのも、ちょっと……」と頬を染める。

最初、何のことか分からなかったレイだが、すぐに自分の下半身の状態に気付く。

「い、いや、これは生理現象だから……」と更に顔を赤くした。

二人は急に恥ずかしくなり、急いで服を身に着け始めた。

普段着に着替えたところで、レイが木窓を開け放った。眩い日の光に目を細めると、爽やかな風が吹き込んでくる。

頬を撫でる風を楽しみながら、「お腹が空いたね」と言って笑った。

二人は仲良く手を繋ぎ、食堂に降りていく。その微笑ましい姿を目にしたビアンカは優しい視線を送っていた。

（あら、仲のいいこと……今日の夕食にお祝いの一品を付けてあげようかしら……ふふふ……）

そう思いながらも若い二人に祝福の言葉を掛けにいった。

ドワーフライフ
夢の異世界酒生活

アシュレイ編：
「マーカット傭兵団、"ZL"を護衛する」

トリア歴三〇二三年の秋。

私アシュレイ・マーカットは冒険者の街、ペリクリトルに向かう準備をしている。今回はある商隊の護衛を行う予定だが、もちろん単独での仕事ではなく、父ハミッシュ・マーカット率いるマーカット傭兵団、通称赤腕《レッドアームズ》団の一員として受けた依頼としてだ。

この仕事はかなり高額な商品を運ぶらしく、たった一両の荷馬車に対しマーカット傭兵団の精鋭五十名と団長自らが指揮を執ることを求められていた。

このような依頼もないわけではない。だが、ほとんどが要人の護衛であり、荷物の護衛という依頼は非常に少ない。特にペリクリトルからラクス王国の王都フォンスまでは主要街道であるフォンス街道を北上するだけで、戦場への物資の輸送などのような明確な危険はない。精々、ペリクリトルの北の自由国境地帯で盗賊や魔物に遭遇する可能性があるくらいだ。そう考えるとラクス王国一と言われるマーカット傭兵団に依頼する理由が全く分からない。

傭兵団の副官でもあり、古くから家族同然の付き合いをしている〝アル兄〟ことアルベリック・オージェ氏に聞いても、

「ハミッシュを指名してくるなんてなかなかないよ。前にあったのは確かペリクリトルで取れた魔晶石をアルスに運ぶ依頼だったかな。その時は時価総額で一千万クローナだったよ、確か……」

一千万クローナといえば大きな町の年間の税収に匹敵する(注)。今回もそれだけの価値の物を運ぶということらしい。

【注：一クローナは日本円で約千円。一千万クローナは約百億円に相当する】

私も今年で二十一歳。傭兵として働き始めて六年になるが、これほど大きな依頼を受けたことはなかった。私の場合、父である団長の直属ということもあり、大きな仕事を何度もこなしている。それでも、このような仕事は初めてだった。

アル兄の声が聞こえたのか、傭兵たちの顔に緊張が走った。

特に七級以下の若い団員は敬愛する団長と一緒に仕事ができると喜んでいたのだが、その金額の大きさに驚愕の表情を隠せなかった。一千万クローナと聞けば複数の盗賊団が共同で襲い掛かってくる可能性がある。特に自由国境付近にいる盗賊は大物こそ少ないものの数が多く、下手をすると数百人単位の盗賊の襲撃を警戒しなければならない。そして、主要街道といえども防壁のない宿場町は多数存在する。そのような場所で夜間に襲われたら、精鋭として名高いマーカット傭兵団といえども苦戦は免れない。

そう考えるとこの仕事は非常に危険だ。豪快なイメージが強いが、団長は慎重に仕事を選ぶ。私にはなぜ団長がこの依頼を受けたのか理由が分からなかった。

そのことをアル兄に聞くと、「デュークが鍛冶師ギルドにねじ込まれたんだよ」と教えてくれた。デュークとは傭兵ギルド・ラクス本部のギルド長《マスター》、デューク・セルザム氏のことだ。団長とは古くからの傭兵仲間であり、私にとってはおじのような存在だ。

現在、鍛冶師ギルドと傭兵ギルドは良好な関係を保っているが、武具に命を預ける傭兵にとって最も気を遣う相手ではある。だから、ねじ込まれたら否とは言いにくいというのは分からなくもないが、それでも違和感は残る。

「鍛冶師ギルドからの直接の依頼ならデュークおじ様も困るのだろうが、なぜ団長殿の予定を変えろとまで要求してきたのだろうか」

私の独り言にアル兄が答えてくれた。

「デュークも困ったみたいだよ。フォンス中のドワーフの鍛冶師が頭を下げたんだから。そこまでされたら受けざるを得ないよね」

私は「フォンス中のドワーフが……」と呟き、それ以上の言葉を失ってしまった。

フォンスには王国軍の精鋭、護泉騎士団のほかに、我々のような傭兵団が多く本拠を置いている。そのため、武器屋街が形成されるほど鍛冶師は多く、カウム王国の王都アルス、カエルム帝国の帝都プリムスに次いでドワーフの鍛冶師の数が多いと言われている。

詳しく聞くと、そのドワーフの鍛冶師たちが今日の昼頃、傭兵ギルドを訪れたそうだ。数百人のドワーフに囲まれた傭兵ギルドはパニックになったが、アル兄は楽しそうにその時の話をしてくれた。

「ちょうどギルドに用事があってね、ハミッシュと一緒にデュークの部屋にいたんだ。本当にびっくりしたよ。三階の窓から下を見るとドワーフたちで身動きが取れないほどだったんだから……デュークが何とか鍛冶師ギルドのお偉いさんと話を付けて他の連中には引き取ってもらったんだけど、騎士団が出動してきてね……ククク、傑作だったよ、本当に……」

こうなるとアル兄の話はどこまで本当か怪しくなる。私は訓練に行っていたから詳細は聞いていないが、確かに昼頃、街で騒ぎがあったという話は聞いている。

「ドワーフの鍛冶師たちが頭を下げる？　なぜだ？　そもそも何を運ぶのだ？」

笑いが収まらないアル兄に何を運ぶのかを尋ねると、「お酒だよ」という答えが返ってきた。

私にはその言葉の意味が理解できなかった。先ほどからの話の流れからいけば相当高価な品、鍛冶師ギルドが関係するならアダマンタイトやミスリルだろうと思っていたからだ。そんな思いが口に出たのか思わず「酒？……」と聞き返してしまった。英雄と呼ばれる赤腕《レッドアームズ》ハミッシュに依頼することなのかと。

「アッシュは聞いたことがないかな。〝ザックコレクション〟っていうお酒のこと」

その言葉でようやく腑に落ちた。

ザックコレクションといえば六年ほど前に初めて世に出た銘酒だ。その名は十年以上前から世界に轟いていたと言われる伝説の酒で、ルークス聖王国の指導者、総大司教の首を挿げ替えたという逸話が残っている。未だに生産量が少なく、ほとんどがアルスの鍛冶師ギルド総本部に送られ、僅かにカエルム帝国とペリクリトルなど都市国家連合の一部に出荷されているだけだと聞いたことがある。

「スコッチという酒の高級酒のことだと聞いたが？」

私がそう答えるとアル兄は大きく頷く。

「ドワーフが愛して止まないスコッチ。その最高峰がザックコレクション。最近ではＺＬっていう呼び方もするみたいだけど」

「ＺＬ？　〝ザック〟・〝コレクション〟なら〝ＺＣ〟では？」

「スコッチの名前を考えた人のイニシャルだそうだよ。そうそう、これも面白い話があってね。なんでザックコレクションをZLって言うかっていうと……」

アル兄の長い説明を要約すると、ZLとはザカライアス・ロックハート氏のイニシャルであり、長期熟成酒用の樽に〝ZL〟という焼印を押していることからそう呼ばれているらしいのだが、更に理由があるらしい。それはドワーフが近くにいる時に〝ザックコレクション〟という単語を不用意に口にすると、どこからともなくドワーフたちが現れ、群がってくるからだと言われている。アルスやペリクリトルではそれを防ぐために〝ZL〟という隠語を使うのだそうだ。

「そのZLを運ぶために団長殿が？　いくらなんでも過剰だと思うのだが……」

アル兄も私の言葉に頷き、

「ZLは世間で言われているほど高い酒じゃないそうだよ。もちろん、一樽分で一万クローナくらいするらしいから、充分高い酒なんだけど、それが一樽と普通のスコッチが五樽くらいだから二万クローナにもならないみたいだよ……」

私は耳を疑った。マーカット傭兵団五十名を雇うなら少なくとも一日当たり五千クローナは必要だ。ペリクリトルまでの往復期間が二十日と考えると、それだけで十万クローナになる。これに魔物や盗賊との戦闘ボーナスを加えると数万クローナは追加されるから、最終的には守るべき商品の数倍もの経費を掛けることになるのだ。

それよりドワーフたちが涙を流して飲むと言われるZLが、一樽一万クローナしかしないという事実の方に驚いた。ドワーフの鍛冶師たちは基本的に裕福であるが、酒以外に金を使うことはほとんどない。つまり収入のほとんどを酒につぎ込む連中なのだ。酒場でのスコッチの相場は知らないが、その十倍でも売れるだろう。

そのことを聞いてみると、「確かにね」と笑い、知り合いのドワーフの鍛冶師に聞いた話をしてくれた。

「ここが凄いところなんだけどね。これはグスタに聞いたんだけど、ZLを作っているロックハート家の方針なんだそうだよ。何でもあんまり高くすると贋物が出てきて質が落ちるからって……」

商人ではない私にはそこのところはよく分からなかった。確かに安ければ偽物は出回りにくいだろうが、売れるなら偽物が出てもおかしくない気はする。更にアル兄の話は続いた。

「それにあまり高くするとお金持ちしか飲めなくなるのが嫌なんだって。その理由がおいしいお酒は味が分かる人に飲んで欲しいんだってさ。不思議だよね。僕なら高く買ってくれる人にバンバン売っちゃうのにね……それより、この話をしている時のグスタの表情の方が面白かったよ。ロックハートをもの凄く持ち上げていたんだ。〝あいつらは俺たち以上に酒を愛している〟ってね」

呆れて言葉が出なかった。私も酒を嗜むが大した拘りはない。

しかし、ドワーフにそこまで言わせるロックハート家とは一体何者なのだろう。話を聞いても疑問は解消しなかった。

「それにしても団長殿が直々に護衛をするほどのものなのだろうか。いくら鍛冶師ギルドとの関係を考慮すると言ってもフォンスの傭兵として納得がいかぬのだが」

私がそう言うとアル兄は珍しく真剣な表情で首を横に振る。

「アッシュはあの場にいなかったから言えるんだよ。ドワーフたちの鬼気迫る表情を見たら、頷く以外の選択肢はなかったよ。あのハミッシュですら顔が引き攣っていたくらいなんだから」

私はまさかと思うが、このひょうきんなアル兄が真剣な表情をするのだから事実なのだろう。


二日後、ハミッシュ・マーカット団長を先頭に一番隊と四番隊の精鋭五十名がペリクリトルに向かうことになった。行きは護衛対象もなく、ただ移動するだけであるため、全員が騎乗して一気に街道を南下する。本来であればこれだけの精鋭をただ移動させるだけというのはもったいない話なのだが、鍛冶師ギルドの早急に向かって欲しいという強い要請と行きの分の利益を鍛冶師ギルドが補填《ほてん》してくれるため、商隊の護衛は行わない。

私の実家、すなわちマーカット傭兵団本部の前は異様な雰囲気に包まれていた。

普段はこの辺りでは滅多に見ないドワーフたちで溢れていたのだ。彼らは知り合いを見つけると「頼んだぞ」と声を掛けるが、その声は皆震えていた。私にもグスタが声を掛けてきた。彼の武器店にはよく行っているから懇意なのだが、今日はいつもの表情とは全く違っていた。いつもの豪放さがなく、切羽詰まったような、いや、鬼気迫るような表情で「頼んだぞ」と私の腕を掴んできたのだ。

「儂らの待ち望んだザックコレクションが遂にこの街にも来るんじゃ！　何としてでも無事に届けてくれ」

最後は拝むような仕草まで加えて懇願してきた。私は何とか「ああ、任せておいてくれ」と声を絞り出すことしかできなかった。多くの市民たちは何が起こっているのかと囁き合い、中にはドワーフたちの出身地、カウム王国で大きな戦争が起こっているのではないかと噂する者すらいた。

微妙に困った顔をしている団長が「騎乗！」と命令を下した。私を含め傭兵たちが一斉に馬に跨った。馬に乗る僅かな時間、目を離しただけであるのにドワーフたちの分厚い壁がきれいに分かれ、一本の道が出来上がっていた。どうやって通ろうかと思っていたためか、あの団長がこの状況に戸惑っているように見える。アル兄に「出発の合図は」と言われて我に返ったのか、いつもの大《だい》音声《おんじょう》で「出発！」と命じ、馬を進めていく。

その光景は異様だった。護衛任務のため移動するだけなのだが、周囲のドワーフたちから掛かる声がまるで戦地に向かう兵士を送る姿だったのだ。次々と「頼んだぞ」とか、「お前たちは儂らの希望じゃ」という声が掛かる。団長だけでなく、強面の一番隊のガレス・エイリング隊長を始め、ほとんどの団員たちが困惑の表情を浮かべていた。唯一、アル兄だけは「任せて！」と軽い口調で言いながら手を振っていた。

王都《フォンス》の門を出たところで全員が息を吐き出した。もちろん私もだ。

六年間の傭兵生活で、これほどどうしていいのか分からなかったことは一度もなかった。

フォンスを出てからは順調だった。三百km《キメル》の距離を僅か六日で移動し、無事冒険者の街ペリクリトルに到着した。

ペリクリトルには久しぶりにやってきたが、いつ来ても活気のある良い街だと思う。城塞都市のような高い城壁がなく、開放的な明るい感じの街並みと人々の自由な気質が気に入っている。

それだけではなく、アウレラ街道、アルス街道、フォンス街道という主要街道三本が交差し、多くの人や物資が集まるから食事がうまい。もちろん、酒も豊富で味もいい。

まだ早い時間ということもあり、団長、ガレス隊長、四番隊のエリアス・ニファー隊長と共に情報収集のため傭兵ギルドのペリクリトル支部に向かった。

支部で情報収集を行うが、特に問題になるような情報はなかった。その足で今回の護衛対象となる商会に向かう。

今回の護衛対象はノートン商会という中堅クラスの商会の荷馬車になる。ノートン商会は元々アルスから武具を買い付けペリクリトルの武具店に卸していた小さな商会だったが、十年ほど前からスコッチの輸送を手掛け、急速に売り上げを伸ばした。専属の傭兵団もいるそうだが、今回はいつものルートとは違うペリクリトル―フォンス間ということと、鍛冶師ギルドからの強い要請があり、マーカット傭兵団が護衛を行うことになっている。

ノートン商会はペリクリトルの商業地区である北地区にあるが、建物自体は非常に小さく、一般の住宅と見紛うほどだった。裏手には倉庫があるらしいが、マーカット傭兵団に依頼するほどの商会とはとても思えない。個人商店と言われても全く違和感がなかったのだ。

店舗で聞いてみたが、今回運ぶスコッチはまだ到着しておらず、今日か明日には到着するとのことだった。無駄足だったかと思いながら宿に向かおうとした時、運がいいことにノートン商会の荷馬車が到着した。

その商隊を見た瞬間、違和感を覚えた。護衛たちの錬度が異常なほど高かったのだ。一つ一つの動作に無駄がなく、命令の伝達一つとっても復命復唱が確実に行われており、装備の手入れも行き届いている。専属の傭兵団と聞いていたが、我々マーカット傭兵団に匹敵する傭兵団があるとは聞いたことがなかった。中でも指揮官らしい若い剣術士はかなりの腕の持ち主だと感じさせた。さすがに団長やアル兄、ガレス隊長クラスではないが、足捌きから四級傭兵以上、すなわちレベル五十一以上は確実にあり、レベル六十六以上である三級に匹敵すると思われた。

その若い指揮官が団長に気付き、近寄ってきた。よく見ると青色を基調としたカエルム帝国軍の防具をつけており、傭兵ではなく騎士だと気付いた。

その若い騎士は爽やかな笑みを浮かべ、「ハミッシュ・マーカット殿でしょうか」と言って右手を差し出し、「ロドリック・ロックハートと申します。お会いできて光栄です」と握手を求めたのだ。

随分腰の低い騎士だと思ったが、嫌味もなく、本心から団長と会えたことを喜んでいるようだ。団長も知っている人物と気付き、笑みを浮かべて右手を取った。

「貴公が巨人殺《ジャイアントスレイヤー》しのロドリック卿か。お初にお目にかかる。ハミッシュ・マーカットだ」

その言葉にロックハート家の嫡男の噂を思い出した。僅か十八歳にして一つ目巨人《サイクロプス》を倒した英雄で、帝国の北部総督ラズウェル辺境伯の娘婿だ。

意外だった。若くして名を上げた騎士であり、高名だが傭兵に過ぎない赤腕《レッドアーム》ハミッシュに対して、これほど腰が低いことが意外だったのだ。うちの団はよく騎士団に絡まれるから余計にそう思うのかもしれない。

ロドリック卿ならレベルは六十を超えているはずで、最初の印象に誤りはなかった。そして、有名なロックハート家の自警団なら、我らマーカット傭兵団並みの錬度であっても全くおかしくはない。

自己紹介が終わったところで団長が疑問を口にした。

「ロドリック卿が護衛を？　スコッチの輸送には専属の傭兵団がついていると聞いたのだが？　今回は〝ザックコレクション〟だからなのか？」

ロドリック卿は「あっ！」と小さく叫ぶが、すぐに「失礼しました」と軽く頭を下げる。

そして、団長の疑問に何とも言えない表情で「普段はこのようなことはないのですが」と言ってから、

「鍛冶師ギルドのフォンス支部から強い要請がありまして……可能であるならラスモア村の自警団にも護衛をお願いしたいと……そちらも同じでは？」

言葉を選びながら苦笑を浮かべているが、我々も同じように苦笑を浮かべるしかなかった。

何とも言えない雰囲気で、ノートン商会の商会長ヘンリー・ノートンに声を掛けるため、荷馬車に向き直ると、目の前に広がる異様な光景に足が止まり、更には声も失ってしまった。反対側に向いていたとはいえ、気付かぬうちに百人を超えるドワーフたちが街路を埋め尽くしていたのだ。

私はともかく、マーカット傭兵団一の斥候《スカウト》であるアル兄ですら気付かなかったようで、いつもの飄々とした表情が抜け落ち、呆然と立ち尽くしている。

歴戦の団長が、「いつの間に集まったのだ」と呟くと、ロドリック卿が律儀にも答えてくれた。

「ドワーフたちには特殊な能力があるそうなんです。弟がよく言うのですが、一キメル先のスコッチの匂いを感じられるそうです。それに酒が絡むと今回のようにルークスの獣人部隊もかくやというほど異常に敏捷になりますし、更には完全に気配を消すことができるとも……」

団長は呆れて首を横に振っていたが、

「それにしては急に現れたのだが？　何がきっかけだったのだ？」

団長の問いにロドリック卿は「今回はザックコレ……」と言いかけてから周囲を見回し、「いえ、ZLの話をしていたので現れたのではないかと」と小声で答えてくれた。

事前に聞いていたとはいえ、いくら何でも誇張が過ぎると思っていたが、目の当たりにすると誇張でも何でもないと認めざるを得ない。

そんな私の心中とは関係なく、ドワーフたちは嬉々とした表情で「ザックコレクションと聞こえたが？」と荷馬車に詰め寄ってきた。荷馬車の御者台にいたノートン氏らしき四十代の男性が荷馬車を倉庫に運び込もうと必死な表情で声を上げる。

「今回のザックコレクションはフォンス行きのものです！　ペリクリトル用のものではありません！」

その容赦のない言葉にそこにいたすべてのドワーフが落胆した。落胆などという言葉では言い表せないほど悲嘆に暮れた表情だった。中には膝を折ってうなだれている者すらいたのだ。

その隙にノートン氏は荷馬車を倉庫に向かわせた。ドワーフたちは後ろ髪を引かれるような表情でその光景を見つめている。荷馬車が中に消えると、肩を落とし背中を丸めたドワーフたちが次々と街に消えていった。

今の光景を目にし、非常にやりにくい仕事だと思った。単に魔物や盗賊から守るだけならどれほどの敵が出てきても団長がいる限り何とかなると思っているのだが、行く先々で今のような落胆した姿を見せ付けられるかと思うと、途端に気が重くなった。

私の横では同じような表情をしている団長たちがいた。我々を代表するかのようにアル兄が呟いた。

「ザ……じゃない。ＺＬの護衛は今回だけにしたいね。名前を言うだけでもこんな風になるんだから……」

ひょうきんなアル兄ですら、〝ザックコレクション〟という言葉を口にしなかった。普段なら面白いからとふざけて連呼するはずだが、ドワーフたちのあの姿を見てからかう気を失っているのだろう。


翌日、ノートン氏と最終的なすり合わせを行うため、商会に向かったのだが、何度もドワーフたちとすれ違い困惑した。特に商会前では壁の陰から覗き込むようにしている髭面の男の姿が目に付いて仕方がない。我々はその姿を見なかったことにするため、目に入っても一切話題にしなかった。

商会の建物の中に入ると、ノートン氏が待っていた。簡単に挨拶を済ませ、具体的な護衛の方法や条件などを詰めていく。一時間ほどで調整が終わったが、最後にどうしても気になっていたので、「一つ教えて欲しいのだが」とノートン氏に声を掛けた。

「ドワーフたちのことなのだが、いつもあのような感じなのだろうか？　フォンスにいるドワーフたちとはかなりおもむきが違うのだが？」

ノートン氏は「今回は特別ですよ」と笑顔で答えるが、

「今回は自分たち用ではなかったのであれほど落ち込んでいますが、普段はもっと陽気に出迎えてくれます」

私が「そうなのか」と言うと、ノートン氏は真面目な表情で僅かに首を横に振る。

「ですが、フォンスのドワーフの鍛冶師方も同じだと思いますよ。ペリクリトルの鍛冶師方も昔はああではありませんでしたから」

そこで何かを思い出したかのように笑みを浮かべ、

「恐らくフォンスでも面食らうでしょうね。私も初めてここにＺＬを持ち込んだ時は驚きましたから。皆さんも覚悟しておいた方がいいと思いますよ」

ノートン氏の予言めいた言葉に団長が苦虫を噛み潰したような表情になり、アル兄はやれやれという顔をする。私も団長と同じような顔をしていたはずだ。

そして、十日後、ノートン氏の予言は見事に的中した。

フォンスの門をくぐったところで、数百人のドワーフたちに囲まれた。目に涙を浮かべながら、「よくぞ、戻ってきた！」とか、「待っておったぞ！」という言葉を掛けてくる。

その姿は出征した親族を出迎えるようで、王都の人々は好奇の目で我々を眺めている。

ドワーフたちに囲まれながら、大通りを戦勝パレードのように進んでいき、無事に鍛冶師ギルド前に到着した。剛毅なことでは王国一と言われる団長ですら、安堵の表情を浮かべている。もちろん、危険な任務が終わったからではない。この感涙にむせび泣くドワーフたちから解放されることに安堵しているのだ。

私も、そして五十人の団員たちも皆同じ思いだった。

今回の仕事で心に刻んだことがある。

ドワーフたちの酒に対する執念は種族に刻み込まれた本能なのだと。それも唯の本能では無い。生存本能すら超える強いものであり、決して軽んじてはいけないと。

あとがき

すでにご存じかと思いますが、本書はTrinitasシリーズの本編です。特別読み切り「ドワーフライフ～夢の異世界酒生活～」が本編であるというご意見が根強いですが、本書こそが本編です（笑）。先月発売しておりますシェアワールド作品、「ドリーム・ライフ～夢の異世界生活～」が本書の外伝に当たります。

この「トリニータス・ムンドゥス」ですが、ヒロイック・ファンタジーと戦記物を合わせた作品にしようと書き始めたものです。WEB版をご覧の方はお分かりかもしれませんが、本書は第一章の半分に当たり、戦記物となるのは第二章の後半ですので、随分先になります。

ヒロイック・ファンタジーと言いましたが、ロバート・E・ハワードの「コナン」シリーズや栗本薫《くりもとかおる》先生の「グイン・サーガ」シリーズのような超人的なヒーローではなく、あくまで等身大のヒーローを描こうと「レイ・アークライト」という主人公を作り出しました。等身大過ぎて精神的に脆《もろ》く、全くヒーローらしくありませんが（笑）。

ヒロイック・ファンタジーらしい壮大な（？）設定は作ってありますが、それよりも一人の少年が少しずつ成長していく姿を描きたかったことも情けない主人公になった原因かもしれません。今後は一人の戦士として、また、稀代《きだい》の軍師として活躍するはずですので、長い目で見て頂きたいと思っております。

　というわけで、シェアワールド作品「ドリーム・ライフ」はコメディ要素が入っておりますが、こちらはまじめな王道ファンタジーを目指し、仲間と共に世界を駆け巡る冒険作品となっております。

　先にも書きましたが、「ドリーム・ライフ」側はあくまで外伝ですので、本書だけ読んで頂いても、十分に楽しめるように書いております（もちろん、「ドリーム・ライフ」側も同様ですが）。しかしながら、「ドリーム・ライフ」側のエピソードと複雑に繋がっていたり、重複して登場するキャラクターが少し違った見え方になったりと、二倍以上に楽しめるような仕掛けもあります。もし、お財布に余裕があれば、シェアワールド側も手に取って頂ければ幸いです（ちょっとあざとい宣伝でしたね……）。

　素晴らしいイラストを描いてくださった和狸《わたぬき》ナオ先生。私の意見を積極的に取り入れてくださり、本当にありがとうございました。

　最後に本書を手に取って頂いた読者の皆様、本当にありがとうございました。

　それでは、またどこかでお会いできることを楽しみにしております。

怒涛の連続刊行!

Trinitasシリーズとは?

作家・愛山雄町がweb投稿サイト「小説家になろう」で連載している、同一の世界観を有したファンタジー・シェアワールド作品で、その合計PV数は5,000万を超える。

中年技術者が転生して内政チートで村を大改革!

この本の269ページに村で造った特産品のお酒が出ているよ!

「ドリーム・ライフ～夢の異世界生活～」

イラスト:電柱棒
第1巻 4月20日発売
第2巻 7月10日発売

Trinitasシリーズ
剣と魔法と設定知識で
自作小説の世界を生き抜く！
「トリニータス・ムンドゥス～聖騎士レイの物語～」
イラスト：和狸ナオ
第1巻 5月20日発売
第2巻 9月10日発売

Otoria of Knuckle's Knight in the Arkadia
終天の異世界と拳撃の騎士2
―赤と青の双流《デュアリティ》―
1巻好評発売中！
5月25日発売!!

「流護クンは……
人を、殺せるかい？」
謎の暗殺者集団──アウズィ
美人騎士《ロイヤルガード》姉妹に迫る狂気
最凶の“悪”を前に
流護の決断は!?
2ヶ月連続刊行 第2弾

Trinitas シリーズ
トリニータス・ムンドゥス～聖騎士レイの物語～

2016年6月1日　第1刷発行

著　者　愛山雄町

発行者　深澤晴彦

発行所　TOブックス
〒150-0045
東京都渋谷区神泉町18-8　松濤ハイツ2F
TEL 03-6452-5678(編集)
0120-933-772(営業フリーダイヤル)
FAX 03-6452-5680
ホームページ　http://www.tobooks.jp
メール　info@tobooks.jp

印刷・製本　中央精版印刷株式会社

ISBN978-4-86472-483-8